KB173701

서울체류 90일의 여행일기

신촌일기

◆ 글 신경주 ◆

어문학사

이 책을 지난 몇 년 사이 우리 곁을 떠난 두 언니에게
그리운 마음을 담아 바친다.

책머리에

세상의 속도를 벗어나 순전히 나 자신의 속도로 한 여행이었다. 미리 정해둔 계획도 없이 그 날 아침에 일정을 잡고, 일정조차 지킬 필요가 없어 기분 내키는 대로 흘러 다녔다. 피곤하면 쉬고 힘이 나면 걸었다. 먹고 싶은 것을 먹고, 보고 싶은 것을 보고, 가고 싶은 곳을 찾아 다녔다. 서두를 이유도, 무언가를 억지로 할 이유도 없었다.

이 여행의 목적이 짧은 시간 안에 가능한 한 여러 곳을 많이 구경하자는 것도, 견문을 넓혀 교양을 쌓자는 것도, 특별한 그 무엇도 아니었기 때문이다. 그냥, 적어도 이 기간 동안은 나 자신을 마음껏 위해주며 걸림 없이 놀아보고 싶었던 것뿐이다. 생활인의 모습을 벗고 순수한 구경꾼이 되어 흥미진진한 세상을 구경해보자는 것이었다.

꿈의 도시, 서울에서.

그때의 내게 서울은 아직 탐험되지 않은 '미지의 대륙'이었고, 나는 긴 항해 끝에 그 땅에 발을 내디딘 가슴 벅찬 '탐험가'에 다름 아니었다.

2014년 2월의 마지막 날, 내 범선은 순풍을 타고 마침내 나를 매혹의 땅 서울, 신촌에 내려놓았던 것이다.

아침마다 잠에서 깨면 벌써 도착해 있는 하루는 환한 햇살로 포장된 가슴 설레는 선물이었다. 햇살을 헤치고 그 하루들을 열어가며 나는 자주 고마웠고, 문득문득 행복했다. 주름살처럼 잡혀있던 마음의 구김살은 감사와 행복감으로 서서히 펴졌고, 메말랐던 영혼은 여행이 주는 기쁨의 단비를 맞고서 발랄한 생기를 얻었다.

그 충만한 시간의 무게와 부피는, 단지 한 계절을 살았을 뿐이지만 한 생애를 산 것 같은 착각을 불러일으킨다. 희로애락이 뒤섞여 있는 생애가 아니라 즐거움과 행복만으로 이루어진 생애를. 꿈속에서가 아니라면 슬픔과 괴로움으로 얼룩지지 않는 인생이란 없을 것이다. 하지만 마음먹기에 따라선 인생의 어느 한 부분을 거의 그렇게 만들 수는 있다. 그렇게 만들어도 좋을 것이다.

누군가가 말했다. 여행이란, 이 생에서 다음 생을 사는 것이라고.

그랬다. 의지와 무관하게 내게 주어진 이 생에서, 내 의지로 다음 생을 선택해 살아 보았던 것이다. 이 생에서 누리고 싶었던 것들을 마음껏 누리면서. 아, 다음 생을 선택할 수 있다는 것은 얼마나 멋진 일인가, 얼마나 짜릿한 일인가.

소중한 기억들이 세월에 풍화될 것이 안타까워 기록을 했다. 여행하며 느끼고 경험했던 것들을 가능하면 원형에 가깝게 보존해두고자 일기를 썼던 것인데, 이제 와서 읽어보니 내가 아직 여행을 하고 있는 것 같다. 다행스럽다. 더욱이 이렇게 책으로 묶여 독자들과 만나게 되었으니 기쁘다. 내가 느낀 그 설렘과 즐거움들을, 그 감동과 카타르시스를 독자들도 같이 느낄 수 있다면 더 기쁠 것이다.

책을 열었던 독자가 아예—엉뚱한 한 여자가 못 말릴 호기심에 이끌려 세상을 기웃거리고 있는—이 책 속으로 가벼운 배낭을 메고 여행을 떠나오게 된다면, 참 반가울 것 같다.

2015년 12월

신경주

CONTENTS

3월

4월

5월

SHOP
FASHION!
신촌역
TAXI

TAXI
777
777

포항 주부 서울로 탈주하다.

—캔맥주로 신촌의 첫날밤을 자축하고.

2014년 2월 28일 (금요일)

바리바리 이삿짐을 실은 올란도를 타고서도 여행기분을 내는 데는 별문제가 없는데, 중간 중간 휴게소에 들러 군것질을 하는 일은 여행의 즐거움을 배가시킨다.

영천 휴게소에서 커피, 상주 휴게소에서 어묵, 괴산 휴게소에서 호두과자를 사 먹으며 나는 서울을 향해 진군한다(점령군의 선두에 서기라도 한 듯 의기양양하게). 등 뒤에 가득 실린 짐이 있다는 것도 잊은 채 고속도로를 달리노라니 남편과 함께 먼 곳으로 자동차 여행을 하고 있는 것 같다. 흥분과 즐거움이 교차하는 이 기분은 일상에서 맛볼 수 없던 신선한 기쁨이다.

길눈이 어두운 남편은 부산이나 대구에 갈 일이 있어도 운전하길 꺼렸는데 오늘 이렇게 서울까지 내 이삿짐을 실어줄 마음을 낸 것이 고맙다.

네 시간 남짓한 고속도로 주행이 끝나고 서울 시내에 들어서면서부터 나는 대화를 멈추고 길 위의 교통표지판을 주의 깊게 살핀다. 남편도

네비게이션에 온 신경을 집중시키며 긴장을 늦추지 못하더니, 그래도 무사히 신촌의 오피스텔 지하 주차장에 '이삿짐차'를 주차시킨다. (마침내 내가 서울의 한 귀퉁이를 점령한 것이다.) 대단하다. 나이가 들고 길눈이 어두워도 역시 남자는 남자다. 포항에서 이 복잡한 서울시내에까지 남의 손을 빌리지 않고 이사를 해내다니.

결혼한 지 35년이 되는 동안 남자 여자란 느낌은 점점 희미해지고 이즈음엔 거의 '한 집에서 숙식을 해결하는 잘 아는 사람', '나보다 기계는 잘 만지지만 집안일엔 미숙한 사람' 정도로 여겨왔었다. 그런데 오늘, 나로서는 생각도 할 수 없는 이 어려운 일을 해내는 걸 보고 새삼, 남자답다는 생각과 함께 은근히 존경스럽기까지 한 것이다.

부동산 사무실에서 기다리고 있던 집 주인과 계약을 마친 뒤, 전화로 연락해둔 청소 아주머니를 7층 내 방 앞에서 만난다. 다행히 아주머니는 그 분야에서는 프로다. 우리가 근처 찻집과 목욕탕으로 각각 헤어져 쉬고 있는 동안 헌 집을 새 집으로 만들어 놓았다.

두 손 댈 것 없이 해달라고 몇 번이나 당부를 하긴 했지만 그래도 마지막은 내가 직접 마무리를 해야지 생각했었는데, 청소하는 도중에 한 번 와서 보고 또 나중에 결과를 점검해보니 '딱 떨어지는' 느낌이다. 그야말로 두 손 댈 것이 없다. 가계약을 하던 날 엉망인 집 상태를 보고서 '이런 방을 어떻게 청소하고 살림을 차리나?' 내내 심란했었는데, 그 걱정이 다 해결된 것이다.

날림과 눈속임이 판을 치는 요즘 세상에 이렇게도 자기 일에 정직한 사람을 만난 것이 참 다행스럽다. 약속했던 15만 원에다 2만 원을 더 얹어 일당을 치르면서 나는 진심으로 말한다.

"아주머니, 참 좋은 일 하십니다. 정말 새 집이 됐네요."

나름대로 자신의 일에 대해 건강한 직업의식을 갖고 있는 듯한 그 아주머니도 진심이 담긴 내 인사를 듣고서 뿌듯해하며 기뻐한다.

부지런히 지하 주차장에서 짐을 옮겨 정리한 끝에 저녁 8시쯤, 갖고 온 가자미조림과 김치, 멸치볶음을 반찬으로 저녁을 지어 먹는다. 흐뭇하다. 드디어 서울 생활이 시작된 것이다.

저녁을 먹고 찬찬히 보니 살림살이가 참 단출하다. 최소한의 살림만 갖고 살아보려고 작정한 때문이기도 하지만 16평 복층 오피스텔은 혼자 쓰기엔 공간이 넉넉해 더 그런 느낌이 드는 것 같다. 구조도 훌륭하고 위치도 좋아 보증금 천만 원에 월세 95만 원이 아깝지 않다.

그런데 재미있는 일은, 이 오피스텔을 가계약하고 나서 기쁨과 흥분을 이기지 못해 (이사도 하기 전에) 미리 발설하는 내 말을 들은 지인들의 반응이 하나같았다는 것이다.

서울에서도 '핫'한 신촌의 오피스텔을 그 엄청난 방세로 빌렸다는 사실과, 몇 달이나 남편을 집에 남겨두고 홀아비살림을 하게 하는 목적이 단지 여행이라는 사실에 그들은 경악하고 감탄했다. 자신들도 비슷한 꿈을 갖고 살고 있지만 그걸 현실화하는 가정주부가 있다니, 그것도 자신의 주변에 있는 지인이요, 친구라는 것이 못내 놀라운 듯 했다.

그런 그들에게 나도 나름의 입장을 밝혔다. 다른 사람들도 해외여행을 하며 그만한 돈은 쓰고 있고, 남편에게는 앞으로 살면서 '충성과 헌신'으로 갚을 것이라고.

밤이 이슥해 남편이 맥주를 마시고 싶다고 해 슬리퍼를 끌고 (내가 여행자가 아니라 이곳 주민임을 과시한 것인데, 그래도 맨발에 슬리퍼는 너무 과격했나?) 건물 1층의 마트에서 평소에 안 먹던 비싼 외국 맥주를 사 온다. 캔을 마시며 도로를 향한 통유리를 통해 무성영화를 관람하듯 밤거리를 구경한다. 알싸한 맥주 맛은 혀에 감기고, 왕복 9차선 도로를 메우고 달리는 자동차들의 불빛은 가슴을 뛰게 한다.

지난 몇 년 간 따뜻한 바람 불면 도지는 계절병처럼 해마다 2박3일씩 감질나는 봄여행을 하며 짝사랑을 키워왔던 문제의(?) 그 거대도시에 마침내 내가 둥지를 튼 것이다.

아, 정말 좋다! 너무 좋다!

지금 내가 이 자리에 이렇게 있다는 사실이 믿기지 않을 만큼 행복하다.

달리는 열차의 차창으로 아름다움과 힘으로 충만한 일본의 성산(聖山) 후지산을 바라보며, "행복의 입구에서 어쩔 줄 모르고 안달하는 것, 그것이야말로 최상의 행복."이라고 말했던, 카잔차키스의 바로 그 행복이다.

그런데, 그 행복한 마음 한 편에서 무언가가 슬그머니 고개를 든다. 나는 대체 무슨 짓을 하고 있는 것인가?

올해로 환갑을 맞은—남편과, 시집 간 두 딸과 두 사위, 세 명의 손자까지 둔—'멀쩡한' 가정주부인 내가 이래도 되는 것인지 문득 의심스럽다. 내가 너무 이기적인가? 가정주부로서 해서는 안 될 짓을 하고 있는 것인가? 일탈과 여행에의 이 절실한 욕구는 과연 정당한 것인가? 나는 이만한 보상을 받아도 될 만큼 충분히 열심히 살았던가?

……

그렇다. 나는 떳떳하다.

열심히, 힘들게, 최선을 다해 이 날까지 살아왔다. 남들이 알아주지 않아도, 나는 그런 자신을 인정하고 위로해주고 싶었던 것이다. 나는 마침내 그런 결심을 할 수 있었던, 이런 일을 '저지를' 용기를 낼 수 있었던 스스로를 격려해준다.

"잘 했어. 잘 한 거야. 겁날 것 없어."

이제, 이렇게 내 앞에 다가온 '특별한 날들'을 떳떳하게 즐기면 되는 것이다. 행복하게 누리면 되는 것이다.

아, 그런데, 주위를 둘러보고 그 속에 있는 나를 보고, 그렇게 몇 번을 다시 봐도 내가 이 꿈의 도시 낯선 창가에서 저 아래 펼쳐지고 있는 거리의 풍경을 내려다보고 있다는 사실이 잘 믿어지지 않는다. 지나치게 생생한 느낌이 드는 꿈같기도 하고.

하지만, 여기는 분명 현실 속의 서울이다.

선과 악, 미와 추, 문명과 자연, 유장한 역사와 치열한 현실이 경이롭게 결집되고 모자이크되어 있는, 살아서 펄떡이며 고동치는 우리나라의 6백 년 국도(國都) 서울이다.

제왕이 군림했던 궁궐들, 선비들의 품격 있는 삶을 담아내었던 이름 있는 고가(古家)들, 민초들의 체취가 배어있을 골목골목들, 흥미진진한 스토리와 함께 곳곳에 포진되어 있는 역사의 현장들이 마치 드라마의 완벽한 세트장처럼 끝없이 흥미를 유발시키고 있는, '사랑스런 별세계' 서울이다.

지금도 그 속의 천만 시민들이 '삶'이란 생생한 드라마를 찍고 있는 거대한 세트장이다. 무궁무진 다채로운 프로그램들이 24시간 쉴 새 없이 돌아가고 있는 놀이동산이다. 나는 이제 이 모든 것을 마음대로 보고 누릴 수 있는 자유이용권을 가진 것이다.

이 오피스텔 월세 95만 원은 한 사람이 사는 공간의 집세로는 확실히 비싸다. 하지만, 천의 얼굴을 가진 신기한 놀이동산 '서울'의 자유이용권 가격으로는 전혀 비싸지 않다.

꿈의 거리, 이대 거리를
붕붕 떠다니며.

3월 1일 (토요일)

새벽에 잠이 깨어 시계를 보니 4시다. 이불 속에서 '우후후' 나도 모르게 나오는 웃음을 깨문다. 자다 깨어 생각해도 좋아 죽겠지만 옆에 자는 남편이 의식되어 대놓고 좋아하지는 못한다. 이제부터 몇 달 동안 혼자살림을 해야 하는 그 사람 앞에서 차마 좋은 기색을 드러내지 못하겠다. 비어져 나오는 웃음과 행복해하는 내 표정을 온전히 감출 수야 없겠지만, 최소한 드러내놓고 좋아하는 것만은 삼가야 하지 않겠는가.

그런데 내 주의가 부족했던지, 밥하러 일어나면서 또 한 번 실수를 한다. (나도 모르게) 두 팔을 번쩍 들며 "우후!" 하고 소리를 질러버린다. 순간 난감해진 나는 말도 안 되게 태극권을 끌어다 붙여본다.

"이렇게 태극권을 배워야 되는데, 폐강이 되어서 참."

(이화여대 옆에 사는 기념으로 그 학교 평생교육원에 등록을 했는데, 태극권 강좌가 폐강이 되어버려 다른 과목으로 등록해 놓은 것을 남편도 알고 있다.)

그는 못 들은 척 아무 내색을 않지만, 내 마음은 미안하고 불편하다. 그 불편한 마음을 해소하려 혼자서 속으로 '과도한 맹세'를 한다. 서울에서의 이 체류여행이 끝나면 나는 앞으로 평생 남편을 지극히 받들어 모실 것이다. 그와 내가 인간으로서 평등해야한다는 낡은(?) 생각을 버리고 나는 군주의 시녀가 될 것이다. 어떤 경우에도 그를 적극 지지할 것이다.

이렇게 생각을 정리하고 나니 마음이 한결 가볍고 편해진다. (장담할 수 없는 것이 앞일이고 간사한 것이 사람 마음이라지만, 적어도 지금의 나는 그를 향한 '붉은 충성심'으로 충만해 있다.)

새 살림으로 준비한 작은 밥상에 마주 앉아 아침밥을 먹는데, 같은 사람인데도 집에서와는 기분이 좀 다른 것이 나쁘지 않다. 점심 때 서울의 테니스 친구들을 만나기로 했다며 쉬고 있는 그를 두고, 배낭을 메고 현관을 나선다. 아침 10시.

아, 가슴이 뛴다.

저 사진 속 장소에 내 몸을 순간 이동시키고 싶다는, '현장감'에 대한 갈망을 눌러가며 인터넷이 닳도록 뒤지고 다니던 그곳들을 '내 발로 직접' 밟으러 가는 것이다.

집에서 나온 지 5분도 안 되어 이화여대 정문과 일직선으로 연결된 길에 들어선다. 아침 시간인데도 학생들과 많은 관광객들이 이미 길에 가득한데, 그 길에 포진한 수많은 포장마차들은 막 장사채비를 마쳐가는 중이다. 중국관광객들을 염두에 둔 것인지 포장에 한자로 써놓은 홍보문구들이 얼핏 눈에 들어온다.

떡볶이 포장마차에는 '韓國有名的年糕店(한국유명적연고점)'이라 쓰여 있다. '연고(年糕)'는 처음 보는 말이지만, 말하자면 '한국에서 유명한 떡볶이집'이란 뜻이겠지. 닭꼬치 포장마차에는 '鸡肉串(계육천)'이란 말과 함께 '人民口味服務(인민구미복무)'란 말이 쓰여 있다. 중국식 한자 표현이 재미있어 '열공' 모드로 돌입한다.

'계육천'은 글자 그대로 '닭고기꼬치'일 테고, '인민구미'는 '사람들의 입맛'이란 뜻이겠는데, 그 뒤에 붙어 있는 '복무'란 말은 뜻이 짐작되긴 하지만 우리말로 옮기면 뭐가 적당할까 궁금하다. 우리나라에서 쓰는 '복무'의 뜻을 그대로 적용해보니 뉘앙스가 재미있다.

선전 문구 때문인지, 인민의 구미에 복무한다는 그 닭꼬치 포장마차 앞에는 중국말을 하는 젊은이들이 여럿 붙어서 꼬치를 먹는가 하면 그걸 들고 포즈를 취하며 사진을 찍는다. 호기심이 동한 나도 꼬치를 하나 사서 먹으며 옆의 아가씨들에게 말을 붙여본다.

"중꾸어 요우커(中國遊客)?" (중국 관광객?)

주워들은 중국어 단어들을 어설프게 조합해서 천연덕스럽게 중국어랍시고 해본 것이다. 못 알아들으면 그만이고.

그랬더니 용케 알아듣고 웃으며 고개를 끄덕인다.

알아듣는 것이 신기해 한마디 더 보탠다.

"따쉬에 쉬에성(大學學生)?" (대학생?)

이전에 1, 2개월 배우다 그만둔 중국어회화 교재 앞부분에 나오는 두 단어를 조합해본 것인데, 발음이나 표현이 제대로 된 것인지는 알 수 없다. 하지만 틀린다고 벌금 내는 것도 아니니 밑져야 본전이라고, 부담 없이 해보는 거다.

그런데 그것도 알아들은 듯 또 웃으며 고개를 끄덕이더니, 갑자기 긴 문장의 중국어로 거침없이 나에게 말을 한다. 아마도 내가 중국어를 좀 하는 걸로 생각한 모양이다. 상황이 재미있긴 하지만, 물론 나는 알아듣지 못해 웃음으로 때운다. 사태를 파악한 아가씨가 이번엔 영어로 묻는데, 여기가 이화여대가 맞느냐는 내용이다. 나는 갑자기 의기양양해진다. '그렇다'는 뜻의 중국어를 알기 때문이다.

그래서 유창하게(?) 한마디로 대답해준다.

"스~더(是的)."

서툰 '외국어놀이'는 참 재미있다.

유창하다면 그건 그대로 또 어떤 통쾌함 같은 것이 있겠지만.

그렇게 한바탕 놀고 나서 이대 정문으로 들어가는데, 좌우에 마주 선 특이한 건축물이 시야를 가득 채운다.

경사진 언덕을 무시무시하게 큰 거인의 삽으로 밑바닥부터 한 삽 푹 떠내어 단번에 골짝을 만들고, 골짝 좌우의 언덕을 속을 파내어 그 안에 거대한 건물을 들어앉힌 것 같다. 밖으로 보이는 유일한 벽면은 온통 이상한 구조의 유리로 되어 있어 무어라 표현하기 힘든 기묘한 느낌을 준다. 그 독특한 외관과 어마어마한 규모가 사람을 은근히 긴장시킨다. 가까이 가서 구경하고 싶은 마음을 누르고 예사롭게 앞만 보고 걷는다. 얼떨떨한 표정으로 두리번거리면 '나, 방금 촌에서 올라온 구경꾼이오.' 하고 광고하는 꼴이 될 것 같아서다.

나는 갈 길이 바쁜 척 빠른 걸음으로 양쪽 건물 사이의 골짜기 같은 광장을 지나 수많은 돌계단을 단숨에 오른다. (그러면 세련된 서울 사람처럼 보일 거라고 나름 '세련되게' 머리를 쓴 것이다.)

계단이 끝나는 언덕 위에 서서 가쁜 숨을 고르노라니, 고색창연한 한 건물이 눈에 들어온다. 나도 모르게 아, 가벼운 탄성이 나온다. 생경한 느낌으로 나를 긴장시키던 아까의 그 초현대식 건축물과는 달리 이 아름답고 낭만적인 건물은 나를 한 순간에 무장 해제시킨다.

끌리듯 다가가보니 머릿돌엔 1935. 5. 31 이란 숫자가 새겨져 있는데, 알고 보니 그 건물이 바로 본관이다. 아름다운 석조건물에 스며있는 역사는 그 건물에 한층 신비한 매력을 부여해 내 호감은 더욱 깊어진다. 내부가 보고 싶어 출입문 안쪽을 넘겨다보는데, 어디선가 나타난 직원이 용무가 없는 사람은 출입할 수 없단다.

나는 선선히 "알겠습니다." 하고는 미련 없다는 듯 그 자리를 떠난다. 하지만 안타까운 마음은 어쩔 수 없어 이끼 낀 세월이 만져지기라도 하는 듯 오래된 돌벽과 육중한 나무문을 쓰다듬으며 한참이나 주변을 서성거린다.

그러면서, 여기서 근무하는 사람들은 어떤 사람들일까, 내가 이 이대 본관에 '용무'를 만들 수는 없을까, 꽤 현실적인 생각도 해본다. 둘러보니 외관으로도 역사가 느껴지는 이런 건물이 캠퍼스 여기 저기 자리 잡고 있다. 홀린 듯 찾아다니며 그 시절 이화동산의 자취들을 더듬어본다.

얼마 만엔가, 무거워진 다리를 이끌고 교문을 나온 나는 다시 골목골목 들어차 있는 수많은 가게들을 구경하면서 몸이 피곤하다는 사실을 잊어버린다.

늘어선 포장마차에서 거리음식을 먹거나 가게를 들락거리는 수많은 관광객들 사이에서 내 마음은 홍분한 채 붕붕 떠다닌다. 그러다 아무 포장 속으로나 들어가 떡볶이나 튀김을 사 먹으며 그 거리의 해방감을 마음껏 즐기는데, 주변에서 심심찮게 들려오는 이국의 언어는 여행의 즐거움 위에 뿌려지는 상큼한 레몬향이다.

유장(悠長)한 지성의 역사가 흐르는 대학 캠퍼스와 교문 하나를 사이에 두고 이처럼 시장(市場)의 잡답(雜沓)이 또 다른 속도로 돌아가고 있는 것이 너무나 신기하고 흥미롭다. 이렇게 재미있는 세상에, 걸어서 5분이면 도착할 수 있다.

나는 그런 곳에 살고 있다. 어젯밤부터.

오후 5시쯤 집에 돌아와서야 내 체력이 벌써 바닥이 나버린 상태라는 걸 뒤늦게 깨닫는다. 서울에서의 첫날, 홍분한 나머지 나는 좀 무리를 해버렸다.

버스번호가
3000번씩이나!

3월 2일 (일요일)

아침에 일어나도 피로가 가시지 않는다. 더 자고 싶었지만 남편이 차 밀리기 전에 출발해야한다고 해 정신을 차려 아침밥을 차려 먹는다.

특별히 더 할 일도, 주고받을 말도 없어 밥 먹은 상을 치우기도 전에 그는 일어선다. 현관 앞에서 말없이 배웅하고는 엘리베이터 쪽으로 걸어가는 그의 뒷모습을 바라본다. 인사말이라도 해야 할 것 같은데 말이 입 밖으로 나오지 않아 그냥 마음속으로만 인사를 한다.

'여보, 안녕. 고마워요.' (이삿짐을 날라주고, 운전을 해주고, 컴퓨터까지 설치해 주었으니 고맙다. 처음부터 좋아서 해준 것은 아니더라도 어쨌거나 몇 달간의 여행을 허락해준 것은 더 고맙다.)

그를 붙잡고 싶은 마음도 아니면서 떠나는 모습을 보니 마음이 좀 그렇다. 불러 세워 무슨 말이라도 하고 싶다. 쫓아가서 '아참, 잊고 있었어요.' 하며 쓸데없는 말이라도 지어내서 하고 싶다.

함께 있을 때는 특별히 좋은 느낌도 없었으면서, 이제 곧 이 공간에서 부재하게 된다는 사실 때문인지 알 수 없는 아쉬움과 서운함 같은 것이 느껴진다. 혼자 살아보고 싶어 그 번거로운 이사를 감수하고 이렇게 살림까지 차려놓고서, 평생소원이라고 그렇게 사정해서 떠나온 여행이면서 그를 떠나보내며 이런 느낌이 드는 것은 무엇 때문일까?

이런 이별을 해본 경험이 없어서인가? 내가 생각하는 이상으로 내가 남편에게 밀착되어 있는 것인가? 오랜 세월 부부로 살며 부대끼는 동안 애틋한 느낌은 예전에 없어진 줄 알았는데, 새삼스레 피어오르는 이 느낌, 가슴이 아릿하다.

잘 내려가고 있다며 고속도로 휴게소에서 한 남편의 전화를 받고는 마음이 쓸쓸해진다. 혹시 내가 이 쓸쓸함을 이기지 못하고 며칠 못가서 여행을 작파하게 되는 것은 아닐까? (어제 그렇게 좋아라 잘 놀았으면서 별생각을 다 하고 있다.) 낮에 전화를 하고도 저녁 먹고 다시 남편에게 전화를 한다. 수화기 저 쪽의 그는 덤덤한데 괜히 나 혼자 철 지난 짝사랑을 시작한 것 같다.

'정신 차리자. 외롭다고 감상에 빠지지 말고.'

'그래, 이 모든 것이 TV가 없기 때문이다.'

아무리 낯선 곳에 혼자 있어도 일요일 주말 드라마를 볼 수 있다면 이런 감상에 빠질 리가 없다. 이 외로움은 아마도 드라마 금단현상인 것 같다. 금단현상에서 벗어나려고 창밖을 구경하며 지나가는 버스를 유심히 본다.

역시 서울이 다르다. 버스번호가 3000번도 있다. (우리 포항에는 제일 큰 번호가 700번이던가? 800번이던가?) 그리고 행선지도 대단하다. 바로 내 방 앞으로 강화도 가는 버스도, 인천공항 가는 버스도 막 다닌다. 여기가 서울이니까 이상할 것도 없지만 그래도 나는 마냥 신기하기만 하다.

지금 내 눈 앞에서 환히 불 밝히고 달리는 저 버스들이 얼마 후면 역사 속의 머나먼 땅으로만 여겨지는 그 섬에 도착한다는 것이, 이국(離國)의 설렘으로 조용히 수런거릴 밤 공항에 도착한다는 사실이.

블라인드 틈새로 창밖을
내다보는 잠 덜 깬 여인.

3월 3일 (월요일)

눈을 뜨니 7시가 좀 지나 있다. 습관처럼 창밖을 보니 도로에는 이른 시간인데도 몇 사람 행인이 있다. 배낭을 어깨에 바짝 멘 여학생과 손에 작은 가방을 든 젊은 남자가 약간 빠른 걸음으로 인도를 걸어가고, 넥타이에 양복차림의 나이가 좀 들어 보이는 남자는 횡단보도 앞에서 신호를 기다리고 있다. 학교나 직장에 가는 모양인데, 일찍도 나섰다. (저들은 이 길가 건물 7층 창가에서 잠에서 덜 깬 한 여인이 부스스한 모습으로 자신들을 내려다보고 있다는 것을 상상도 못할 것이다.)

이렇게 블라인드를 살며시 젖히기만 하면 9차선 대로변의 생동하는 상황을 실시간으로 조감(鳥瞰)할 수 있다는 것은 이 방이 가진 큰 장점이다.

방에서 대로변을 구경하는 것이 별것 아닌 것 같지만 사실은 꽤 재미있는 놀이인 것이, 생각해보면 3D화면보다 더 생동감 있는 대형 화면으로 다큐프로를 관람하는 것 아닌가.

이른 아침의 '다큐 관람'을 가볍게 끝내고 다시 이불 속으로 들어가 달콤한 늦잠을 즐기는데, 아침의 이 '마무리잠'이야말로 혼자 사는 여자의 값진 특권이다. 늘 아침잠이 고팠던 내게 여행이 준 큰 특권을 제대로 누려보는 것이다.

이제 이곳에서 내 잠을 깨우는 것이라곤 배고픔과 화장실 볼일 뿐이다. 자고 싶으면 자고, 먹고 싶으면 먹고, 놀고 싶으면 놀고, 백퍼센트 내 욕구를 존중하며 사는 것이다.

여기선 그렇게 살아도 된다. 아니, 그렇게 살려고 여기 온 것이다.

느지막이 아침밥을 차려 먹고 나갈 준비를 한다. 저녁에 들어올 때 구입할 물건을 메모지에 적는다.

(* A4용지, 도브비누, 쌀 씻는 양재기－1층 마트에 없는 품목

* 두부, 양파, 표고버섯－1층에 있음)

오늘 답사코스도 『서울여행 코스101』에서 조언을 구해 메모한다.

(* 비앤디 스테이션 → 이대 박물관 → 아트하우스 모모 → 체화당 카페)

하지만 여행의 묘미는 왕왕 예기치 못한 곳에 숨어 있는 법이니, 메모 내용은 어디까지나 참고사항이다. 내가 마음먹고 하는 일은 집을 나와서 일단 '출발' 하는 것이다. 이후의 일정은 발길을 이끄는 알 수 없는 힘에 맡기기로 하고.

이대를 향해 가다가 '염색 3만 원'이란 선전 문구를 보고 길가의 미용실에 들어가 머리를 맡긴다. 집에서 하려면 여간 성가신 게 아닌데, 비싸지 않은 가격으로 어려운 숙제를 해결하게 되어 마음이 가볍다.

한 가지 숙제를 해치운 김에 오늘은 부담스러운 물건 구입부터 먼저 한 뒤에 놀기로 한다. 물어물어 알파문구점을 찾아 A4용지를 구입하고, 아현동 언덕길을 헤맨 끝에 어렵사리 대형마트를 찾아 도브비누를 구하고 나니 거의 탈진상태다. 언덕 위의 아파트 단지 벤치에 널브러진다. 그렇게 벤치에 앉아 눈을 붙이고 한동안 '충전'한 뒤에 다시 이대 정문 쪽으로 내려오는데, 이제 그 부근이 마치 우리 동네처럼 친근하다. 일단 집으로 와서 물건들을 두고 다시 이대로 간다.

개학을 하니 분위기가 며칠 전과 또 다르다. 싱그럽고 예쁜 '배꽃'들이 캠퍼스와 길에 넘치는데, 하나같이 세련되고 총명해 보이기도 해 그들과 섞여 걸어가는 내 기분이 즐겁다. 우선 정문 가까이 있는 박물관에 들어간다. 1층 전시실을 둘러본 뒤에 다리를 쉴 겸 지하의 도서실에서 사진전문 잡지를 읽는다. 작가 이름은 모르지만, 반가사유상을 찍은 작품과 작품에 대한 작가의 해설이 참 서늘하다.

"보이는 것만 진실이라 믿는 현상세계에서 반가사유상의 미소는 보이는 세계 그 너머의 공간으로 나를 이끈다. 소유의 세계가 아니라 존재의 세계라 이름 붙일 수 있는 그곳은 내가 꿈꾸는 내 마음의 유토피아다."

한참 읽고 있는데 여직원이 조용히 다가와 '5시 폐관 시간'이라고 말한다

캠퍼스에서 나와 몇 가지 간식을 먹는 것으로 저녁식사를 대신한다.
정문 앞 2층 찻집 '빈스빈스 커피(BEANS BINS COFFEE)'의 카페모카 한 잔, 그 아래 길가 포장마차의 튀김 몇 개, 가게에서 산 바나나 2개.

생기발랄한 여대생들
사이에서 나도 빠릿빠릿.
—첫 강의시간에 늦을까 봐.

3월 4일 (화요일)

오전 10시에 시작하는 평생교육원 생활수필 강좌 시간에 맞춰 아침밥을 대강 먹고 나선다. 시간이 빠듯해 빠른 걸음으로 이대길을 걷노라니 마치 40년 전 학창시절로 돌아간 것 같다.

이 아침에, 이 거리를, 이렇게 생기발랄한 여학생들 사이에서 강의시간에 늦을까 봐 바삐 걷고 있는 이 사람은 며칠 전까지 포항에서 '후줄근히 늘어져 있던' 그 아줌마 맞는가? (맞다, 분명히. ㅎㅎ…….)

서두른 덕분에 이대후문 근처에 있는 교육원 건물에 늦지 않게 도착한다. 5층 강의실은 이미 사람들로 가득한데, 나보다 나이가 많아 보이는 점잖은 분위기의 여인들과 외모에서 상당한 센스가 느껴지는 좀 젊은 여인들이다. 강의 시간이 되자 40여 명이 돌아가며 자기소개를 하는데 나도 차례가 되어 소개를 한다.

며칠 전에 서울에 여행을 왔고 서너 달 체류하는 동안 의미 있는 시간이 될 것 같아 등록했다고.

체류여행은 서울 여인들에게도 놀라운 일인가보다. 휴식 시간이 되자 회원들이 '멋있다.', '어쩌면 그렇게 팔자가 좋으냐?', '뒷모습만 봐도 포스가 느껴지더라.'며 부러워들 한다. 그 말을 들으니 슬쩍 기분이 좋아져서 '멋있다기보다는 내가 좀 별나서 팔자를 그렇게 만들었다.'고 대답한다. (말을 하고보니, 겸손인지 자랑인지…….)

강의를 들은 후 강의실에서 김밥 한 줄씩을 먹고, 새로 선출된 반장의 주선으로 연세대 후문 근처 찻집으로 단체로 커피를 마시러 간다. 이런저런 이야기들을 하던 중 수필 동호회 이름이 '원석(原石) 문학회'라고 하기에 내가 제안한다. '동호회 이름에 이화를 넣어서 이화원석문학회라고 하면 어떻겠느냐?'고. '이화'와 좀 더 가까워지고 싶은 내 개인적인 바람이 깔려 있긴 하지만 다른 사람들도 비슷한 마음일거라 생각해서다. 그랬더니 여러 학기를 이어 계속 수강하고 있는 고참 회원들의 대답이, 자신들도 처음에 그 이름을 써봤는데 이화여대 동문들의 수필문학회에서 제동을 걸어 어쩔 수 없이 그냥 '원석문학회'라 했단다. "그랬군요. 오리지널 입장에서는 충분히 그럴 수 있겠네요."

일행들과 헤어져서 연세대 구경을 하려고 정문을 찾아가는데 도중에 있는 세브란스 병원은 지나가며 보기에도 그 규모가 대단해, 병원이란 이미지가 주는 부담감에다 건물이 주는 위압감마저 느껴진다. 그리고, 얼마나 많은 사람들이 저 거대한 건물 속에서 희망과 절망을 교차시키고 있을까 생각하니 마음이 많이 불편하다. 몇 년 전 2주 가까이 입원

했을 때의 괴로움도 생각나고, 다른 힘들었던 기억들도 곧 따라 나올 것 같아 얼른 딴 생각을 한다.

그런데, 연세대 정문 부근의 캠퍼스는 기대와는 달리 아주 실망스럽다. 괜찮은 구경거리는 하나도 안 보이고 소란스런 공사 현장들이 널려 있어 심란하기만 하다. 그런 가운데 저만치 언뜻 보이는 한옥 지붕이 반가워 다가갔더니 우리나라 최초의 근대식 의료기관이라는 광혜원이다. 생각지도 않은 곳에서 역사적인 장소를 대면하게 되어, 구석구석 역사의 흔적을 품고 있는 이 서울의 매력을 다시 한 번 생각하게 한다. 마당엔 어디서 옮겨다 놓았는지 육중한 고인돌이 줄지어 있는데 그것 외엔 별로 볼 것이 없어 그리로 다가가 손으로 돌의 투박한 표면을 쓸어본다.

스테인리스나 플라스틱 같은 편하고 가벼운, 그러나 소박함도 품위도 없는 현대문명의 부산물과 부박(浮薄)한 세태에 대한 염증 때문인지, 먼 지질시대로부터 존재해왔을 이 실하고 질박한 바위덩어리의 느낌이 참 좋다.

이거 왜 이래? 나도 왕년엔
새침 깨나 떨던 아가씨였다고.

3월 5일 (수요일)

며칠 묵은 음식쓰레기를 버리고 나니 발걸음이 다 가볍다. 복도를 걸어오다 마침 앞방 문을 열고 들어가려는 아가씨가 있기에 반가워 말을 붙여본다.

어느 학교 다니느냐고 하니 '연세대'라고 대답하며, (표정으로) '왜 그러시는데요?'를 덧붙인다. 몇 학년이냐고 물으니 얼른 대답을 않고 머뭇거리기에 신입생이냐고 재차 물었더니, 이번엔 말로 "왜 그러시는데요?" 한다. 경계하는 빛이 역력해 좀 무안했지만, "나는 요 앞방에 이사 온 사람인데 이웃에 사는 사람이 궁금해서 그런다."고 웃으며 말한다. 그제야 약간 경계를 늦추는 듯 희미하게 웃어 보이긴 하는데, 그 연대 학생은 내가 전혀 궁금하지 않다는 표정이다. '마음은 청춘'인 내가 '진짜 청춘' 앞에서 졸지에 주책맞은 할머니가 되어버린 것이다.

집에서 부쳐온 택배 상자를 찾아오는 모양인데, 앳되고 착해 보이는 그 여학생의 모습엔 자취생활을 했던 대학시절 내 딸들의 모습이 어른거린다.

그런 아가씨가 환갑이 된 여자인 나를 보고도 반사적으로 경계의 촉각을 세우게 되는 현실이 안타깝다. 하지만 어쩌겠는가? 정상인 열을 서운하게 하더라도 비정상인 하나를 피해야 하는 것이 요즘 세상인 것을. 언제 맛있는 거라도 준비해놓고 그 여학생에게 놀러오라고 하고 싶다. 가까이에 (나이 차이가 좀 있긴 하지만) '선한 이웃'이 있다고 알려주고 싶다.

그런데, 생각해보니 나는 아무래도 그 여학생에게 선한 이웃이라기보다는 외로움에 겨운 '독거노인'쯤으로 보였을 것 같다.

'그렇더라도 아가씨야, 너 좀 너무한 거 아니냐? 이 선량하고 외로운 독거노인에게 그렇게 쿨하게 굴다니. 나도 얼마 전(40년쯤 전)엔 남부럽지 않게 새침 떨던 상큼한 아가씨였다고. 이거 왜 이래?' (ㅎㅎ…….)

아침을 늦게 먹은 탓에 점심은 건너뛸 요량으로 누워서 자다 깨다 하는데 배가 고파 안 되겠다. 일어나 보니 오후 4시가 다 되었다. 몇 끼나 연달아 같은 반찬으로 먹다보니 밥 생각이 없어 가볍게 이대 앞에나 가서 먹자고 나선다.

이대길 초입 마차에서 못 보던 빵 같은 걸 팔고 있어 다가가보니 일본에서 온 '가이텐야끼'라는 이름의 음식이다. 묽은 밀가루 반죽에 버무린 야채를 빵틀에 붓고 그 위에 계란을 통째로 깨트려 얹고 다시 그 위에 파 같은 야채를 얹어 구워낸다. 먹을 때 소스 두 종류를 뿌려주는데,

맛이 꽤 훌륭하다. 빵을 건네주는 총각에게, 일본서 배웠느냐고 물었더니 아는 형이 일본 가서 배워 왔다고 한다. 자기는 그 아는 형에게서 배웠다는 뜻이겠는데, 일본서 배웠든 아는 형에게 배웠든 자기 앞길을 스스로 개척해 나가는 젊은이들의 모습이 대견하다.

이 거리에서 가벼운 음식을 파는 젊은 사업가(?)들에게는 공통점이 있는데, 기본적으로 매너가 좋으면서 꽤 높은 수준의 전문성을 갖추고 있다는 것이다. 구슬 모양의 동글동글한 문어빵을 구워내는 손길에도 허투로 하는 동작이 없다.

위에는 아직 묽은 밀가루 반죽이 익지 않아 상당히 유동적인 상태인데 익은 아랫부분에 송곳 같은 도구를 찔러 넣어 뒤집는다. 수십 개 빵 구멍마다 어김없이 단 두 번을 찔러 목적을 달성한다. 그것도 0.1초의 간격도 없는 연속동작이라 거의 '예술'이다. 가이텐야키에다 '예술 문어빵'까지 하나 얹어 만족스럽게 먹었는데도 아직 배가 허전하다.

어제 맛있게 먹었던 칼국수가 생각나 정문 근처 골목 안쪽에 있는 그 식당을 찾아간다. 식사 시간이 아니라서 손님은 나 혼자다. 칼국수를 기다리는 동안 TV드라마를 보는데 드라마 속 인물들이 아는 사람처럼 반갑다. 내가 즐겨 보는 프로도 아니고 채널을 돌리다 마주치면 어쩌다 한 번씩 보는 드라마인데도 그렇게 반갑다. 그러고 보니 특정 드라마가 아니라 드라마가 나오는 화면 자체가 편안하고 푸근한 느낌을 주는 것 같다. 이 정도면 중독 수준이 아닌지 모르겠다.

나도 그렇지만, 솔직히 우리나라 주부들의 드라마에 대한 열정은

(주부라고 다 그렇진 않겠지만) 어느 정도 중독 상태라 봐도 크게 틀리지 않을 것이다. 하지만 중독이라 하더라도 별로 문제될 것은 없다. 오히려 가벼운 중독 수준의 즐길 거리는 우리의 삶을 싱싱하고 맛깔스럽게 만들어준다.

집안일에 대해선 '필요한 만큼만 열심히' 주의인 나는 종종 설거지를 미루어 두었다가 드라마 시작 2~30분 전쯤 시작하곤 하는데, 그때의 일의 능률은 보통 때와 확연히 다르다.

'내 속에 이런 능력이 있었나?' 스스로 감탄할 정도로 '200 프로' 능력을 발휘하게 된다. 그릇을 세제로 문지르고 물로 헹구는 단순한 그 동작을—드라마 시작 전에 일을 끝내야 된다는—분명한 목표를 가지고 집중해서 하다보면 나중엔 거의 '몰아의 경지'에 이르게 된다. 어느 순간 그것을 즐기고 있는 자신을 문득 발견하게 되는데, 단 한 부분의 군더더기도 없이 정제된 신체의 움직임 자체가 내면에서 일종의 쾌감을 불러일으키는 모양이다.

게다가 씻지 않은 그 상태로는 결코 쓰일 수 없는 무용(無用)한 물건을 유용(有用)한 물건으로 재탄생시킨다는 작은 성취감마저 순간순간 느끼게 해주니, 설거지는 몰입하기가 어려워 그렇지 일단 몰입하고 나면 오락이 된다. 그리고 그렇게 일을 끝내고 나서 TV 앞에 앉자마자 드라마 제목이 막 화면에 뜨면, 또 그 짜릿한 기분이란…….

귀찮은 부엌일인 설거지를 오락이 되도록 몰입시켜주는 힘이 바로 드라마에서 나오는 것이다. 아니, 드라마에 대한 가벼운 중독 상태에서 나오는 것이다.

그리고 드라마 중독의 또 다른 순기능을 든다면, 천부적으로 별로 이타적이지 못한 나 같은 사람조차도 타인의 안녕을 기원하는 '인류애'를 나름 실천하게 된다는 것이다.

내 중독에 큰 책임을 져 마땅할, 드라마계의 군계일학인 어느 여류작가의 무병장수와 건필(健筆)을 진심으로 비는 것이 인류애의 실천이 아니고 무엇이겠는가. (물론 그것도 뒤집어보면, 순전히 드라마를 지독히 즐기는 나 자신의 행복을 오래오래 지키고 싶어 하는 이기심이 되겠지만.)

카페 빈스빈스에서 찾아온
가슴 떨리는 행복.

3월 6일 (목요일)

0시 56분. 긴급 상황이다.

오른 쪽 귀가 아프다. 쿡쿡 쑤신다. 거기다 오른 쪽 머리도 거의 동시에 욱신욱신 쑤신다. 역시, 오른 쪽 목 안이 은근히 아프다. 이게 대체 어찌된 일인가? 이 오밤중에. 그리고 아프면 전체가 다 아프지 이렇게 오른 쪽만 아픈 것은 또 무슨 경우인가? 너무 고통스럽고 기분 나쁘다. 통증치고 기분 좋은 통증이 있겠는가마는 머리나 귀를 이런 식으로 쑤시는 느낌은 정말 불쾌하고 고통스럽다. 참을 수가 없다. 그렇다고 소리를 낼 수도 없다.

보통 다른 통증은 소리를 내면 좀 덜 아픈 느낌이 드는데, 이건 또 경우가 다르다. 견디는 데 도움이 될까 싶어 소리를 조금 내어봤더니 머리와 귀가 더 쑤시고 아파 그만 입을 다문다. 정말이지, 고문도 이런 고문이 없다.

이게 만약, 내가 알고 있는 어떤 사실을 '불어서' 그치게 할 수 있는 고문이라면 나는 불지 못할 것이 없을 것이다. 묻는 말이 끝나기도 전에

제깍제깍, 성의를 다해, 묻는 사람 마음에 쏙 들도록 실토해 줄 것이다. 하지만 이 알 수 없는 취조자는 아무것도 물어주지 않으니 어쩌겠는가. 그야말로 '아닌 밤중에' 도대체 어떻게 이런 황당한 상황이 일어나게 되었는지, 아픔을 참으며 정신을 수습해본다.

생각해보니 '아니 땐 굴뚝'에서 나는 연기는 아니다. 이곳에 온 이후로 흥분한 나머지 체력을 돌아보지 않고 계속 무리를 했던 것이 원인인 것 같다. 그런데다 어제, 피곤이 채 풀리지 않은 상태로 찬바람을 맞으며 나다닌 것이 직접적인 화근이 된 것 같다.

긴급처방으로 화이투벤 두 알을 먹는다. 맞는 처방인지는 몰라도, 그래도 설사약이나 정로환보다는 나을 것 같아 일단 먹어 둔다. 지금 갖고 있는 약이 그것뿐이니 다른 방도가 없다. 이제 화이투벤이 주효하기를 기다리는 일만 남았다. 못 견딜 슬픔도 울고 나면 좀은 견딜 만해지듯이, 누군가에게 하소연하듯 이렇게 쓰고 나니 통증이 좀 덜한 것 같다. (그 사이 벌써 화이투벤이 작용한 것인가, 아니면 기분이 그런걸가?)

오전 6시 15분.

목은 조금 좋아진 것 같은데 귀와 편두통은 더 심하다. 그런데, 편두통은 육체적인 피로보다는 스트레스와 더 상관있는 것 아닌가? 이리저리 생각을 해봐도 스트레스 받거나 신경 쓴 일이 없는 것 같은데 왜 이럴까? 어쩌면 어젯밤 복잡한 서울시 지도를 너무 많이 본 것이 원인일지 모르겠다.

저녁밥을 먹고, 며칠 전에 서점에서 구입한 장판지만 한 서울시 지도를 방바닥에 펼쳐놓고 돋보기를 들이댔다. 이화여대, 연세대, 경복궁, 창덕궁, 탑골공원, 인사동, 덕성여중고……. 여기저기 내가 가 봤던 곳을 지도에서 찾아내고 위치를 확인하는 일은 신기하고 재미있었다. 반포대교, 성수대교, 양화대교……, 한강다리 이름이 하도 많아 헷갈렸었는데 지도에서 보니 일목요연해 머릿속이 다 개운해지는 것 같았다.

서울 지리가 머릿속에 속속 입력되는 것 같은 그 느낌이 좋아 내친김에 서울 지리를 '몽땅 입력시켜버릴' 기세로 (서치라이트를 비추듯) 돋보기를 부지런히 옮겨가며 설쳐댔던(?) 것이 뇌에는 엄청난 스트레스가 된 것 같다.

동서남북 온 천지에 빽빽하게 박혀있는 깨알 같은 글씨들을 분간해내며 그때 벌써 머리가 빽빽한 느낌이 들더니만 마침내 이렇게 폭발해버린 모양이다. 이미 구형이 되어버린 기계인지라, 최신 기기라면 별것도 아니었을 그만한 일에 과부하가 걸려버린 것이다.

그래, 맞다. 내 몸의 처지를 망각한, 지나친 의욕이 불러온 불상사다. 누구를 탓하고 원망하랴. 그래도 누군가를 원망하고 있으면 통증을 좀 잊을 수 있을까 싶어 횡설수설 이치에 닿지 않는 원망을 해본다. '서울은 도대체 왜 이렇게까지 넓고 복잡해야 하는가, 구경거리가 많은 건 좋지만 그렇다고 사방팔방 마구 팽창해버려 지도를 그렇게까지 복잡하게 만들다니…….'

어쨌든 앞으론 조심하자. 내 몸은 튼실하지도 않거니와 어수룩하지도 않다는 사실을 명심하자. 평소엔 자신을 내세우지 않지만, 도가 지나치다 싶으면 그냥 넘어가지 않고 칼칼한 본색을 제대로 드러내고 만다.

병원 문 열 시간이 되면 길 건너에 보이는 내과엘 가야겠다. 그리고 오늘은 푹 쉬어야겠다. 소용없는 일인 줄 알면서도 새삼 후회스럽다. 어쩌자고 그런 무지한 짓을 하고 만 것인지. (서울지리를 익혀 택시운전을 할 것도 아니면서.)

밤새 잠을 설치게 하던 고통스러운 그 증세는 아침밥을 먹고 움직이기 시작하자 조금 수그러든다. 길 건너 병원에 가려던 계획은 홍대 쪽으로 변경된다. 거기서 병원에 들렀다가 부근을 좀 돌아보려는 것이다.

제법 여유가 생긴 나는 이대역 입구에서 신문을 사 들고 놀러가는 기분으로 두 정거장 떨어진 홍대로 간다. 지하철역 근처 병원을 찾아가 진료를 받고 약을 한 번 먹었더니 얼마 되지 않아 아프던 머리와 귀가 거짓말같이 말짱해진다. 몸이 개운해지니 호기심이 다시 생기를 찾는다. '홍대 부근 북카페'로 검색한 메모를 들고 찾아다니다 여의치 않아 그 카페에 전화를 걸어 위치를 물어보기까지 했는데도 찾는 데 실패한다.

슬그머니 화가 나서 '북카페가 뭐 별건가, 카페에서 책 읽으면 거기가 북카페가 되는 거지.' 생각하며 그만 우리 동네로 돌아와 이대정문 앞 '빈스빈스'에 들어간다. 뜨거운 카페라떼 한 잔을 앞에 두고 신문을 뒤적거리다 서울 온 뒤로는 처음으로 '워크맨'을 꺼낸다.

테이블을 가득 채운 여학생들의 수다가 시끄러워 소음 차단을 하려고 이어폰을 꽂은 것인데,

아, 오랜만에 듣는 음악은 딴 세상을 열어 보인다.

「G선상의 아리아」도 여기선 한층 더 애절하고 투명하다.

창가에 길게 이어져 있는 이 나무 테이블은 폭도 넓어서 도서관 책상 같은 느낌이 들어 참 신선하다. 이 넓은 테이블에선 커피를 한 모금씩 아껴가며 마셔도 좋고, 신문을 보거나 책을 읽어도 좋고, 음악을 들으며 창밖을 바라봐도 좋다.

지금 이 시간, 그렇게 아프던 머리도 씻은 듯 깨끗하고, 마음은 텅 비어 걸리는 일 하나 없고, 달콤하고 향기로운 커피를 마시며 신문을 읽다가 한 번씩 거리를 내려다본다.

"행복하다."

거기다 가슴을 에는 듯 애절하고 아름다운 음악이 맑고 잔잔한 내 마음에 현란한 파문(波紋)을 그리고 있으니.

……

지금 내게 부족한 것이 무엇인지 나는 알지 못한다.

이 지구상에서 내가 부러워할 만한 사람을 지금은 생각해내지 못하겠다. 이 느낌이 혹시, 누구나가 찾아 헤매는 그 '완벽한 행복'이란 것 아닐까? 생각건대 아마도, '완벽한 행복 그 자체'이거나 아니면 가장 거기에 근접한 상태일 것이다.

집으로 돌아와 뜨거운 물로 샤워하고 봄추위에 움츠렸던 몸을 풀고 나니 심신이 쾌적하다.

드라마 보러 와도 되나요?
—대흥분식.

3월 7일 (금요일)

아침에 눈을 뜨니 지난밤 숙면의 여운이 빈스빈스에서 마신 달콤한 커피의 맛처럼 감미롭다.

아침밥을 먹고 황현산 교수의 산문집 『밤이 선생이다』를 읽는다. 학창시절 이후로 소리 내어 책을 읽은 기억이 별로 없지만, 이 책은 중간중간 같은 문장을 몇 번이나 소리 내어 읽고 넘어간다. 어쩌면 이런 글을 쓸 수 있는지, 자신의 생각을 어쩌면 이렇게도 잘 표현할 수 있는지 감탄을 거듭한다. 꾸민 태가 전혀 없는, 깊이 있고 세련된 사유(思惟)와 문장은 이미 검증된 고전의 그것에도 비길 수 있을 것 같다는 생각을 해본다.

책을 빌려 읽지 않는 나는 마음에 맞는 내용을 만나면 망설이지 않고 줄을 긋는다. 책을 소유한 자의 권리를 즐겁게 누려보는 것이지만, 그렇다고 그 권리를 남용하지는 않는다.

그런데, 이 책을 읽으며 나는 '책을 소유한 자의 권리'를 아낌없이 누린다. 기쁨으로 뛰는 가슴을 안고 한 페이지 거의 전체에다 밑줄을 긋기도 한다.

좋은 글을 읽고 마음이 흐뭇해지면 벌떡 일어나 미루어 오던 집안일을 하는 습관이 여기서도 발동된다. 이사를 온 뒤로 무선 청소기로 대강 해오던 청소를 오늘 제대로 한 번 하고 싶어진 것이다. 물티슈로 '온 집안'을 먼지 하나 없이 닦아내는 데 걸린 시간이 채 20분이 안 된다.

바로 이거다. 집안일이란 모름지기 이렇게 간단해야 하는 법.

나는 이제야 오랫동안 그려오던 생활 속의 미니멀리즘을 몸소 구현(具現)하고 있는 것이다. 그렇게 청소를 끝낸 뒤에는 누워서 이리저리 뒹굴며 깨끗해진 방바닥의 매끈매끈한 감촉을 즐겨본다.

'새로운 곳에 머물러 살면서 그곳을 여행하는' 이 여행방식은 해보니 예상대로 참 좋다. 더구나 혼자서 하는 체류여행은 아무런 구애도 받지 않고 모자라는 체력을 보충할 시간을 마음대로 가질 수 있으니, 나 같은 사람에겐 이상적인 형태의 여행이다.

피곤한 날은 이렇게 집에서 쉬고 힘이 생기면 밖으로 나가 여행하면 된다. 밖에서 구경하고 다니다가도 힘들면 카페나 커피전문점, 빵집 같은 데 들어가 커피를 마시거나 빵을 먹으며 쉬면 된다. 기분 내키면 몇 시간 동안이라도 내 집 서재처럼 신문이나 책을 읽으며 시간을 보낸다.

이 여행을 오기 전엔 커피 전문점들을 별로 좋지 않은 시선으로 본 적도 있었다. 대체 이런 곳들이 왜 이렇게 많이 생겨나는 것인지, 왜 그렇게 비싼 커피를 마셔야 하는지, 왜 커피를 저렇게 길을 가며 마시는지…….

하지만, 서울에서 여행을 하다 보니 시내에 그런 곳이 많다는 것이 얼마나 다행스러운지 모르겠다. 꼭 나를 위해 요소요소에 만들어 놓은 오아시스 같다. 그리고 길에서 마시든, 분위기 있는 실내에서 마시든, 자유롭게 커피를 마시는 그 행위가 생활의 여유와 문화를 즐기는 한 형태라는 생각을 하게 된다.

늦은 점심을 먹고 5시에 집을 나와 이대 캠퍼스를 걷는다. 며칠 전 처음 이대 본관을 보고 감회에 젖었었지만, 그 옆에 있는 김활란 박사의 동상 또한 참 많은 느낌을 주었었다. 오늘 다시 보아도, 아담한 체구에 안경을 낀 온화한 여사의 모습은 여느 동상과는 달리 이상하게도 너무나 인간적인 체취가 느껴진다. 마치 살아 있는 그 분을 알고 지냈던 것 같은 느낌과 함께 이해할 수 없는 그리움마저 일렁인다.

어떻게 사는 것이 바르게 사는 것인지, 당신께서는 어떤 생각을 하며 평생을 살아가셨는지, 무엇에 기뻐하고 슬퍼하셨는지,……. 차라도 한 잔 나누며 조곤조곤 말씀을 듣고 싶다. 책 속의 가지런한 활자가 아닌, 살아 있는 따뜻한 목소리가 듣고 싶다.

그때 이 교정에서 수줍은 여학생들을 가르쳐 당당한 사회의 일꾼으로 키워내던 선생의 목소리는 필시 따뜻했으리라. 조용한 확신에 차 있었으리라.

정문을 나오니 6시가 못 되었다. 운동시간이 모자라서 지하철역을 통과해 대흥동쪽으로 더 걸어본다. 큰 길에서 조금만 들어가도 분위기가 아주 달라져, 좁은 골목을 끼고 다닥다닥 붙어 있는 주택에는—사람 사는 곳이면 어디나 비슷한—생활의 고단함이 짙게 배어 있다.

허리 구부정한 한 할머니가 3층 집의 때 묻은 외벽을 따라 설치된 계단을 힘겹게 오르는데, 양손엔 저녁 찬거리인지 검은 비닐봉지가 들려 있다. 그 철제 계단엔 허리 높이의 난간이 있긴 하지만 난간 밖은 바로 허공이다. 약간의 조심성만 있어도 별문제가 없긴 하겠지만, 걱정이 많은 편인 나는 나도 모르게 난간이 좀 더 높으면 좋겠다는 생각을 하고 있다.

다시 구불구불한 골목을 이리저리 걷다가 나름대로 소박한 상가를 형성하고 있는 조금 넓은 골목으로 나온다. 그 골목 상가에는 아직도 쌀자루 몇 개를 쌓아두고 파는 쌀가게가 있어, 직선거리로는 몇 미터밖에 떨어지지 않은 큰 도로의 분위기와 묘한 대조를 이룬다.

돌아오는 길에 한 분식집 앞을 지나는데 떡볶이 냄새가 발길을 잡아끈다. 1인분을 시키니 그 분량이 한 끼 식사로도 충분하겠기에 집에 가서 저녁밥을 먹을 요량으로 덜어내고 반만 달라고 한다. (물론, 값은 1인분 값을 다 치르겠다 말하고.)

그 자리에서 장사한지가 오래 되었다는 그 아주머니는 의외로 시골 여인처럼 수더분한데, 쫄깃한 떡볶이와 함께 따라 나온 오뎅 국물도 뜨겁고 시원해 아주 맛있다.

서너 평 되는 실내의 구석에 구식 TV가 켜져 있기에 떡볶이를 먹으며 요즘 드라마에 대해 이것저것 이야기를 해본다. 하지만 아주머니는 그 방면에 별로 관심이 없는지 '심도 있는' 대화가 이루어지지 않는다.

주말 드라마 '맏이'를 모른다고 하니 '세 번 결혼하는 여자'는 당연히 모를 것 같아 그냥 내일 주말 드라마를 여기서 볼 수 있겠는가 물어본다. 혼자 와서 떡볶이를 사 먹고 주말 밤에 와서 TV를 보겠다는 내가 이상하게 보일 수도 있을 텐데, 밤 10시까지는 영업을 하니 그때까지는 봐도 좋다고, 주인아주머니는 선선히 대답한다. 내일 컨디션이 좋으면 '대홍 분식'에서 저녁을 먹고 '맏이'를 봐야겠다. 한 가지 흠 없는 사람 없다고, 여기 내 방도 다 좋은데 드라마를 볼 수 없는 게 유일한 흠이다.

일부러 찾아가서
마음고생을 하다니.
—서대문 형무소.

3월 8일 (토요일)

을지로 3가에서 3호선 환승, 독립문역 하차.(4번 출구)

지하철 코스를 메모한 뒤 서대문형무소를 향해 집을 나선다. 오전 11시. 감방이 어떻게 생겼는지 궁금해 '7번방의 선물'이라는 영화를 일부러 찾아서 보기까지 했던지라, '서대문형무소'를 서울 답사의 앞부분에 놓은 것이다. 환승을 한 번 하긴 했지만 몇 정거장 안 되는 거리라서 얼마 안 있어 독립문역에 도착한다.

역사에서 나와 가는 길에 있는 모화관을 잠시 둘러본 뒤에 오늘의 답사 현장으로 간다. 몇 걸음 가지 않아 공원 건너편 서대문 형무소 전경(全景)이 눈에 들어오는데, 나도 모르게 가슴이 쿵하고 내려앉는다. 생전 처음 느껴보는 '어둡고 무거운' 이상한 기분을 무어라 표현할 수가 없다.

붉은 벽돌로 된 높은 담장과 옥사 건물들이 풍기는 무겁고 음침한 분위기는 감옥에 대해 지금까지 품어왔던 내 가벼운 호기심을 단번에 눌러버리고 현실 밖의 또 다른 현실 속으로 나를 데려가고 만다.

(안내 팜플렛의 관람 순서에는 끝부분으로 되어 있지만 그것과는 상관없이) 입구에서 가까운 여죄수 감방으로 먼저 들어간다. 유관순 열사가 수감되었던 8호 감방은 조금 넓은데, 다른 방들은 두 사람이 겨우 누울 수 있을 만한 좁은 마루방이다. 그나마 바닥이 콘크리트가 아니고 마루라서 겨울을 견디기가 그래도 조금 나았겠다 생각한다.

감방 안에는 그 방에 수감되었던 수인들의 사진이 전시되어 있어, 교과서 속의 역사로만 알고 있던 과거의 일들이 바로 얼마 전에 있었던 일인 듯한 '현실감'으로 다가온다. 낡은 저고리에 흐트러진 머리카락을 하고 있지만 서늘하고 단단한 의지가 서려 있는 그 표정과 눈매들은 보는 사람의 마음을 흔들어 잠시 울컥하게 만든다.

그 감정을 무시해버리고 관람객들을 따라 앞으로 나아간다.

한 감방 안에 전시된, 레이스로 뜬 컵받침엔 이런 해설이 붙어 있다. '이 감방에 수감되어 있던 사형수가 자신을 잘 돌봐주던 간수에게 감사의 뜻으로 떠서 선물한 것.'이라는.

이 살벌하고 차가운 마룻바닥에 앉아 사형 날짜를 기다리며 레이스를 뜨던 그 수인의 마음은 어땠을까? 두려워 차마 들여다보지 못할 바닥 모를 심연(深淵)만 같아 그 마음을 헤아려볼 엄두가 나지 않는다. 아마도 옆 방 다른 동지들과 무언의 격려를 주고받으며 하루하루 고통스러운 옥살이를 견뎌냈으리라. 조국을 위해 목숨을 바친다는 숭고한 사명감으로 죽음에 대한 두려움을 떨쳐내고 사진 속의 그 형형한 눈빛을 지켜낼 수 있었으리라.

다른 관람객들과 함께 정해진 코스를 따라 도는 동안 나는 내내 침울하고 으스스한 느낌을 떨쳐버리지 못해 도중에 그만 나와 버릴까 하는 생각도 해본다. 하지만 그건 떳떳치 못한 짓인 것 같아 꾹 참고 끝까지 관람을 하는데, 마음 한편으론 오늘 이곳에 온 것이 후회스러워지려 한다. 뭘 모르고 괜히 사서 마음고생을 한다는 생각이 슬그머니 인다.

하지만 또 한편으론, 이 나라 국민이라면 누구나 한 번은 와보고 느껴야 할 장소라는 생각이 들기도 한다. 잘 보고, 마음 불편해하며 많이 생각하라고 이 역사의 현장을 이렇게 충실히 복원해놓은 것이리라. 그래, 다시 생각해보니 오늘 이곳에 온 것은 잘 한 일이다. 하지만 나보고 두 번 오라고 하면 단호히 사양할 것이다.

이런 숙제는 한번 한 것으로 족하다.

형무소를 나와 불편한 기분을 털어버리려 일부러 힘차게 걷는데, 걷다보니 영천시장이 나온다.(여행 안내서에 나와 있던 그 시장이다.) 걷는 사이 기분은 다시 회복되어 시장 주변의 활기찬 분위기부터 벌써 재미있다. 좌우로 길게 이어져 있는 가게들 중에는 대강 보아도 먹음직한 음식을 파는 곳이 유난히 많다.

떡, 튀김, 도넛, 파전, 칼국수, 국밥…….

이런 먹음직한 거리 음식들이 늘어서 있는 것을 보면 나는 마치 잔칫집에 온 것처럼 마음이 흐뭇해진다. 나는 저것들을 가능하면 여러 가지 먹어보려고 작정한다. 마음 같아선 다 먹고 싶지만 점심 한 끼에 허용된 양은 정해져 있기에 신중히 음식종류를 고른다.

우선 시장 입구에 TV 달인 프로 출연 경력이 있다는 꽈배기 집 앞의 긴 줄 뒤에 붙어 선다. 차례가 가까워져 가게 안으로 들어서자 밀가루 반죽으로 모양을 만들고 튀겨내고 설탕을 묻히는 과정이 한눈에 들어온다. 과정 하나하나가 재미있어 눈을 바쁘게 움직이며 구경하는데, 작업이 그렇게 어려워 보이지 않아 나도 할 수 있을 것 같다. 특히 설탕 묻히는 작업은 한 번 해보고 싶다.

밀가루 반죽을 꼬아 모양 만드는 일은 그래도 신경이 좀 쓰이는 작업 같고, 뜨거운 기름에 튀기는 일은 좀 위험할 수도 있을 것 같지만 튀겨낸 꽈배기를 설탕에 굴려내는 일은 신경이 쓰이거나 위험하지 않으면서 재미는 '약간' 있을 것 같아서이다. 한 두 시간은 무보수로 봉사를 할 수도 있는데……. (아니, 이건 보수를 받고 말고의 문제가 아니라 내가 '체험료'를 내야 할 일인가?)

오래 기다리고 싶은데, 아쉽게도 금방 차례가 와서 '하얗게 반짝이는 가루를 뒤집어 쓴 말랑말랑하고 따끈따끈한 것' 네 개를 못 이긴 듯이 받아 든다. 받은 것을 먹을 생각도 않고 비좁은 가게에서 손님들에게 이리저리 밀리며 계속 구경을 하고 있자니, 주인이 '꽈배기 산 사람은 나가라.' 한다. (아마도 나를 찍어 한 말 같다.)

어쩔 수 없이 가게 밖으로 나와 그 자리에 서서 두 개를 연달아 먹는다. 금방 튀겨내 설탕을 듬뿍 묻힌 꽈배기는 맛이 참 좋다. 바싹하고 달면서 부드럽고 쫄깃하다.

네 개를 다 먹고 싶지만 두 개를 남겨 손에 들고 시장 골목으로 들어간다. 가게들을 구경하며 걷다가 손님이 꽤 많이 들어 있는 국밥집 앞에서 걸음을 멈춘다.

자리를 잡고 신문을 보며 기다리는데 등산복을 입은 단체 손님을 비롯해 다른 손님들로 실내가 수런거린다. 손님이 많은 식당은 대체로 맛이 괜찮은 법이라, 은근히 기대가 된다. 그런데, 한참 만에 나온 순댓국과 밑반찬은 '비주얼'부터 좀 아니다. 반찬은 오래 전에 담아둔 것인 듯 신선함과는 거리가 멀고, 이상하게 뻘건 기름이 뜨는 국은 맛도 역시 이상하다. 재래시장의 정직하고 소박함은 아무데서나 만날 수 있는 게 아닌 모양이다.

뽀얀 국물에 다양한 부위의 맛있는 고기가 듬뿍 들어 있던 내가 아는 경북 영천시장 소머리 국밥이 생각난다. 봄 가을이면 기차 여행과 오일장 구경을 겸해 한 번씩 먹으러 가는 그 음식은 장날을 기다려 찾아오는 시골 사람들에게도 별미를 맛보는 즐거움을 주는 것 같았다. 뜨거운 국밥을 식혀가며 먹는 동안 자연스럽게 듣게 되는 촌로들의 대화도 투박하지만 정직한 인생이 우러나 있는 진국이었지.

창공의 새처럼 자유로운 여행,
그러나 가끔씩 출현하는 불청객.

3월 9일 (일요일)

어제 영천시장에서 사 온 쑥으로 된장을 풀고 국을 끓였다. 올봄의 첫 쑥국 맛에 입맛이 산뜻하게 깨어난다. 한 냄비 가득한 저 쑥국으로 이제 며칠은 걱정 없이 먹고 살겠다. 오늘 아침까지 먹었던 된장찌개 대신 한동안 내 밥상의 주인공이 될 것이다.

된장찌개 한 냄비로 며칠 살고, 국 한 번 끓여서 또 한 며칠 먹고, 남는 시간엔 나 하고 싶은 일을 하고. 집에서도 여기서처럼 이렇게 간편하게 살 수 있으면 얼마나 좋으랴. 그만두자. 나중에 할 집안일을 여기서 걱정할 게 뭔가. 지금은 내게 주어진 이 자유, 이 특권을 마음껏 즐기면 되는 것이다. 비싼 값을 치르고 얻은 이 특권을 원 없이 누리는 것이야말로 지금의 내가 다해야 할 의무이다. '못 견디게 사랑스러운' 의무인 것이다.

국끓이기에 이어 빨래, 쓰레기 처리 등 집안일로 오전을 보내고, 점심 먹고 책을 읽다가 4시에 운동을 나간다.

우리 오피스텔 뒤쪽 골목으로 접어들자 대흥동 주민 센터가 나온다. 엘리베이터를 기다리며 매번 눈길을 주게 되는 복도 창문 너머 큰 건물이 궁금했었는데, 그게 바로 대흥동 주민 센터다.

나도 모르게 마음을 쓰고 있었던지, 궁금증이 풀리고 나니 은근히 신경 쓰이던 손가락 거스러미를 손톱깎이로 잘라낸 것 같이 기분이 개운하다.

뒷골목 주택가로 더 들어가자 사람 흔적이나 개 짖는 소리조차 없어 낮인데도 기분이 좀 그렇다. 그래도 호기심은 정상적으로 작동되고 있어 부지런히 주변을 살피며 걷는데, 큰길가 화려한 빌딩들의 후면이 이음침하고 좁은 골목과 곧바로 연결되어 있는 모양에 눈길이 머문다. 분위기가 전혀 다른 두 세계가 별다른 완충지대도 없이 이렇게 바로 연결되어 있다는 것이 이상하고 묘한 느낌이 든다. 그러면서도 한편으론 이런 서울이 재미있다는 생각을 해본다. 그 자리에 한참을 서서 보다 어쩐지 으스스해 골목길을 빠른 걸음으로 통과해 큰길로 나간다.

아현시장 쪽으로 걸으며 혹시나 몇 년 전에 재미있게 봤던 '아현동 마님'이란 드라마와 관련된 무언가를 발견할 수 있으려나 살펴봤지만 아무것도 찾지 못한다. 괜히 좀 섭섭하다.

아현시장에서 다시 돌아와 이대 캠퍼스 안으로 들어가서는 이어폰을 꽂고 걷는다.

본관을 지나 알영당(閼英堂)앞 빈숲을 걷는데, 엘가의「사랑의 인사」가 오늘 따라 가슴을 저민다. 춥고 외롭다.

혼자 하는 여행은 창공의 새처럼 자유롭고 홀가분해서 좋지만 까닭없이 가끔씩 출현하는 불청객, 외로움이 흠이라면 흠이다. 그러나, 오늘의 이 '춥고 외로운' 기분은 출처(出處)를 알 수 있을 것 같다. 아마도, 입고 있는 옷이 꽃샘추위를 감당하기엔 얇고, 이 시간이 교정에 학생들이 거의 없는 일요일 해거름이라 그런 느낌이 드는 것이리라.

글로리아 백화점에서의 손님 놀이.
-압구정동을 휘젓고 다니다가.

3월 10일 (월요일)

가지가지 먹음직한 떡들이 떡함지에 한 가득이다. 이걸 집었다가 놓고 다시 저걸 집는다. 집고 보니 다시 그 옆에 있는 게 더 맛있어 보인다. 서울 여행 안내서를 보고 정신을 못 차린다. 그야말로 즐거운 고민에 빠져 허우적대다가 정신을 차려 몇 코스를 훑어본다.

서촌과 덕수궁 코스는 월요일엔 문을 열지 않는 시설이 포함되어 있고, 서래마을은 주말이라야 그곳 주민들이 많이 나와 다녀 재미있겠다 싶어 오늘 코스는 압구정으로 정한다.

놀라운 집값과 첨단(?)의 소비 행태로 세인들의 입에 심심찮게 오르내리고 있는 압구정이 과연 어떤 모습을 하고 있을까 궁금하다. 오늘은 다리가 아플 때까지 거기서 하루를 헤매는 것이다. 다리가 아픈들 걱정인가. 분위기 좋은 카페를 찾아서 쉬고 충전을 하면 되지. (단, 커피는 블랙으로 바꾼다. 달콤한 커피는 충분히 즐겼으니 이제부터는 입맛을 블랙에 길들여야 한다.)

11시 20분 출발. 12시쯤 압구정역에 도착.

길 가는 아가씨들에게 로데오 거리로 가는 길을 물었더니, 모른다는 몸짓과 함께 일본말로 뭐라고 말을 한다. 영어 단어 몇 개를 주고받으며, '홋가이도에서 온 대학생인데 역시 로데오 거리로 가려고 한다.'는 것과 '나도 여행 온 사람'이라는 뜻을 서로 소통한다.

나는 외국 사람을 만나면 주로 이런 핵심회화체(?)를 구사하는데, 단어 몇 개만으로도 '웬만한' 뜻이 통하니 얼마나 경제적인 언어활동인가? (곧 죽어도 영어회화 못한다는 말은 하기 싫어서…….)

로데오 거리로 가는 중에, 재즈댄스를 하러 가는 길이라는 60대 중후반의 이 동네 여인을 만나 갤러리아 백화점까지 동행하며 친절한 '동네 브리핑'을 듣는다. 그녀의 조언대로 우선 백화점 지하 식품관에 들어가는데, 그 분위기가 참 놀랍다.

수많은 여인들이 이국적인 음식을 파는 넓은 매장들의 자리를 가득 채운 채 하나같이 활기찬 모습으로 열심히 무언가를 먹고 있다. 지금 이 시간 여기서 음식을 먹고 있다는 사실을 무척이나 자랑스러워하는 듯하다. 그걸 보니, 맛있는 음식을 먹는 일이 사람 사는 일 중에 가장 중요한 일인 것 같다는 느낌이 든다.

그 '먹자 나라'의 분위기에 취해 나도 베이커리에서 아주 맛있어 보이는 빵 하나를 샀는데 보통 빵집이라면 2~3천 원이면 살 수 있을 것 같은 빵 하나가 무려 5천 원이라 놀란다.

그 빵을 손에 들고 흔들며, 이색적인 온갖 식품들과 물건들이 진열되어 있는 매장을 돌며 구경한다. 어느 부분이든 사진을 찍으면 그대로 잡지에 올려도 어색할 것 같지 않은 '럭셔리'한 분위기다. 그 안을 빵 하나를 들고서, 더 비싼 것도 얼마든지 살 수 있다는 듯 의기양양 돌아다니는 나는 내가 생각해도 상당히 '귀엽다'.

한 코너 앞에 별것 아닌 것처럼 내놓은 작은 찻잔과 잔 받침 한 개의 값이 6만 원에 가깝다. 값을 확인한 나는 무늬가 마음에 안 든다고 말하고 그냥 제자리에 놓는다.(사실은 참 예뻐서, 값이 적당하면 충동구매를 해볼 만한 물건이라 생각했다.)

그렇게 지하 식품관 분위기를 대강 맛보고는 위층으로 올라간다. 프라다 매장으로 들어가 한 바퀴 백 구경을 하고는 백팩은 없느냐고 묻는다. 이 매장엔 백팩이 없다고 하기에, 옆에 있는 구찌매장에 가서 역시 한 바퀴 구경을 하고 백팩을 보여 달라고 한다. (다른 물건은 봐도 별 느낌이 없고 그나마 백팩에 관심이 있어서다.)

창고에 가서 가져온 물건을 찬찬히 뜯어보고 지퍼도 있는 대로 열어보고 나서는 고개를 좌우로 천천히 흔든다. '너무 크고, 모양이 별로'라고. 그러자 직원은 남녀 공용이라 어쩔 수 없다고 한다. 여성 전용의 예쁜 모양은 없느냐고 하니 그런 물건이 없다고 하는데, 아쉬워하는 내 태도는 있기만 하면 바로 살 것처럼 진지하다. 물론 2백만 원이 넘는 가격은 전혀 문제 되지 않는다. 2천만 원이라 한들 문제 될 리가 없다. 처음부터 나와 상관없는 물건을 가지고, 여기까지 온 김에 '손님놀이'를 해본 것뿐이니까. (내 등에는 이미, 며칠 전 27만 원을 긁고 이대 앞에서 구한 가죽 백팩이 자랑스럽게 착 붙어 있다.)

그렇게, 말로만 듣던 명품 백 구경을 실감나게 하고는 백화점을 나와 압구정동을 종횡으로 쏘다닌다. 한참을 그러다 보니 어느새 내 몸의 '밧데리'가 있는 대로 다 방전되어 빨간불이 깜박인다. 이제 곧바로 에너지가 바닥난다는 초비상 신호다.

괜히 흥분해가지고 큰 길 골목길 할 것 없이 정신없이 휘젓고 다니다 '황색 사전 경고등'이 들어온 것에 신경을 쓰지 않았던 것이다. 뭐 그렇게 대단한 볼 거리가 있다고.

당황스러워 주변을 둘러보니 '세븐몽키스'라는 커피점이 있다. 이름도 이상하다. 그 흔하던 스타나 엔젤은 다 어디 가고 웬 몽키? 하지만 그건 한 순간 스친 생각일 뿐, 이 상황에서 선택의 여지는 없다. 몽키든 뭐든, 의자가 있는 곳이라면 어디든 가서 앉아야 한다.

만약 빠른 시간 안에 길 가 공원의 벤치든 노점 판매대 옆에 놓인 플라스틱 의자든, 찻집의 안락한 의자든 의자에 내 몸을 맡기지 못한다면 의자 대신 길바닥에 맡기게 될지도 모른다. 그래서 지나가는 시민의 신고정신에 힘입어 119 구호시스템의 혜택을 입게 될 지도 모른다. 생각만 해도 아찔하다. 119는 참 좋은 제도라고 생각되지만, 가능하면 나라의 혜택을 그렇게까지 받고 싶지는 않은 것이다. (더구나 다른 일도 아니고 '너무 열심히 놀다가 탈진해서' 구급차에 실려 간다면 참 부끄러울 것 같아서다.)

세븐몽키스에 들어가 아메리카노 한 잔을 시켜 좀 전에 산 빵과 함께 점심으로 먹는다. 빵을 다 먹고도 오늘자 조선일보까지 완독하는데, 그제야 컨디션이 좀 회복되어 주변이 돌아다 보인다. 커피 한 잔을 시켜 가지고 한 시간 반이나 놀았던 것이다. 피곤해진 몸이라 신문 한 부의 무게라도 줄이려, 다 본 신문을 테이블에 놓아두고 원숭이 일곱 마리와 헤어진다.

다시 무작정 길을 따라 걷는데 몇 걸음 가지 않아 바로 '도산공원'이라고 새겨진 거대하고 육중한 표지석이 나타난다. 그 표지석은 표면을 별로 다듬지 않아서 그런 느낌이 들 수도 있겠지만, 그 크고 육중함이 마치 어느 먼 곳 돌산 한 귀퉁이가 날아와 이곳에 박혀 있는 듯하다.

이 시내 한복판에 그런 물건이 있다는 것이 기이해 그 '돌산'을 만져보고 밀어보고 한다. 민다고 설마 밀리겠는가마는 만지는 것만으로는 성이 차지 않아 그래 본 것이다. 공원 안 기념관에는 도산과 관련된 여러 장의 사진들이 전시되어 있는데, 사진의 기록성이란 문자의 그것보다 어떤 면에서는 훨씬 뛰어난 것 같다. 그것을 보는 한 순간에 많은 의미와 느낌을 보다 직접적으로 전달해준다.

콧수염을 기르기 전인 젊은 도산의 맨 얼굴은 뜻밖에 참 호남이다. 잘 생긴 그 얼굴에선 그가 품었던 푸르고 높은 뜻이 오롯이 배어나고 있어, 지사 도산의 인품과 청년 안창호의 인간적인 매력이 함께 느껴진다.

기념관을 본 뒤에 운동 나온 그 동네 여인들을 따라 공원을 한 바퀴 도노라니 다시 발이 아프고 다리가 무거워져 온다. 오늘 일정을 그만 접기로 하고 6호선과 2호선을 번갈아 타고 우리 동네로 돌아온다. 하루의 끝에 지친 몸을 누일 방이 있다는 것은 얼마나 고마운 일인지.

컴퓨터 앞에 앉아 폴리페놀이 가득하다는 다크초콜렛을 콩 주워 먹듯 먹으며 따뜻한 내 방에 돌아온 것에 안도한다.

와운산방과 신촌 오피스텔.
-어깨마저 시리도록 신선한 고독과 자유.

3월 11일 (화요일)

어제 무리하게 걸어 다닌 탓으로 아침이 되어도 몸이 무겁다. 수필 교실엔 결석하게 되었다고 전화로 양해를 구했다. 처음부터 모양이 안 좋지만, 그것도 어차피 여행을 즐기자고 시작한 일이니 피곤을 참고 억지로 출석하는 것은 의미가 없다는 생각에서 그렇게 한 것이다.

오늘은 신촌 대로변의 이 방안에서 장석남의 시 '와운산방(臥雲山房)'을 읽으며 은거해보자.

그 집은 아침이 지천이요
서산 아래 어둠이 지천
솔바람이 지천이다
먼지와 검불이, 돌멩이와 그림자가 지천이다
길이며 마당가론 이른 봄이 수레 째 밀렸고
하늘론 빛나며 오가는 것들이 문패를 빛낸다

나는 큰 부자가 되길 원했으므로
그 부잣집에 홀로 산다
쓰고도 쓰고도
남고 남아 밀려 내리는 고요엔
어깨마저 시리다

와운산방엔 아침이, 어둠이, 솔바람이, 지천이란다.

그렇다면, 여기 나의 오피스텔에 지천인 건?

안식(安息)과 유한(幽閒)이다. '어깨마저 시리'도록 신선한, 고독과 자유다.

세수 안 한 얼굴에 마스크를 쓰고 지하철역 입구까지 가서 신문 두 부(조선일보와 한겨레신문)를 사온다. 오는 길에 별생각 없이 길 가의 초밥집에 들러 점심거리를 같이 산다. 간단한 점심셋트가 11,900원이니 집에서 먹는 점심치고는 비싸지만, '한시적(限時的) 생활형태'인지라 스스로에게 상당한 호사를 허용한 것이다.

서울은 참 좋다. 지하철만
타면 못 갈 데가 없으니.

3월 12일 (수요일)

3쾌(三快)가 지속되고 있다. 쾌면(快眠), 쾌식(快食), 쾌변(快便).

많이 걸어 피곤하니까 잘 자고, 집에선 소박한 반찬이라도 밥 한 공기씩 꼭 먹고, 다니면서 먹고 싶은 것 마음대로 사 먹는다. 그리고 대장은 아침마다 신용 있는 거래처처럼 어김없이 '계산'을 해준다. 다 좋은데, '밧데리' 용량이 얼마 안 되는 것이 늘 문제다. 어쩌겠는가. 쓸 데 없는 데 힘 안 쓰고, 완전히 방전되기 전에 신경 써서 충전해주고, 그렇게 지내는 거지. 그리고 생각해보면, 이 정도 되는 것만도 어딘데. 감사할 일이다.

단체여행을 따라다닐 엄두를 낼 수 없다는 게 불편할 때도 있지만, 지금처럼 이렇게, 내 체력에 맞게 형편껏 즐기는 것도 나쁘지 않다. 하지만, 단체여행 기회를 만나기는 어렵지 않은 반면, 이런 개인적인 체류 여행은 실천하기가 어렵다는 게 문제다. 지금 나는 그런 어려운 기회를 만난 것이다. 내 평생에 두 번 만나기 힘든 절호(絶好)의 기회다.

하루하루를 소중히, 이 몇 달간의 여행을 몇 년처럼, 아니 한 '생애처럼' 사는 것이다. 그렇게 할 수 있다면, 이 여행이 끝난 뒤에도 나는, 좋아하는 여행을 마음껏 했다는 느낌을 가지고 평생을 살게 될 것이다. 그러나, 그렇다 하더라도 무리할 필요는 없다. 반드시 이름난 먼 곳을 많이 다니고 특별한 것을 많이 보아야만 좋은 여행은 아니다. 열린 마음과 맑은 눈을 가진다면, 멀지 않은 곳에서도 별것 아닌 것에서도 '만리여심(萬里旅心)'을 의탁할 낯설고 신선한 이향(異鄕)의 냄새를 흠뻑 맡게 될 것이다. 그러기 위해선 느긋하게, 충분히 쉬어야 한다. 마음이 비워지고, 에너지가 차오를 때까지 기다려야 한다.

12시가 다 되어 아침 겸 점심을 먹고 인터넷 서핑을 하는데 북촌에 대한 내용이 눈에 뜨인다. 북촌은 전에도 몇 번 가 본 적이 있어 우선순위에서 밀려나 있었더랬는데, 인터넷으로 보니 다시 마음이 동해 오늘의 행선지로 정한다. 2시 30분 집을 나가 3시에 안국역에 내린다.

파란 불을 기다리며 큰 길 건너 저 쪽의 운현궁을 바라보노라니, 문득 운현궁 양관 생각이 나서 덕성여대 캠퍼스로 발걸음을 옮긴다.(북촌은 양관엘 들른 뒤에 가도 될 것 같아서다.)

이전에 몇 번 운현궁을 다녀가면서도 뒤쪽의 고풍스런 서양식 건물을 별생각 없이 그냥 지나쳤는데, 나중에 알고 보니 역사가 있는 건물이다. 일제가 조선 왕실을 회유할 목적으로 대원군의 손자 이준용에게 지어준 저택이라 한다. 비가 내리고 있어서인지, 지나다니는 사람이 별로 없는 캠퍼스 안은 산속처럼 한적하다. 복잡한 서울 시내에서, 많은 학생들이 공부하고 있을 대학 건물들이 저만치 보이는 캠퍼스에서 산속 같은 한적함이 느껴지다니 의외의 느낌이다.

혼자 양관으로 가 현관문을 열고 안으로 들어가니 왼쪽에 바로 총장실이 있고 오른 쪽엔 수위실이 있는데, 사람은 아무도 보이지 않는다. 머뭇거리고 있자니 여기 직원인 듯한 조신한 인상의 젊은 여자가 우산을 접으며 현관으로 들어온다.

이 건물이 역사가 있는 건물이라기에 한 번 둘러보고 싶어 왔는데 그래도 되겠느냐고 했더니, 역사적인 건물이 맞는데 사무실로 쓰고 있는 실내는 볼 수 없다 한다. 자신의 근무처인 건물의 역사성에 상당한 자부심을 갖고 있는 듯한 그 직원은 관심을 갖고 찾아온 사람을 진지하고 정중하게 대한다. 조용히 복도만 보고 가겠다 말하고는 카펫이 깔린 마룻바닥을 조심스레 밟으며 1층을 훑어보고 나서 2층으로 올라간다.

아까의 그 여인도 어느 방으론가 들어가 버리고 이 넓은 저택엔 비현실적인 정적이 감도는데, 그 속에 서 있는 수줍은 구경꾼은 문이 닫혀 있는 방들을 바라보며 설핏 생각에 잠긴다.

넓은 마루에 아름다운 카펫을 깔고 저 많은 방들을 쓰며 호화롭게 살았을 그 시절의 왕족들. 나라는 힘이 없어 주권을 강탈당하고, 우국지사들은 망국의 한을 품고 나라 밖을 떠돌며, 백성들은 수탈과 착취의 식민지배에 허덕이는데 왕족들은 이렇게 살았구나 싶어 씁쓸하다. 나라를 빼앗은 저들이, 치욕을 안긴 대가로 선심이라도 쓰는 양 내어준 얄팍한 선물을 그들은 이렇게 받아 누렸구나 싶다. 왕실의 존재 의미가 과연 무엇인지, 의문을 품지 않을 수 없다.

양관을 나와 바로 앞의 운현궁으로 간다. 여염(閭閻)의 궁궐 운현궁은 몇 번을 보아도 그 느낌이 새롭다. 바깥마당을 지나 대원군이 기거하던 사랑채인 노안당(老安堂)으로 들어가니 평소와는 달리 조용하다. 초등학생 대여섯 명을 인솔한 여교사가 학생들에게 무언가를 설명해주고 있고, 다른 관광객으로는 외국인 남자 한 명, 우리나라 사람 한 명이 있을 뿐, 노안당은 빗속에 고즈넉하다.

차분하게 안내문을 읽으며 천천히 걸음을 옮기는데, 언제나처럼 넓은 대청마루가 눈길을 끈다. 이전에 왔을 땐 매번 많은 관광객에 묻혀 대강 보고 발길을 돌리곤 했었는데, 오늘은 비 덕분에 한갓지게 마루에 걸터앉아보기도 한다.

이 운현궁의 건물들에는 훤히 트인 대청마루만이 아니라 방과 방 사이에도 예기치 못한 마루방이 있고, 특히 이 노안당의 동쪽 끝에는 4칸으로 된 누마루 영화루(迎和樓)가 있다. 영화루에선 대원군이 손님들을 맞았다 하니, 그의 손님이 되어 이 운치 있는 누마루에서 차나 술을 마셨던 사람은 누구였을까? 흐르는 시내 곁에 삼간모옥(三間茅屋)을 지어놓고 자연 속에서 유유자적했던 청빈한 선비들의 삶은 존경스럽다.

하지만, 아름다운 한옥을 지어놓고 멋들어진 누마루에 앉아 차를 마시고 시를 읊던 사대부들의 품격 높은 삶은 부럽기가 한이 없다. 넉넉한 물질은 있으나 정신과 문화가 결여된 삶, 정신은 높고 형형하되 물질적으론 너무 궁핍한 삶, 이 둘의 경우는 어느 것이나 보기에 민망하고 안타깝다. 하지만, 빼어난 정신과 높은 수준의 문화가 넉넉한 물질과 결합되어 있는 삶은 아름다운 예술품을 감상하는 것만큼이나 내 정신을 고양시킨다. 바른 생각을 갖고 열정적으로 살고 싶다는 의욕을 불러일으킨다. 가치 있는 인생을 사는 길이 무엇인지 깊이 생각해보게 한다.

운현궁에서 시간을 지체하다 보니 4시가 가깝다. 북촌으로 가기엔 너무 늦은 것 같아 북촌은 다음으로 미루고 큰 길 건너 인사동으로 간다. 다시 와 보아도 이 거리는 너무 재미있다. 긴 거리를 형성하고 있는 수많은 점포들은 한 집 한 집이 흥미롭기 짝이 없다.

예술 작품들을 전시하고 있는 갤러리인가 하면, 그 옆은 신기하고 앙증맞은 온갖 물건들을 파는 골동품점이나 기념품점이고, 만져보고 싶어 나도 모르게 손이 내밀어지려는 예쁜 나전칠기 소품, 아름답기 그지없는 자수품, 우아하고 서늘한 도자기들……. 볼 때마다 입에서 비어져 나오려는 감탄을 애써 삼킨다. 누가, 어떻게 이런 예쁜 물건들을 다 만들었는지, 그것들이 어쩌면 이렇게 한 곳에 다 모여 있는지…….

나는 반쯤 혼이 나간 상태에서 물건들을 구경하며, 그나마 남아 있는 정신을 수습해 예쁘고 신기하다고 아무 물건이나 덥석 사는 우(愚)를 범하지 않으려고 안간힘을 쓴다. 수많은 물건들에 의미심장한(?) 눈길을 주었다가 '탄식하며' 거두어들이기를 반복한다. 그렇게 이 거리를 훑어나가는 일은 너무 힘들고 즐겁다. 그러다 도저히 '눈길을 거둘 수 없는' 물건을 만나면 어쩔 수 없이 내 배낭의 무게를 늘린다.

그렇게, 우리의 전통문화를 빼어난 예술 감각과 수재(手才)로 기막힌 물건들로 형상화해, 보는 이의 '죄 없는 탐욕'을 자극하고 마침내는 그것을 손에 넣도록 유혹하는 것은 매력 넘치는 인사동이 저지르는 '아름다운 죄'다.

고답한 문화 상품을 비교적 대중성이 있는 상품으로 제작하여 누구나 얼마간의 문화적 사치를 즐겁게 누려볼 수 있게 하는 것은 인사동의 부인할 수 없는 미덕인 것이다.

그러나 인사동의 미덕은 그것만이 아니다. 갖가지 맛있는 군것질거리를 길에서 먹으며 다녀도 이상할 것 없는 자유로운 분위기, 밤이면 심심찮게 볼 수 있는 거리의 음악가들, 골목골목 숨은 듯 자리 잡고 있는 맛있는 음식점들. (1인분을 팔지 않아 나를 낙담시킨 집도 많았지만…….)

이 모든 것을 이천 원도 안 되는 차비를 주고 30분 지하철을 타고 오면 누릴 수 있는 곳이 바로, 지금 내가 살고 있는 서울이다. 신촌이다. 이 도시가 품고 있는 이런 엄청난 콘텐츠를 생각하면 집값이 그렇게 비싼 것도 놀라울 것 없다는 생각이 든다.

집에 오자마자 아까 도자기 가게에서 산 붉은 빛깔의 머그잔에 물을 담아 약을 먹는다. 물을 마시지 않을 땐 가끔 창가에 놓아두고, 햇빛을 받으면 저 붉은 빛이 어떻게 변하는지 감상할 것이다.

고시계점에서는 전체 길이가 손바닥보다 작은, 예쁜 철제 손잡이가 달린 돋보기도 하나 샀다. 너무 작아서 볼 때마다 번거롭게 안경을 꺼내 써야하는 지하철 노선도에 갖다 대어 보니 선명하게 잘도 보인다. 신문에서 오려낸, 화질이 좋지 않은 산수화에 대어 봐도 그냥 안경을 끼고 볼 때와 느낌이 아주 다르다. 앞으로 책이나 신문에 소개되는 그림을 감상할 때 이 돋보기는 무척 유용할 것 같다. 4만5천 원의 값을 하고 남을 것이다. 오늘 인사동에서 구입한 도자기 머그잔과 돋보기를 나의 애장품 목록에 추가해둔다.

꽁치를 반 마리나 남기다니.
—이대 기숙사에서 4천 원짜리 저녁식사.

3월 13일 (목요일)

오후에 이대 길 입구의 그 미용실에서 파마를 한다. 5만 원. 비싸지 않으면서도 솜씨는 훌륭하다. 묶은 머리에 웨이브까지 없으면 길에서 아무에게나 접근해서 '도를 아십니까?' 하고 말을 거는 이상한 사람처럼 보인다는 딸들의 충고를 받아들여 '빠글빠글하게 볶아 달라.' 했는데, 결과가 만족스럽다.(웨이브란 뭐니 뭐니 해도 꼬들꼬들한 라면발 같이 '확실한' 웨이브가 제일 아닌가.)

파마를 하고 나오니 4시가 다 된 시간이라 오늘은 그냥 이 동네에서 운동하기로 하고, 이대 안으로 들어가 영화관과 교보문고가 있다는 ECC (Ewha Campus Complex)로 간다. 그런데, 들어가 보니 복합관 안에는 영화관과 서점만 있는 게 아니다. 아예 한 '동네'를 차려놓았다. 각종 식당, 각종 커피점, 휘트니스 센터, 은행, 안경점, 온갖 잡화와 과자 과일들을 파는 매점 등등 없는 게 없다. 이 모든 시설들이 한 학교의, 한 건물 안에 있다니 정말이지 놀라 입을 다물지 못할 지경이다.

'등록금 비싼 게 괜히 그런 게 아니구나.' 난 데 없이 비싼 등록금과 연결시켜 생각을 하며, 다시 한 번 이 서울이라는 도시의 '엄청남'에 기가 질린다.

주말의 영화프로와 상영시간을 메모한 뒤에 교보문고로 가서 책 두 권을 산다. 걷는 발길이 저절로 본관 쪽으로 향하는데, 걷다가 기숙사 식당에서 저녁을 먹어보자 싶어 언덕길을 오른다. 기숙사 가는 길은 언덕길이라기보다는 경사가 거의 산에 가깝다. 숨을 헐떡이며 있는 힘을 다해 오르는데, 여학생들은 힘든 기색도 없이 그 길을 '그냥' 걸어간다. '그래, 너희는 젊어서 좋구나.' 부러워하며 한편으론 또, 이만한 길에서 '에베레스트 등산을 하고 있는' 자신을 서글퍼 한다. 하지만 그런 서글픔은 언덕길이 끝나는 기숙사 앞에 이르러서는 어느새 반짝이는 호기심으로 변해 있다.

이대 기숙사 학생들은 어떤 밥을 먹으며 살고 있는지 벌써 궁금하다. 식당 안 매점에서 4천 원을 주고 식권을 사서 식판에 밥과 반찬을 담아 온다. 반찬은 4가지. 콩나물국, 배추김치, 꽁치구이, 두부조림이다. 오랜만의 육식이라 억지로라도 꽁치 한 마리를 다 먹으려 했는데 반 마리밖에 먹지 못하고 아깝게도 남긴다.

기숙사 식당을 나와 언덕길을 내려오니 날은 어느새 어둑해져 본관 건물엔 창문마다 환히 불이 켜져 있다. 박모(薄暮)의 쓸쓸한 나뭇가지 뒤로 보이는 불 켜진 고딕양식의 건축물은 마치 영화 속의 풍경인 듯 아름답다. 하지만 고개를 돌려 정문 쪽을 보는 순간 영화는 끝나고 높고 낮은 현대식 건물들이 눈에 가득 들어온다.

정문 옆에 있는 알파 문방구에 들러 호치키스와 함께 '아이리스'라는 이름의 작은 석고상을 샀다. 흉상의 크기가 한 뼘 정도인데, 이지적인 얼굴에 보기 좋은 웨이브 머리를 두 갈래로 땋아 내리고 있다. 나도 마침 파마를 했겠다, 웨이브 머리라는 공통점(물론 빠글빠글한 내 웨이브와 우아한 아이리스의 웨이브는 질적으로야 다르지만)이 있어서인지 보는 순간 동류의식(?)을 갖게 돼 6천 원을 주고 식구로 삼는다.

여행을 시작하며, 가능하면 물건을 사 모으지 않으려고 속으로 다짐했었는데 벌써 네 개나 샀다.

하지만 저마다 사야 할 이유가 충분히 있는 데야…….

친구들과 회포를 풀다.
―'체류여행이 부러워…….'

3월 14일 (금요일)

오전 12시. 영등포 역사 2층 음식점 'VIP'에서 대학 친구들을 만난다. 내가 서울에 여행을 와 있다고 하니 서로 연락해서 만날 자리를 만든 것이다. 바삐 사는 사람들이라 이렇게 한가하게 여행하는 것을 이해할 수 있으려나 생각했는데, 모두들 하는 말이, 며칠 하는 여행이야 쉽지만 이런 장기간 체류여행은 감히 생각할 수 없는 일이라 한다. 하지만 체류여행은 모두의 꿈이라고. 많이들 부러워한다

여행을 하고 있는 나 자신도 아침에 일어나면 이게 꿈이 아닌지 뜬금없이 의심스러울 때가 있는데, 날마다 남편과 자식들을 건사해야 하는 주부치고 어느 누가 이런 여행을 부러워하지 않으랴.

새삼 내게 주어진 이 행운이 고맙다. 너무나 소중한 생(生)의 선물이다. 나는 이 소중한 행운의 한 방울도 함부로 흘리지 않을 것이다. 매 순간 오감을 활짝 열어두고, 보고 듣고 느낄 것이다.

책이나 화면으로만 보던 것을 눈앞에 대하며 감회에 젖고, 신기한 것을 보고 기뻐 놀라며, 편안한 곳에서 즐겁게 쉬고, 맛있는 것을 먹으며

마음껏 행복해 할 것이다. 반짝이는 호기심을 진주 목걸이인양 목에 걸고서 가보고 싶던 곳을 찾아 즐겁게 헤매고, 스치고 지나가면 그만인 사람들과 가벼운 대화를 주고받기도 하며 흐르는 대로 그냥 흘러갈 것이다. 아니, 나는 이미 그렇게 하고 있다.

내가 이 여행에서 맛보는 순도 높은 기쁨과 자유의 쾌감은 그대로, 여위고 푸석한 내 영혼에 생명의 자양분으로 실시간 공급되어 영혼을 살찌우고 촉촉하게 적셔준다. 종잡을 수 없이 불어대는 삼월의 이 꽃샘바람마저 내 삶의 크고 작은 상처의 딱지를 말려 떨어지게 해 줄 것이다.

점심 후에는 그 중 한 친구의 집으로 이동해 과일을 깎아 먹으며 온갖 이야기를 하고 즐거운 시간을 보낸다. 친구는 학교 때부터 남달랐던 멋있는 외모처럼 살림 솜씨도 똑 부러지는 것 같다. 깨끗하게 잘 꾸며진 집을 보니 부러운 마음에 나도 이렇게 살고 싶다는 생각이 얼핏 든다. 그러나 다음 순간, 나도 모르게 그 집을 그런 훌륭한 상태로 유지하는 데 필요한 노동의 양을 계산하게 된다. 그 노동은 고스란히 주부인 한 여자의 어깨에 얹히는 무거운 짐이 아닌가.

내 경우, 그 무거운 짐을 진 상태로는 '한 인간'으로서 행복하기 위해 필요한 시간과 체력을 확보하는 것이 불가능했다. 그래서 나는 일찌감치 모범 주부의 역할을 일정 부분 내려놓을 수밖에 없었던 것이다. 하지만, 집안을 반짝반짝 빛나게 유지하고 실내에 푸른 화분들을 보기 좋게 가꾸고 때마다 철마다 식구들에게 맛있는 것 만들어 먹이며, 그 속에서 행복해 하는 식구들을 보는 것 자체가 자신의 행복이며 삶의 의미가 되는 주부라면 경우가 다를 것이다. 이런 현모양처형의 여인이 가족을 행복하게 함은 너무나 당연한 일이다.

하지만 그걸 모르지 않으면서도 나는, 집을 관리하는 데 많은 힘을 쏟으며 가족을 위해 자신의 모든 것을 바치는 부지런하고 모범적인 주부로 살고 싶은 생각은 없다. (바란다고 될 일도 아니고 또 대단히 부끄럽고 이기적인 생각이지만, 만약 선택이 가능하다면) 그런 주부를 엄마로 둔 행복한 딸로 살고 싶을 뿐이다.

나도 그리고 당연히 내 딸들도, 그런 좋은 엄마의 행복한 딸로 사는 행운은 누리지 못했다. 하지만 나와 내 딸들은, 가족을 사랑하는 마음이 애틋하고 자기 앞의 삶을 허투루 살지 않으려 애쓰는 선량한 한 여자를 엄마로 둔, 차선의 행운 정도는 누린 딸이란 생각을 해본다.

ECC에서 야간 영화 관람.
—노예 12년.

3월 15일 (토요일)

기본적인 영양은 갖추고 있지만 식단의 변화가 거의 없는 집밥이 싫증 나서 외식을 하러 나간다. 지난번에 떡볶이를 사 먹었던 분식집으로 가서 우동을 주문하고 무심코 기다린다. 여느 분식집처럼 우동사리에 국물을 부어줄 줄 알았는데 그게 아니다.

주인아주머니는 구석에 있는 국수 뽑는 기계로 가더니 준비해 둔 밀가루 반죽으로 국수 딱 1인분을 뽑아낸다. 그 자리에서 바로 삶아내어 국물을 부어 가져다주는데 한 젓가락을 먹어보니 정말 기대 이상이다. 면발의 매끄럽고 쫄깃함이 시쳇말로 환상이다. 국물 맛은 특별할 정도는 아니지만 면발의 훌륭함에 흠을 낼 정도는 아니다. 원체 밀가루 음식을 좋아하는 식성인지라, 지금까지 이름이 알려진 면 종류를 많이 먹어봤지만 내 기억으로는 이 집보다 나은 집이 별로 없었던 것 같다.

서너 평 되는 허름한 분식집에서 이런 '괜찮은' 우동을 먹게 되다니, 서울은 역시 매력적인 곳이다. 그리고 그 아주머니도 프로다. 작은 분식집을 하지만 그 사람은 자기 일에는 프로페셔널이다.

점심을 맛있게 먹고 나니 기분이 흐뭇해져 운동하는 발걸음이 춤을 추듯 가볍다. 이대 캠퍼스로 들어가서는 이어폰을 끼고 걷는다. 복잡한 길에서는 음악을 들을 생각이 안 나는데 캠퍼스 안의 분위기는 음악과 무척 잘 맞다. 기분 때문인가? 빈스빈스나 캠퍼스 안에서 듣는 음악은 옛날 집에서 들을 때와 좀 다르다. 비 온 뒤 먼지 씻긴 나무 이파리처럼 색채가 더욱 선명하다.

감미로울 때는 마음을 한없이 위무해주고, 애절할 때는 눈물이 핑 돌도록 가슴이 에인다. 여기 온 이후로 마음의 각질이 벗겨져 결이 많이 보드라워진 모양이다.

걷기운동을 한 시간 한 뒤 ECC로 가서 영화 시작할 때까지 신문을 볼 계획인데, 본관과 알영당을 거쳐 기숙사까지 갔다 왔는데도 30분밖에 지나지 않아 다시 이리저리 걸어 다니며 운동 시간을 채운다. (혈당 조절을 위해서 가능하면 하루 한 시간은 걷기로 한 것인데 오늘은 그 한 시간 채우기가 힘들다.)

후문으로 나가 연세대 쪽으로 건너 이화당이라는 빵집에서 빵을 사서 정문으로 돌아왔는데 그래도 10분이 남는다. ECC건물을 한 바퀴 더 크게 돌고는 안에 있는 커피점에 들어가 아메리카노와 빵으로 저녁을 먹는다. 저녁을 먹으며 이대 학보를 읽는 중에 한 교수의 칼럼에 인용해 놓은 도종환 시인의 시가 유난히 눈길을 끈다. 이 시는 그야말로 '인구에 회자되는' 시인지라, 나도 부분적으로는 들은 적이 있지만 전문을 다 읽어보니 정말 좋다.

흔들리며 피는 꽃

흔들리지 않고 피는 꽃이 어디 있으랴
이 세상 그 어떤 아름다운 꽃들도
다 흔들리면서 피었나니
흔들리면서 줄기를 곧게 세웠나니
흔들리지 않고 가는 사랑이 어디 있으랴

젖지 않고 피는 꽃이 어디 있으랴
이 세상 그 어떤 빛나는 꽃들도
다 젖으며 젖으며 피었나니
바람과 비에 젖으며 꽃잎 따뜻하게 피웠나니
젖지 않고 가는 삶이 어디 있으랴

그럼요. 흔들리지 않고 피는 꽃이 어디 있겠습니까?
비바람에 젖지 않고 피는 꽃이 어디 있으며, 눈물에 젖지 않고 깊어가는 인생이 어디 있겠습니까?
그럼요.

시인들이란 어쩌면 그렇게도 예리하게 사물의 비의(秘義)를 간파해내고 그토록 아름답고 적실(適實)하게 표현해내는지, 참으로 놀라운 존재다. '흔들리지 않고 피는 꽃이 어디 있으랴.'라는 구절은 너무 많이 알려져 있어 오히려 빛이 좀 바랜 느낌도 있지만,

"젖지 않고 피는 꽃이 어디 있으랴
이 세상 그 어떤 빛나는 꽃들도
다 젖으며 젖으며 피었나니"

이 구절은 더 좋다. '젖으며'를 반복한 그 부분에서는 그의 시정(詩情)이 내 가슴 속에서 꽃물처럼 번진다.

영화를 보고 나오니 10시가 좀 넘어 있다. 그 시간까지 정문 부근에는 학생들과 일반인들이 많이 다녀 밤길이라도 마음 편하게 걷는다. 그런데 정작 늦은 밤 시간 혼자 타는 오피스텔 엘리베이터와 적막한 복도에선 온몸이 찌릿찌릿 전기가 통하기라도 하는 듯 긴장된다.

긴 복도 양 쪽의 수많은 방 안에는 낮의 삶터에서 돌아온 입주민(*이대나 연대 다니는 여학생들이 많다.)들이 저마다 안락한 휴식을 취하고 있을 텐데, 잠긴 현관문 밖의 복도는 인적 없는 산 속처럼 괴괴해 섬뜩하기조차 하다.

나도 곧 현관문을 열고 들어가기만 하면 바로 아늑한 내 보금자리에 누울 텐데, 열리고 닫히는 문 하나가 안과 밖으로 이토록 상이한 분위기를 만드는 이 주거 형태는 나도 거기에 살고 있지만 참으로 기이하다. 어쨌거나 앞으론 가능하면 밤늦게 다니지 않도록 해야겠다. 그리고 영화 선택을 잘 해야겠다.

「노예 12년」이란 제목의 그 영화는, 결국은 해피엔딩이지만 그 과정에 나오는 잔혹한 장면과 가슴 아픈 장면들은 돈을 주고 구태여 볼 것이 못되었다. 예전엔 그런 영화도 곧잘 봤는데 언제부턴가 그런 장면을 보면 그 고통과 슬픔이 너무 실감나게 느껴져 그 시간이 정말 괴롭다. 그래서 영화든 드라마든 달콤하고 재미있는 내용을 골라서 보는 편이다. 달콤한 빵이나 초콜릿이 한 번씩 당기는 것처럼 이것도 일종의 노화현상인지 모르겠다. 포스트를 보고 내용을 짐작했어야 했는데, 돈을 주고서라도 피해야 할 괴로운 장면들을 일부러 가서 봤다니 나 자신이 참 모자라는 사람 같다.

영화 선택을 잘못한 아쉬움을 좀 지워보려고, 그래도 그 영화에서 얻을 수 있는 것을 애써 생각해본다. 주인공 흑인 남자는 자유인의 신분이면서도 노예상에게 납치되어 12년간이나 농장을 전전하며 팔려 다닌다. 그는 사랑하는 아내와 딸과 이별한 슬픔, 억울한 노예로의 전락과 가혹한 학대에 대한 분노와 적개심을 현명하게 다스리며 탈출의 기회를 노린다. 어이없이 맞닥뜨린 불운에 굴복하지 않고 고통스러운 현실에 적응하며 희망의 끈을 놓지 않은 것이다.

노예로서 인간 이하의 부당한 학대와 착취를 당하면서도 그가 일을 대하는 자세는 일관되게 성실하다. 자신의 의지와 무관하게 주어진 일에까지 언제나 최선을 다하는 그 모습은 삶을 대하는 그의 흔들림 없는 마음바탕을 느끼게 해—불안정한 그릇에 담긴 물처럼—하찮은 자극에도 쉽게 평정을 잃고 출렁거리는 나를 저절로 돌아보게 된다.

스스로를 돕는 그를 하늘이 도왔음인지, 그런 가운데서 자신이 부리는 노예의 성실성과 재능까지 인정해줄 줄 아는 훌륭한 인품의 농장주도 만나게 되고, 마지막엔 위험을 무릅쓰면서 결정적인 도움을 주는 한 백인도 만나게 된다. 주인공의 간곡한 부탁에 구조요청 편지를 우체국에 부쳐주겠다고 승낙하며 그 백인이 한 말은 단 한 마디. 자신이 그렇게 하는 것이 '사람의 도리'라는 것이다.

너무 흔해 진부하게 들리는 그 말이 이렇게 새롭고 무겁게 들릴 수도 있구나 생각한다. 사람의 도리에 대해 책 한 권 가득 늘어놓고 설명한들 이처럼 곡진(曲盡)할 수 있겠는가.

아, 허파 간지러워라!

3월 16일 (일요일)

아침에 화장실에서 나오는데 나도 모르게 입에서 노래가 터져 나온다. 그것도 하이톤으로. '밥도 안 먹었는데, 노래는 무슨…….' 하는 생각에 그만두려고 하는데, 이상하게 그만두어지지 않고 자꾸만 나온다. 참을 수 없는 기침처럼.

그래서 된장찌개를 가스레인지에 올려놓고 설거지하는 내내 '라 스파뇨라'를 처음부터 끝까지 몇 번이나 반복해 부른다. 경쾌하고 아름다운 곡의 분위기로 가사의 내용을 짐작할 뿐, 뜻도 잘 모르고 발음도 확실치 않은 외국 노래를 아침 식전부터 왜 그렇게 부르고 싶은지 모르겠다.

"디스파냐 소뇨라밸라……."

나쁜 현상은 아닌 것 같은데, 조금은 이상스럽다. 그것도 하필 이 노래가 왜? 하지만, 재미있는 일이다. 아마도 행복의 미세가루들이 내 '허파'를 살살 간질이는 모양이다.

아, 허파 간지러워라!

2시 15분. 점심을 먹고 오늘의 행선지 서래마을을 찾아 나선다. 한 시간쯤 뒤에 서래마을 인근 서초역에 도착해 출구로 나오니 저 앞쪽에 위용이 대단해 보이는 건물이 있다. 가까이 가보니 대법원이다.

'그래, 서초동에 법원이 있다더니 여기가 바로 거기구나. 참 내가 대법원도 다 보고…….' 가벼운 설렘이 인다. 말로만 듣던 대단한 그곳을 혼자 찾아와 실물을 보고 있다는 사실이 대견스럽다. 혼자서 외국여행하는 여자도 흔한 세상이지만, 그래도 어쩐지 내가 '잘 나가는' 것 같은 느낌이 드는 건 부인할 수 없다. (이런 걸 요즘말로 '자뻑'이라고 하나?)

걸음을 멈추고 자세히 보고 싶지만 체면상 자연스럽게 걸으며 건물과 경내(境內)를 대강 훑어본다.

대법원 정문을 지나 몽마르뜨 공원을 향해 가자니 날씨가 초여름처럼 더워 등에 땀이 다 밴다.

윗옷을 벗어 들고 걷는데 가벼운 복장의 산책객들 역시 다들 옷 하나씩을 손에 들고 공원으로 가는 언덕길을 오르고 있다. 듣던 대로 외국 사람들이 많은데, 내·외국인 할 것 없이 모두 여유 있고 밝은 표정들이라 먹고 사는 걱정과는 거리가 멀어 보이는 '특별한 동네'의 주민들 같다.

공원 안 잔디밭엔 각양각색의 사람들이 모처럼 봄다워진 날씨를 저마다 즐기고 있다.

햇볕에 얼굴이 발갛게 익어 뛰어다니며 노는 아이들, 대형 비눗방울 제조기로 영롱한 방울들을 즐겁게 하늘로 날려 보내는 아이들, 건강상태가 좋지 않은지 의욕이라곤 없이 슬금슬금 풀밭으로 들어가는 – 하는 짓이 전혀 토끼같지 않은 – 토끼를 그래도 야생동물이라고 좋아라 따라다니며 풀을 먹이는 아이들, 그 아이들의 부모로 보이는 젊은 남녀, 운동기구로 운동을 하고 있는 노인들…….

그 풍경 속을 즐겁게 걸어 다니는데, 한 외국인 남자가 혼자 잔디밭 둘레 길로 유모차를 밀고 가다 길에서 멈춘다. 특이한 모양이라 옆으로 지나가며 보니 2인용 유모차인데 안에는 두 아기가 쌔근쌔근 자고 있다. 하얗고 투명한 피부에 예쁜 얼굴이 꼭 인형 같다. 들여다보고 싶은 마음이 굴뚝같지만 실례가 될까 봐 별다른 관심을 보이지 않고 그냥 지나간다.

잔디밭을 한 바퀴 돌고 있자니 아까 그 남자와 아기들 곁에 외국인 몇 사람이 둘러서서 아기를 보며 무언가 이야기들을 하고 있다. 자연스럽게 그 옆으로 가서 아기들을 마음 놓고 자세히 본다. (이런 횡재가!) 깊이 잠든 듯, 행복한 표정의 아빠가 코밑을 살살 만지는데도 잠을 깨지 않는다. 그러면서도 밝은 햇빛이 눈부셔 미간을 살짝 찡그리는 모습은 너무 귀엽고 예쁘다. '대박'이다.

두 아기가 쌍둥이 같아 보여 내가 묻는다.

"세임 이어(Same year)?" ((태어난) 해가 같은가요?)

쌍둥이라는 단어가 생각나지 않아 대신 그렇게 물은 것이다.

금발 머리 여자가 우문(愚問)에 현답(賢答)을 한다.

"트윈스, 원 보이 원 걸. (Twins, one boy one girl.)"

말은 못해도 그 정도 쉬운 것은 알아듣는다. 쌍둥이인데, 한 명은 남자고 한 명은 여자라고. 몇 개월 됐느냐고 하니 3개월 되었단다. 다시 내가, "베리 프리티(Very pretty)!"라며 아기들을 사랑스럽게 바라보자 옆에 있던 사람들이 모두 나를 보고 함빡 웃어준다. 그 사람들이 모두 그 아기하고 친척이기라도 한 것처럼 내 칭찬에 무척 기뻐한다. 너무 예뻐 아기 손이라도 한 번 잡아보고 싶지만 언감생심이다. 아기를 살살 간질이며 흐뭇해 할 수 있는 것은 아기 아빠만의 특권임을 모두 다 인정하는 듯 주변 사람들도 다만 눈으로 사랑하며 즐거워할 뿐이다.

이렇게 순결 자체인 아기들의 모습은 눈으로 보는 것만으로도 마음이 정화되는 것 같아 그 모습을 눈 가득 담는다. 자리를 떠나며 인사 대신 내가 웃어보이자 금발여인도 웃으며 "바이." 하고 손을 든다. 나도 얼떨결에 손을 들어주고 돌아서니 내가 꼭 어느 외국에 와 있는 기분이다.

공원을 내려오다 보니 길옆에 목공예품 전시장이 있어 반색을 하고 들어간다. 책상, 의자, 탁자, 그 밖에 각종 소품들. 하나같이 너무 분위기 있고 아름다운데, 특히 책상은 정말 마음에 든다. ─몇 달 전 그걸 사고서 동네방네 자랑하며 기뻐했던─멋있고 튼튼한 내 원목책상이 세련되고 강인한 남자 집사 같다면, 여기 있는 책상은 섬세하고 단아한 주인댁 규수 같다. 이 단아한 규수 같은 책상을 보고는 단번에 마음이 쏠리면서, 책상이 마치 인격 있는 존재이기라도 한 것처럼 집에 있는 책상에게 미안해진다. (사람이 그렇게 얄팍하게 마음이 변해선 안 되는데…….)

여러 목공예품들에 대해 만발한 내 호감을 만 원짜리 컵받침 하나로 수렴하고서, 카페거리에 있는 파리크라상에 들어가 바로 커피잔을 올려놓고 사용한다. 향기로운 그 나무 받침 위에 잔을 놓고 커피를 마시니 얼마나 운치가 있는지……. 맛있는 빵과 함께 아메리카노를 리필까지 해서 실컷 즐긴다. 창가 자리에서 거리를 구경하다 책을 읽다 하면서 한 시간 놀다가 나온다.

서래마을을 골목골목 돌아다니다 다시 큰 길로 나와 기분 내키는 대로 계속 걷는다. 파리크라상에 가득 진열되어 있는 먹음직한 빵들의 유혹을 이기지 못하고 빵을 세 개나 먹었으니 혈당을 위해선 많이 걸어야 한다. 걷는 것은, 해야 할 일이면서 동시에 하고 싶은 일이기도 해 즐겁게 걷는다. 하고 싶은 일과 해야 할 일이 일치하는, 흔치 않은 행운에 감사하며.

물건을 사 모으지 않겠다는 내 다짐이 오늘도 무너져 버렸지만 어쩔 수 없는 일이다. 이런 예쁜 물건들을 외면하는 것은 나에겐 거의 불가능하다. (그건 또, 그 물건들에 대한 예의도 아니다. ㅎ…….) 그런데, 도대체 이 서울엔 예쁜 물건들이 왜 이렇게 많은지 모르겠다.

집에 오자마자 아까 사 온 그 컵받침 위에 아이리스를 올려놓고 보니 6천 원짜리 석고상이 '대단한 예술품'으로 보인다.

방언처럼 노래가
터져 나와.

3월 17일 (월요일)

참, 누가 옆에 있다면 민망해서 못할 짓인데…….
아침상을 앞에 놓고 방언처럼 노래가 터져 나온다.

아름다운 꿈 깨어나서 하늘의 별빛을 바라보라
한갓 헛되이 해는 지나 이 맘에 남 모를 허공 있네
꿈길에 보는 귀여운 벗 들어주게 나의 고운 노래
부질없었던 근심 걱정 다 함께 사라져 물러가면
벗이여 꿈 깨어 내게 오라

1절을 몇 번 부르다, 생각나는 부분은 간간이 2절 가사도 섞어 부른다.

바닷가 멀리 들려오는 내 노래 소리를 들어보라
아득한 강변 안개 끼니 아침해 비치어 아롱지네

부르다 보니 가사가 너무 좋다. 2절 가사가 더 아름답다.

된장찌개가 식어가지만 상관없다. 누가 말린다고?

아니, 그런데 어제부터 웬 일인가? 언제 내가 노래를 이렇게 좋아했던가?

노래 그만 부르고 밥 먹어야지. '만신' 보려면 11시 20분까지 이대 아트하우스에 가야 한다.

오늘 따라 노래 부르랴 이것저것 챙기랴 하다 보니 1회 상영시간을 놓쳐버렸다. 늦은 김에, 저녁에 버리려 했던 쓰레기도 버리고 천천히 나간다. 아트하우스에 도착하니 12시다. 만신은 다음에 보기로 하고, 오후 1시 50분 2회 상영 시간까지 바로 옆 카페에서 신문을 보며 기다린다.

2회의 상영 영화는 '르누아르'인데, 화가 르누아르의 생활과 작품제작 뒷이야기 같은 것이다. 햇살이 환히 쏟아지는 푸른 숲 속에 맑은 시냇물이 반짝이며 흐르는데, 그 빛나는 자연 속에서 노화가 르누아르가 관능미 넘치는 누드모델들에게 포즈를 취하게 하고 그림 그리는 장면은 참 인상적이다.

늙도록 살며 당대에 명성과 부를 누린 이 화가를 보니, 궁핍에 시달리다 아까운 나이에 생을 마감한 이중섭이나 반 고흐 같은 사람이 생각난다. 그들이 사후에 얻은 명성이 크고 훌륭하기에 불우했던 그 일생이 더욱 안타깝다.

영화가 끝나고 같은 층에 있는 교보문고에 들러 이충렬이 쓴 수화(樹話) 김환기의 전기 『어디서 무엇이 되어 다시 만나랴』와 함정임이 쓴 그림 에세이집 『그림에게 나를 맡기다』를 사가지고 서점을 나온다.

어제 부지런히 쏘다녔던 게 무리가 된 모양인지 걸음을 걸으면 왼쪽 발이 아프다. 그 발에 체중이 실리지 않게 살짝 디디고 오른 발에 힘을 많이 싣는다. 건강한 오른 발을 믿고서 아픈 왼발을 최대한 쉬게 하려는 것인데, 겉으로 보면 절룩거리는 것처럼 보인다.

하지만 절룩거리는 다리보다 더 절실한 건 배고픔이다.

(아침밥을 늦게 먹은지라) 점심을 먹지 않은 채 영화관에 갔다가 서점까지 들르다 보니 밥 먹을 때가 너무 지나버렸다. 영화가 끝나기 전부터 슬슬 고파오던 배는 며칠 굶은 것처럼 '엄살 아닌 엄살'이 대단하다. '사흘 굶어 담 안 넘는 사람이 없다.'지만, 이 기세를 보니 나 같으면 사흘까지 못 갈 것 같다. 두 끼만 굶으면 체면이고 뭐고, 못할 짓(?)이 없을 것 같다. 서점에 들르지 않고 바로 식당에 갔어야 했는데, 영화를 보고 나니 괜히 화가들 이야기가 궁금해져서 책 사러 들어간 것이 무리수였다. 우선 급한 불을 끄려고 정문 앞 제일 가까운 가게에서 '프레즐'을 하나 사서 허겁지겁 먹는다.

배낭을 멘 초로(初老)의 여인이, 손엔 책 두 권을 들고서 봉지에 든 빵조각을 부지런히 꺼내 먹으며 길을 간다. 그것도 다리를 절면서. 보기에 따라선 이상한 모양새로 보이겠지만 이 길에선 아무도 그런 나에게 특별한 눈길을 주지 않는다. 모두들 자기 좋을 대로, 자유롭게 다닐 뿐이다.

나처럼 배고픈 사람은 빵을 먹으며, 커피를 마시고 싶은 사람은 테이크아웃 잔으로 커피를 마시며, 사랑하는 사람들은 서로 팔짱을 끼거나 안듯이 몸을 밀착시키며, 그러면서도 남에게 걸리적거리지 않고 남에게 신경 쓰지도 않고 제 갈 길들을 간다.

그래서 나는 이 이대 거리가 좋다. 이 구역은 자유인들의 해방구다.

아, 저기 저만치
연희전문이…….

3월 18일 (화요일)

평생교육원 강의시간에 지난 주 월요일과 화요일 일기—월요일날 압구정동에서 헤매고 놀다 진이 빠져 다음 날 결석하게 되었다는 내용—를 제출하고 앞에 나가 낭독한다.

'수필은 써본 적이 없고, 써 놓은 게 이 일기뿐이라서 수필 대신 가지고 나왔다. 일기 내용은 지난 주 결석한 결석사유서로 볼 수도 있다. 일기라서 시시콜콜한 내용들인데 양해하시라.'는 모두(冒頭) 발언을 한 뒤 읽는다. 일기도 수필이 될 수는 있지만 사실의 나열만으로 수필이라 하기는 어렵다는, 교수님의 냉정한 평이 따른다. 강의시간이 끝나고 점심으로 김밥을 먹으며 수강생 동료들이 내게 이야기한다.

'글을 많이 써본 것 같다.', '즐기며 사는 것 같다.', '어떻게 그런 트인 생각으로 살 수 있느냐?', '귀엽다. (나보다 2살 많은 L여사가 애교를 담뿍 담아 한 말)' 등등.

저쪽 건너 자리 교수님께 내가 "교수님, 수필이라 하기엔 그렇겠지만 그래도 손을 좀 봐주실랍니까?" 하니, (강의시간에 발표한 수강생들의 글은 교수님께서 고쳐주신 뒤 다음 시간에 모두 함께 다시 읽는다.)
교수님은 “조금.”이라며 웃으신다.

김밥을 먹은 뒤, 시간 있는 사람 몇이서 연세대 밑의 지난 번 그 커피점으로 간다. 카운터에 가서 나나 무스꾸리의 CD를 골라, 틀어 달라 부탁한다. 「사랑의 기쁨」이 흘러나오는 동안 “아, 좋다.”며 일행 중 한 여인이 어쩔 줄 몰라 하더니, 그 곡이 끝나자 한 번 더 듣고 싶다고 내게 부탁하듯 말한다. 나는 졸지에 ‘음악 담당’이 되어 카운터에 가서 방금 지나간 사랑의 기쁨을 다시 들려 달라고 한다.

오늘 발표한 글 이야기와 이런 저런 개인적인 이야기들을 하다 2시쯤 헤어진다.

커피점에서 나와 몇 걸음 가지 않아 연세대로 가는 오솔길로 접어든다. 연대 캠퍼스에 들어서니 다소 메마른 야산 위에 여기저기 현대식 건물들이 세워져 있지만 그 건물들이 무슨 건물인지 별 관심이 안 간다. 그런데, 조금 걸어 가다보니 아연 풍경이 달라진다.

지난 시절 ‘연희 전문’이 저만치 보이는 게 아닌가.

가운데 마당을 둘러싸고 있는 사방의 건물들이 모두 연희전문 시절의 건축물이다. 아름답게 풍화되어가는 이 석조 건축물들의 벽엔 세월의 흔적인 듯 말라버린 담쟁이덩굴들이 완강히 붙어있는데, 나는 오래된 돌계단을 올라 현관문을 열고 들어가 본다.

연희전문 학생 윤동주도 이 서늘하고 단단한 손잡이를 돌려 문을 열었겠구나.

저 마당의 벤치에 나가 앉아, 소리 내어 크게 웃는 법도 없이 순한 미소를 띠고 벗들과 담소를 나누었겠구나.

저 건너 솔밭을 거닐며 시상(詩想)을 다듬었겠구나.

……

꼬리를 무는 상념이 마음을 촉촉이 적시는데, 머뭇거리는 발걸음을 옮겨 조금 떨어진 곳에 있는 시인의 시비 앞에 선다.

'서시(序詩)'다.

죽는 날까지 하늘을 우러러
한 점 부끄럼이 없기를,
잎새에 이는 바람에도
나는 괴로워했다.
별을 노래하는 마음으로
모든 죽어가는 것을 사랑해야지.
그리고 나한테 주어진 길을
걸어가야겠다.

오늘밤에도 별이 바람에 스치운다.

고등학교 땐 입시를 위해 조각조각 나누어 의미를 찾는 공부를 했고, 대학 1학년 교양국어 시간엔 전문(全文)을 외워 써내는 시험을 치르기도 했던 그 시가, 오늘은 그의 육성인 듯 느껍게 다가온다.

'죽는 날까지 하늘을 우러러 한 점 부끄럼이 없기를, 잎새에 이는 바람에도' 괴로워했다니……. 하늘을 우러러 마주한 그 양심의 떳떳함과, 잎새의 바람에도 깨어 있던 자기 성찰의 도저(到底)함이 가볍게 떠돌던 내 마음을 숙연하게 한다. 그러한 그는, 참으로 '죽는 날까지' 이 시를 실현한 것이다. 시인의 사명인 양 '별을 노래하는 마음으로' '죽어 가는 것을 사랑' 하고, 조국의 아들로 자신에게 '주어진 길을' 비켜가지 않았다. 고독과 시대적 절망 속에서 조국의 광복을 기다리며 희망과 용기를 시에 담아 표출하던 그는 사상범으로 체포되어 스물아홉 시퍼런 나이에 옥사하고 말았던 것이다.

> 오늘 밤에도 별이 바람에 스치운다

시의 마지막 구절을 읽고도 내 마음은 여운(餘韻)에 잠겨 일어날 줄을 모른다. 영화가 끝나고 불이 들어왔는데도 자리에서 일어날 줄 모르는 관객처럼,

연대 정문으로 나와 현대백화점까지 걷는다.

매장을 돌다가 전부터 한 번 입고 싶었던 '밀리터리 룩'을 발견하고

요모조모 살펴본다. 좌우 허리와 가슴께에 당당하게 달린 네모난 커다란 주머니 네 개에 하나하나 손을 넣어보고는 더 이상 망설일 필요가 없다고 판단한다.

손이 깊이 들어가고 가슴 주머니 두 개도 허리주머니와 별 차이 없이 크고 튼튼하다. (보통 가슴 주머니는 작거나 아니면 거의 형식적으로 붙여놓기도 하는데, 이 옷은 정직하게 네 개가 모두 당당하다.) 아쉽게도 안주머니는 얇은 천으로 깊지도 않게 달아놓았지만 바깥이 워낙 충실해 안의 부족함을 넉넉히 커버해준다. 솔직히 이 나이에 어울리는 옷은 아니지만, 그래도 꼭 입어보고 싶은 옷이라 '에라' 하고 사버린다.

지금 이 시기는, 서울이라는 이 여행지는, 말하자면 다분히 '치외법권적인' 성격을 띠고 있는지라 평소에 못하던 것들을 별 죄책감(?)없이 해버린다.

지하 식품점에 가서 고기코너를 지나 파김치와 쌈채소를 산다. 고기는 집에서 해먹기 번거로워 안 산다. 이대길을 오가며 심심찮게 사 먹는 '파닭꼬치'로 단백질은 웬만큼 보충하는 셈인데, 그 닭꼬치는 아주 맛있어 맛과 영양 일석이조다.

백화점 지하에서 산
파김치와 쌈채소.

3월 19일 (수요일)

파김치와 쌈채소로 아침에 이어 점심까지 맛있게 먹는다.

그동안 구경 다니는 데 정신이 팔려 반찬 사 먹을 생각을 못했었는데, 오랜만에 파김치를 먹으니 입맛이 쨍하고 살아난다. 덕분에 점심은 과식을 다 한다.

인터넷으로 영화시간을 알아보니 6시에 '만신'을 상영한다기에 운동시간을 계산해서 4시에 나간다. 이대 캠퍼스 안을 산보하듯 천천히 걷는데 몇몇 꽃들이 선을 보인다. 며칠 전 기숙사 식당 가는 길에 처음 보았던 노란 개나리는 이젠 곳곳에 제법 많이 피었다. 분홍 진달래도 여기저기 피기 시작하고, 본관 앞 화단엔 백목련 흰 꽃망울도 부풀었다. 이러다 보면 얼마 안 있어 교정은 꽃밭이 되겠지.

봄꽃이 만발할 때쯤 시간이 날 것 같다는 대구의 H선생님은 강화도 갈 생각을 벌써부터 하고 있다며 설레어 한다. 나는, 남한산성 밑에는 한옥으로 된 좋은 식당도 있다며 한술 더 떠 바람을 잡는다.

간간이 전화통화를 하며 '때'를 기다리는데, 날짜가 확정되어 있지 않은 기다림은 느낌이 아련하다. 느슨한 약속이 마음도 느슨하게 풀어주는 것 같다.

음악을 들으며 산책하다 시간이 되어 상영관에 들어가니 관객은 예닐곱 정도 밖에 안 된다. 영화는 기대와는 달리 별 재미가 없다. 엑스터시를 느낄 수 있는 걸판진 굿 구경을 기대했었는데 내 예측이 빗나간 것이다. (나와 아무 상관없는) 그저 이름난 한 무녀의 일대기일 뿐이다. 어쩌다 생각 없이 맛없는 음식을 잔뜩 먹고 배가 불러버린 것처럼 기분이 찜찜하다.

고시텔을 보고
가슴이 쿵!

3월 20일 (목요일)

인터넷으로 보았던 고시텔이 어떻게 생겼는지 궁금해 이대 정문 부근의 여성 전용 고시텔을 몇 군데 구경해본다.

이상하게도 나는 늘 사람들의 거처가 어떻게 생겨 있는지 궁금하다. 세련된 파리지앵이 사는 아파트, 세계적인 부호들이 사는 캘리포니아의 대저택, 다다미 깔린 일본의 전통 가옥, 우리나라의 한옥, 청계천 변에 있었던 판잣집, 도시 변두리의 허름하고 좁은 주택, 아름다운 전원주택, 그 외에도 문화의 힘과 경제적인 능력을 동시에 갖추고 있는 특정 개인들의 멋진 집. 인터넷을 뒤지며 이런 것들을 구경하는 것은 내 취미고 오락이다.

"여행객인데 방을 좀 보고 싶다."고 하니 고시텔 여자 관리인은 가격을 말해주고 빈 방을 보여준다. 사람 키보다 조금 긴 네 벽으로 둘러싸인 공간. 흔히 아는 쪽방보다도 작다.

작고 간결한 방을 좋아해 소로우의 오두막 사진을 인터넷으로 찾아

보기도 하는 나지만 이 방은 충격적이다. 어떻게, 사람이 사는 방을 이런 크기로 만들 생각을 할 수 있었는지 그것이 궁금해진다. 그 안에 꼼짝 않고 누워서 검사를 받는 의료기기도 아닌데.

이 상자 같은 방에서, 어쩌다 며칠 머무는 것이 아니라 몇 달, 몇 년, 학교를 다닌다는 것이다. 삶의 막다른 골목에 내몰린 사람이 아닌, 이상을 추구하고 미래를 꿈꾸며 배움의 기쁨과 노고로 밤을 지새워야 할 꽃 같은 청춘이 산다는 것이다. 고향 집 그 부모의 귀하디귀한 딸들이 산다는 것이다.

물론, 여기서도 잠을 잘 수 있고 밥을 먹을 수도 있다. 옷을 갈아입을 수도 있고 책을 펴 공부를 할 수도 있다. 그런데, 벽이 바로 팔을 뻗으면 닿는 거리에 있는 것이다. 이렇게 지나치게 가까이 있는 벽은 그곳에 사는 사람에게 정신적인 위해를 가하는 흉기로 작용할 수도 있을 것 같다는 생각이 든다. 그 '상자방' 안에서 잠자고, 옷 갈아입고, 밥 먹고 책을 챙겨 학교에 갈 여대생들을 생각하니 울컥 눈물이 나려 한다. 가슴에 무언가가 얹혀 있는 듯 불편하다. 서울이 좋고 대학도 좋다. 하지만 아무리 그렇다 하더라도 이런 생활을 감수할 만큼은 아니란 생각이다.

내 딸이라면 차라리 변두리 허름한 판잣집이라도 정상적인 크기의 방 한 칸을 얻어서 내가 그곳에서 함께 살 것이다. 그렇게 할 수 없다면, 형편에 맞는 지방의 적당한 대학엘 가게 할 것이다. 그것도 여의치 않다면, 대학을 안 가고도 값있고 행복하게 살 수 있는 인생도 있음을 가르쳐 줄 것이다.

오늘은 겁날 게 없다.
—'완전군장'으로 시내를 활보.

3월 21일 (금요일)

2시에 있는 덕수궁 수문장 교대식에 맞추기 위해 12시에 집을 나온다. 10분을 걸어 신촌 현대백화점에 도착해 며칠 전 소매 수선을 맡겨 둔 밀리터리 룩을 찾는다. 집에서 입고 나간 옷을 '군복'으로 갈아입고 거울을 보니 의외로 나에게 어울리는 것 같다. 거울 속엔 삶의 의욕으로 '만땅 충전된' 씩씩한 퇴역 여군이 서 있다. 아마도 마음에 드는 옷을 입은 흐뭇한 기분이 상당 부분 의욕으로 변환된 모양이다.

군복을 빼닮은 이 옷은 모양도 모양이지만 무엇보다 튼튼하고 많은 주머니들이 압권이다. 손수건, 자루 달린 돋보기, 안경, 수첩, 볼펜, 휴지, 손거울, 교통카드를 4개의 호주머니에 여유롭게 분산 수납한다. 사용 빈도가 높은 것은 허리 주머니에 넣고, 빈도가 낮은 것은 가슴 주머니에 넣으면서 편리하게 이것들을 꺼내어 쓸 생각에 벌써부터 흐뭇해진다. 너무 '튈까 봐' 얼마간 주저하다가 용기를 내어 샀던 것인데 지금 와서 보니 내 판단이 옳았던 것 같다. 이제 웬만한 일은 배낭을 벗을 필요 없이 주머니 속에 있는 물건들로 해결할 수 있겠다.

그러고 보니 나는 이 밀리터리 룩처럼 실용적이고 주머니가 많은 겉옷 외에도 '여행 장비'를 상당히 잘 갖추고 다니는 편이다. 튼튼하고 편리한 구조의 배낭과 발을 최대한 편하게 서포트해줄 수 있는 운동화는 기본. 거기다 웬만한 머리 상태는 거뜬히 커버하는 모자, 날씨에 따라 한 겹 한 겹 입고 벗을 수 있는 얇은 조끼와 바람막이, 밥 먹고 입을 헹궈내는 데 쓰는 플라스틱 병, 당일 신문과 얇은 책 한 권, 그리고 적당한 현금과 신용카드. 이만하면 도시여행을 하는 데는 완벽에 가까운 준비다. 어제 잠을 잘 잔 덕분에 컨디션도 거의 베스트다.

오늘은 겁날 게 없다. 기분으로는 하루 종일이라도 걸을 수 있을 것 같다.

덕수궁에 도착하니 1시 30분이다. 수문장 교대식까지는 30분 여유가 있어, 그 유명한 덕수궁 돌담길을 처음으로 걸어본다. 걷다보니 이내 정동교회가 나오고 이화여고가 보인다.

'말로만 듣던 그곳이 바로 여기구나, 정말 이렇게 있구나!' 가볍게 이는 흥분을 누르고 애써 담담하게 걷는다.

책이나 매스컴에서만 보던 곳들이 실제 눈앞에 나타나는 일은 나에겐 언제나 신기하다. 실제로 있는 사물이 실제로 눈앞에 나타나는 것이야 너무나 당연한 일이지만, 그래도 나에겐 그것이, 동화나 소설 속 허구의 사물들이 현실로 나타나는 것과 그 느낌에 있어 크게 다르지 않다.

나는 이 서울에서 그 신기한 느낌들을 수도 없이 경험하게 될 것이다. (이미 경험한 것들도 많지만.)

정동교회의 분위기는 다른 교회와는 많이 다르다. 웅장하고 번쩍거리는 외형으로 교세만을 자랑하는 듯한 대형교회나, 상가건물 한 부분에 무슨 구멍가게처럼 들어와 있는 동네 교회들은 기독교 자체에 대한 회의가 느껴지게 한다. (그 회의는 물론 건물에서 오는 느낌만은 아니고, 건물이 주는 그런 느낌은 오히려 지엽적인 것이라 할 수 있겠지만.)

그런데 이 정동교회에는 건물이 주는 경건한 분위기와 교회의 역사 때문인지 오염되지 않은 기독교 신앙의 원형이 잘 보존되어 있을 것 같다는 느낌을 준다. 내가 만약 서울에 산다면 이 교회엘 다니게 될 것 같다는 생각이 들 정도로 정동교회 건물은 나를 끌어당긴다. 사람도 나이가 들면 얼굴에서 어느 정도 그 내면이 드러나듯이, 건물도 그 건물이 담아내는 내용에 따라 그 분위기가 달라 보일 수도 있겠다는 생각을 해 본다.

대한문 앞에서 수문장 교대식을 보고 덕수궁 안으로 들어와 '한국근현대회화100선'을 관람한다. 일반적으로 많이 알려진 작품이나 해설이 되어있는 작품들은 그런대로 감상할 수 있었지만, 다른 작품들은 봐도 별 느낌이 없다. 역시, 예술품을 보는 안목은 지적이고 감각적인 '훈련'을 통해 길러지는 것임을 절감한다.

한편으론 이렇게 한꺼번에 많은 작품들을 '관람' 하면서 작품마다 신선한 감성으로 대하기란 불가능한 것이 아닐까 하는 생각도 든다. 천하진미가 끝없이 차려져 나오는 만한전석(滿漢全席)을 앞에 두고 있다 한들 한 번에 먹을 수 있는 음식의 양은 극히 적은 일부분에 불과한 것이다. 얼마간은 의무를 치르는 기분으로 관람을 끝내고, 이중섭의 「길 떠나는 가족」 복제화 액자를 14,8000원에 주문한다. 모네의 「아르장퇴유의 양귀비꽃 들판」도 15,000원을 주고 구입한다.

홍분해서 여대생 농악대를
따라다니다가.

3월 22일 (토요일)

어제 '세게' 놀았으니 오늘은 '약하게' 논다.

아침 10시가 넘도록 늦잠을 자다가 포항의 이웃 친구 J여사님의 전화를 받고 통화를 한다. 내 노는 모양을 심히 부러워하더니 서울에 벚꽃이 필 때쯤 놀러 오겠단다. 그러고 보니 내 손님들은, 꽃을 두고 기약하는 꽃손님이다. 꽃이 필 때 꽃과 함께 손님이 오시겠다니, '은쟁반에 모시수건'을 마련하지는 못하더라도 때맞추어 집안 청소라도 깨끗이 해두어야겠다.

옛날 짜장으로 늦은 점심을 먹으려고 4시쯤 대홍분식으로 간다. 짜장면을 기다리는 동안에 먹겠다며 떡볶이 2분의 1인분만 달라고 한다. 떡볶이를 맛있게 먹고 있자니 아주머니는 면 뽑을 생각은 안하는지 계속 설거지만 하고 있다. 그렇다고 '짜장면은 안 만드느냐?' 물을 수도 없어 TV를 보며 무심코 떡볶이를 먹고 있는데, 마지막 떡볶이 한 개를 입에 넣자마자 언제 만들었는지 짜장면 그릇을 내 앞에 놓아준다.

미리 갖다놓은 것도 아니고, 그렇다고 단 1초를 기다리게 하는 것도 아닌 그 타이밍이 절묘하다. '이 아주머니는 역시 프로구나.' 하는 생각과 함께 손님 대접을 제대로 받는 느낌이 들어 기분이 좋다.

음식을 다 먹고도 일어나지 않고 TV 오디션 프로에 나온 가수의 노래를 듣는데 그 노래가 기가 막힌다. 객석의 그 어머니가 울먹이고, 그 여가수도 북받치는 눈물을 억제하며 혼을 쏟아 열창을 한다. 평소 그 프로에 별 관심이 없는 나 같은 사람까지도 감동시키는 이 실력을 가지고서, 데뷔한지 30년이 되도록 무명을 면치 못하고 있다니 한이 될 만도 하겠다.

사람 마음은 다 같은지, 아주머니와 나는 한 마음으로 그 여가수를 안타까워한다. '가수는 실력도 실력이지만 홍보를 잘 하고 운도 따라야 한다.'고 말하는 아주머니에게, '정말 그렇다.'며 진심으로 맞장구를 친다.

밀가루 음식을 먹었으니 운동시간을 더 늘려야겠다 생각하며 이대쪽으로 걷는데, 짜장면 뒷맛이 좀 느끼하게 올라온다. 그 맛을 없애려고 정문 앞에서 아메리카노를 한 잔 사서 캠퍼스 잔디밭 돌의자에 앉아 마신다.

그런데 그 커피의 뒷맛이 묘하다. 설탕 중독을 끊으려고 블랙을 마시고 있지만, 거의 약 먹는 기분으로 훈련 삼아 마셔 왔는데 오늘은 뒷맛이 향기롭다. 약 먹는 기분이 아니라 약간 좋은 맛이 느껴진다. 좋은 징조다. 이 길로 서서히 설탕 중독에서 벗어날 수 있을 것 같은.

캠퍼스를 오가는 사람들 모두가 행복해 보이는 오후.

바람은 부드럽고, 음악은 감미롭고, 저 건너 언덕엔 노란 개나리 덤불이 비탈을 따라 쏟아져 내리고 가까이엔 진달래가 붉다. 나도 풍경 속에 앉아 행복을 반추하는데, 이어폰 너머로 무언가 흥겨운 소리들이 들린다. 고개를 돌려보니 울긋불긋 농악복을 입은 여대생들이 줄지어 언덕을 내려오고 있다.

평화로운 교정에 신명나는 농악을 연주하는 아가씨들, 줄잡아 오륙십 명은 되겠다. 꽹과리와 북 장구를 치는 손놀림이 제법 익숙한데, 고학년으로 보이는 몇 몇 사람은 농익은 신명마저 올라 있다. 기대하지도 않은 구경거리가 생겨 흥분한 나는 급히 워크맨을 끄고 그 행렬을 따라간다.

맨 뒤에 소고를 치며 가는 학생에게 묻는다. 이대생이냐, 동아리냐, 동아리 이름은 무어냐, 어디로 가는 길이냐며 옆에서 따라가며 묻는데, 착한 여학생은 귀찮게 여기지도 않고 친절하게 대답해준다. 교문 밖으로 나가 근처 상가를 한 바퀴 도는 동안 마치 그 일행이기라도 한 듯 옆에 바짝 붙어간다. 좁은 길에서는 옆으로 비켜 설 수가 없어 자연히 그 줄에 들어가게 되니, 입은 옷이 다르지 않았다면 나도 농악대로 보였을 것이다.

상가를 도는 악대의 리더는 가끔씩 어떤 가게 앞에서 악대를 멈추게 하고 가게의 번창을 축원하는 비나리 같은 것도 하는데, 그러고 나서 대원 가운데 고참인 듯한 한 명을 앞으로 불러내어 혼자서 놀게 한다.

여러 사람 앞에 불려나간 그 대원은 얼핏 여학생다운 수줍음을 띠면서도 힘 있게 북을 치며 뛰어오르는 몸짓이 가볍고 신명이 있어 보는 사람도 홍이 난다. 다음 가게에서 불려 나간, 장구를 치는 다른 대원도 리듬을 타는 동작이 멋들어지고 흥겨운데 노는 시간이 너무 짧아 아쉽다. 농악대가 상가를 벗어나 신촌역 쪽으로 가는걸 보고는 더 따라 가지 않고 학교로 돌아오면서 괜히 흥분해 따라 다닌 내 모양이 멋쩍어 혼자 민망해한다.

다시 워크맨을 들으며 1시간가량 캠퍼스를 걷는데, '천상의' 미성(美聲) 조수미의 목소리로 듣는 「봄의 소리 왈츠」는 따스한 이 봄날과 잘 어울린다. 스타카토로 알알이 분절된 고음(高音)이 영롱한 진주알처럼 쏟아져 대기 속으로 구른다.

생활은 간결하게,
생각은 자유분방하게,
여행은 즐겁게!

3월 23일 (일요일)

밥과 된장국을 한 냄비씩 끓여 며칠 분 밥과 반찬을 마련한다. 된장국엔 멸치 우린 물에 쑥, 표고버섯, 두부, 파를 넣어 국인지 찌개인지 정체성은 모호하지만 맛에는 별문제가 없다. 현미와 보리쌀로 지은 밥과 함께 먹으면 기본 영양은 되고, 거기다 먹고 싶은 반찬이 더 있으면 현대백화점 지하에서 사 오면 되니 식생활은 간단히 해결된다.

빨래는 드럼 세탁기에 맡기고, 다림질은 아래층 세탁소에 맡긴다. 청소는 무선 청소기로 하다가 어쩌다 한 번씩 물티슈로 닦아주면 된다. 불필요하게 심신을 소모시키는 군더더기가 완벽에 가깝게 제거된 이 생활 형태는 체력과 시간을 아끼고 싶은 나에겐 거의 이상적인 시스템이다.

게다가 그것은 사람이 사는 데 필요한 정신과 물질의 거의 모든 것을 갖추고 있는 탁월한 환경—이 나라의 수도, 서울—속에 구축되어 있다. 이 밖에 더 무엇을 바라랴.

'생활은 간결하게, 생각은 자유분방하게, 여행은 즐겁게!'

유하의 시, '無의 페달을 밟으며' 를 읽다가 마지막 이 부분을 반복해서 읽는다.

(전략)

은륜의 비어 있음을, 무를, 쓸모없다 비웃지 마라.
그 텅 빈 중심이 매연도 굉음도 쓰레기도 없이
시인의 상상력을 굴린다.
비루한 일상을 날아올라 심오한 정신의 숲과 대지를 굴리고
마침내 우주를 굴린다.
길이여, 나를 태운 은륜은 게으르되 게으르지 않다.
무의 페달을 밟으며
내 영혼은 녹슬 겨를도 없이 自轉하리라.

비루한 일상을 날아올라 심오한 정신의 숲과 대지를 굴리고, 마침내 우주를 굴리는 '그 텅 빈 중심'…….

몇 번 소리 내어 읽는 동안 목소리는 점점 젖는데, '무의 페달을 밟으며 내 영혼은 녹슬 겨를도 없이 자전하리라.' 에서는 마침내 잠겨버린다.

작렬하는 콩글리시.
—"맨유징? 쏘리."

3월 24일 (월요일)

뭔가 먹고 싶긴 한데 꼭 집어 무엇이 먹고 싶은지 애매한 경우, 내 마음을 들여다보고 꼭 먹고 싶은 것을 생각해내는 것도 쉽지 않을 때가 있다. 오늘 행선지를 정하는 것이 그렇다.

오늘은 아침에 일어나도 딱 이거다 싶은 행선지가 떠오르지 않는다. 덕수궁 부근에 미련이 남아 정동교회 쪽으로 다시 가볼까 싶어 부근 맛집을 검색해보고 교회에 대해서도 이것저것 알아보는데, 그래도 느낌이 딱 떨어지지 않는다. 한참을 그러다가, 정동교회 '정오음악회'가 다음 주 월요일부터 열린다는 사실을 생각해내고는 덕수궁 쪽은 그날 가기로 계획하고, 마침내 북촌으로 마음을 정한다.

12시 30분에 집을 나서서 1시에 안국역에 내린다. 윤보선 대통령 가옥으로 가는 골목길에 접어드니 초입부터 구경거리가 많다. 아기자기한 가죽 제품들을 비롯해 온갖 기이하고 예쁜 물건들로 마음껏 눈 호사를 시키며 걷노라니 얼마 안 가 큰 기와집과 육중한 대문이 나오는데, 대통령의 구거(舊居)는 대문을 굳게 닫고서 구경꾼의 시선을 야멸차게 차단하고 있다.

이렇게 '공개되지 않는 훌륭한 집', 대표적으로 이화여대의 영빈관으로 쓰이고 있는 알영당 같은 곳을 그냥 대문 밖에서 보고 지나갈 때면, 아쉬운 나머지 나는 엉뚱한 상상을 하곤 한다. 내가 이런 집의 손님이 될 수 있을 만큼 '훌륭한' 사람이 되어 주인의 초대를 받는 것이다. (대통령의 구거와는 달리) 아름다운 정원과 창덕궁 연경당을 닮은 기와집이 환히 들여다보이는 알영당은 그런 나의 엉뚱한 상상에 날개를 달아준다.

이 대문을 들어서서 정원의 꽃나무 사이로 나 있는 저 계단을 오르고, 대청마루에서 주인과 차를 마시며 담소하다가 마침내 정갈한 침구가 깔려 있는 방으로 안내되어 하룻밤을 묵기까지 하는…….

나는 지금껏 살아오면서 왕비나 공주가 부럽거나 꿈에서라도 되고 싶었던 적이 단 한 번도 없었지만, 어느 나라의 왕비가 그 집에 묵어갔다는 사실을 알고 나서 이제 나는 시켜주기만 한다면 한 나라의 왕비라도 되어보고 싶은 것이다.

하지만 참, 이것이 과연 배낭을 메고 벙거지 모자를 눌러 쓴 채 방향도 목적도 없이 흘러 다니는 일개 여행자가 할 만한 상상인지 모르겠다. 그러나 그런 '참람한' 생각을 오래 하는 것은 아니고, 얼마 지나지 않아 곧 중심을 회복한다. 현실에서 이루기 힘든 일을 상상으로 이루어보는 일은 원래 내 취미생활 가운데 하나지만, 이렇게 분수에 철철 넘치는 엄청난(?) 백일몽을 꾸고 다니는 데에는 한옥에 대한 근원을 알 수 없는 내 지나친 사랑이 크게 작용한 것 같다.

어쨌거나, 내가 아무 걱정 없이 이렇게 가벼운 마음으로 긴 여행을 할 수 있는 것만 해도 아무나 맛볼 수 없는 크나큰 기쁨이 아닌가? 회복력이 좋은 편인 나는, 이내 지금 누리고 있는 소박한 이 행복에 잔잔히 감동한다.

'여행이란, 나를 만나게 되는 내면의 여행이기도 하다.'는 말은 (식상할 정도로) 전혀 새로울 것이 없지만, 나는 이번 여행에서 나 자신의 새로운 면을 발견하고 여행에 대한 그 해묵은 의미를 확인한다. 나는 지금까지 내가 별로 물욕이 없는 사람인 줄 알았는데 그게 아니다. 물욕이 없었던 게 아니고, 갖고 싶은 욕심이 생길 만한 물건들을 별로 보지 못해서 그랬던 것 같다.

이 서울엔 어쩌면 이렇게도 내 물욕을 자극하는 것들이 많은지. 외출할 때마다 본의 아니게 '수련' 하게 되는 극기(克己)의 정도가 거의 '도 닦는' 수준이다. 지난번에 샀던 앙징맞은 나무벤치나 석고상 같은 것은 그래도 순진한 물건들이다.

그러나, 오늘 북촌의 언덕길을 오르내리고 골목골목을 쏘다니며 세상을 구경하는 내내, 틈틈이 내 마음을 훔치려했던 물건들은 그렇게 순진하지(?) 않다. (가격이나, 마음을 홀리는 정도가.)

무형문화재가 만든 은장도, 품위 있는 고급가죽 지갑, 이국의 홍미로운 장신구들 사이에 섞여있던 반지, 고상한 옻칠 찻상, 예쁜 오르골, 바람막이를 겸할 수 있는 멋있는 비옷 등등……. 모두들 상당한 수준의 작품성과 세련된 감각을 앞세워 나를 강하게 유혹한다. 그 중에서도 찻잔 두 개를 놓을 수 있을 만한 크기의 작은 옻칠 찻상은 거의 살 뻔 했다. 미니어처도 아닌 실제로 쓸 수 있는 찻상이 어떻게 그런 크기로 만들어져 있는지, 거기다 옻칠이 된 은은한 색감은 어찌 그리 고상한지…….

그렇게 '치명적인' 매력을 가진 물건을 보고서, 어쨌거나(?) 긁을 수 있는 카드를 주머니 속에 넣어가지고 있으면서 2천 원짜리 차 한 잔만 마시고 그냥 자리를 털고 일어나기란 결코 쉬운 일이 아니다. 마지막 순간에, 아무리 갖고 싶어도 그걸 들고 온종일 걸어 다닐 수는 없다는 데 생각이 미치고서야 그 유혹에서 벗어난다.

그렇게 정신없이 북촌 일대를 구경하다 경복궁 쪽으로 넘어와 걷는데, 진작부터 불편해지고 있던 다리가 이제는 천근만근 무거우면서 아프기까지 하다. 황급히 주변의 카페 창문들을 죽 훑어보고서 그 중에서 의자가 제일 편안해 보이는 집으로 들어간다. 2층 창가에 자리를 잡고 앉아 카페라떼 한 잔을 마시는데, 그 향기롭고 달콤함이라니! 여행을 시작한 이후로 여러 집에서 커피를 마셔봤지만 이 집만큼 맛있는 커피는 처음이다.

겉옷을 벗고, 배낭에서 신문과 책을 테이블에 꺼내놓고 이어폰으로 음악을 들으며 거리를 오가는 관광객들을 구경한다. 5천 원을 주면 이렇게 편안히 앉아 맛있는 커피를 마시며 음악을 듣고 신문이나 책을 읽을 수도 있는, '분위기 있는 서재'를 내가 원하는 거의 모든 곳에서 가질 수 있다는 것은 여행지 서울의 엄청난 매력이다. (중간 중간 수시로 길 위의 휴식처가 필요한) '허술한 도보 여행가'인 나 같은 사람에겐 참으로 다행스러운 일이 아닐 수 없다.

커피를 다 마시고 양치질 대신 물로 가글링을 하려고 컵을 들고 화장실로 간다. 화장실 문을 당기는데 난 데 없이 안에서 키 큰 흑인 남자가 나온다. 아, 내가 남자 화장실로 잘못 왔구나 싶어, 얼떨결에 말한다.

"맨 유징? 쏘리(Man using? sorry)" (남자용인가? 미안.)

언제부턴가 나는, 내가 '말이 안 되는' 영어를 한다는 사실을 망각한 채 마음 편하게 형편껏 해버린다. 얼굴이 적당히 두꺼워지는 것도 여행이 가져다주는 좋은 변화다. 그러자 그 남자는 뭔지 잘 모를 구어(口語)와 만국 공용어 보디랭귀지로 '그냥 이곳을 사용하라.'고 한다.

나는 "우먼, 우먼.(Woman, woman.)" (괜찮다, 여자 화장실로 가면 된다.)고 하며 반대편 화장실로 간다. 그런데 그 남자는 나를 따라 오면서 거의 외치듯 "다즌 고우, 다즌 고우." 한다. 내가 알아듣지 못하는 듯하자, 나보다 먼저 그 반대편 화장실 안으로 들어가 변기 안을 손가락으로 가리키면서 "다즌 고우."를 연발한다. 그제야 내가 '다즌 고우.'를 'doesn't go.'로 생각하고 "워터 다즌 고우?(Water doesn't go?)" (물이 안 내려간다고?) 라고 말하니, 그 남자가 "오케이?" 한다. 나는 상황을 파악 했다는 듯 "오케이. 땡큐." 하고는—상이(相異)한 언어의 갭을 멋대로 넘나드는—이상하고 어설픈 대화를 종료시킨다.

그 남자와 나는 상대방의 말을 자기 나름대로 해석해버리고 자기 하고 싶은 대로 말을 한 것인데, '나름대로' 주고받은 그 말이 제대로 된 말이었는지 나로선 판단이 안 된다. 그러나 그런 중에도 피차 한 마디는 '정확히' 주고받은 것 같은데, 그건 "오케이."라는 한 마디다.

그나저나, 참, 이 외국 남자를 착하다고 해야 하나 친절하다고 해야 하나? 물이 안 내려가는 변기를 사용한 뒤에 낭패스러워할 타인을 위해 이렇게까지 적극적으로 행동을 하다니. 그러면서도 뭔가 앞뒤가 잘 맞추어지지 않는 느낌이 있는데, 말이 안 통해 그런가보다 여긴다.

책을 읽다보니 어느새 두 시간이 지나 있다. 자리를 가득 채우고 있던 사람들이 거의 다 가버리고 주변이 조용하다. 아프던 다리도 많이 가벼워지고 해서 옷을 입고 배낭을 챙겨 나온다. 나오면서 보니, 아까 처음 내가 가려고 했던 화장실은 여성전용이 맞다. 나중에 들어갔던 곳이 남녀공용이다. 앞뒤가 잘 안 맞추어지던 좀 전의 해프닝이 이제야 대강 이해가 된다. 그러니까 그 남자가 여성전용 화장실을 썼던 것인데, 내가 그 사실을 이상하게 생각할까 봐 나에게 해명을 했던 모양이다. 남녀 공용 화장실 변기에 물이 내려가지 않아 어쩔 수 없이 자기가 여자 화장실을 썼다고.

여행을 하며 외국 사람들을 만나 이상한(?) 영어를 하다 보니 영어회화를 좀 배워야겠다는 생각이 든다. 엉터리 영어도 한 번 두 번이 재미있지 계속 이러니까 나 자신에게 싫증이 난다.

걷다보니 광화문역이 나와 지하철을 탔는데, 퇴근길 러쉬 아워를 정통으로 맞닥뜨린다. 생판 모르는 사람들과—아직 뜯지 않은 대형 성냥통의 성냥개비들처럼—빽빽하게 붙어 서 있는 상황이 너무 당황스럽고 불쾌하다. 정류장에서 출발할 때면 그 상태에서 흔들리기까지 해 몸을 바로 세우기조차 힘들다. 이대역에서 내릴 땐 체면 불고 사람들을 마구 비집고 겨우 내린다. 편리하고 쾌적하게만 여겨오던 지하철의 또 다른 모습이 놀랍고 당황스러울 뿐이다.

지하철에서 내리자마자 나는 명쾌하게 결론을 내린다. 이런 경험을 두 번 할 필요는 없겠다고. 앞으로 러쉬 아워는 반드시 피해야겠다고.

그러면, 아침저녁 이 지하철에 서서 출퇴근 하는 사람들은?

……

그렇지, 서울엔 이런 면도 있지. 산이 높으면 골이 깊다고 했는데, 살기 힘든 점도 많이 있겠지. 나는 그동안 거대 도시 서울의 휘황찬란한 앞모습에 정신이 팔려 있었던 것이다.

내가 너무 단순한 것인가?

연잎밥에 물김치.

3월 25일 (화요일)

교육원 강의에 출석해서 맛있는 연잎밥에 장아찌, 물김치 등으로 점심을 먹는다. 글 쓰는 사람들이라 그런지 생각이 깊고 개성이 강한 사람들이 많아 재미있다. 그리고 (여러 가지 의미의) 여유가 가져다주는 것으로 보이는, 주변에 대한 배려도 느껴진다.

수업을 마치고 늘 가는 사람들끼리 예의 그 커피점에서 카페라떼를 무설탕으로 마신다. (설탕 없이 마시는 커피가 점점 입에 익숙해지고 있다.) 커피를 마시며 하는 이야기들이 살림이야기, 식구들 이야기를 벗어나 있어 지루하지 않다. 인생을 깊이, 주체적으로 사는 사람들은 할 이야기가 많은 것 같다. 삶 자체에 콘텐츠가 풍부하고 삶을 대하는 방식이 신선하기에 저절로 이야깃거리가 생겨나는 것이리라.

교육원에서 점심에 먹고 남은 김치를 자취생이라고 나보고 가져가라기에 기꺼이 접수한다. 맛도 좋고 윗부분만 살짝 손을 댄 김치통도 깔끔해 물건을 손에 들고 다니는 번거로움도 마다 않은 것이다. 덕분에 한동안 김치를 사지 않아도 되겠다. 김치를 갖고 오신 L여사께는 식사대접이라도 한 번 해야겠다. L여사님은 내가 입고 간 '밀리터리 룩'을 멋있다고 언급해, 나를 은근히 기쁘게 해주기도 했다.

저녁엔 프린트기 잉크 교체를 내 손으로 했다. 이사 온 처음엔 드럼 세탁기와 번호키 쓰는 법을 익히는 것도 부담스러웠었는데, 이젠 프린트기까지 내 손으로 다룬다. 안 해서 그렇지 하려고 하면 못할 것도 별로 없을 것 같다. 그동안 너무 남편에게 의존하는 생활을 해 와서 기계를 다루는 일에 그렇게도 자신이 없었던 모양이다. 떨어져 사는 동안 생활의 기술이 많이 계발될 것 같다.

잘 먹고 살고 있다고, 반찬이 많이 차려져 있는 밥상을 사진으로 보내 주곤 하는 그도 살림에 대한 기술이 조금 늘어 있는 것 같다. 그 사진은 내 발걸음을 더 가볍게 만들어주는, 먼 들판을 불어오는 시원한 바람이 된다. 삶의 중력으로부터 상당 부분 나를 자유롭게 해준다.

광화문 연가에 여인은
물풀처럼 흔들리는데.
—밤의 인사동.

3월 26일 (수요일)

지난 월요일 쇼윈도 너머로 본 은장도가 자꾸 눈에 밟혀 지하철을 탄다. 북촌에 있는 '광양 은장도 서울 갤러리'를 다시 찾아 가려는 것이다. 안국역 출구로 나오니 길가의 칼국수집이 눈에 띄어 좀 이른 시간이지만 점심을 먹으러 들어간다. 싱싱한 바지락이 듬뿍 들어 있는 칼국수는 기대 이상으로 맛이 있고 반찬도 정갈해 '맛집'이 따로 없다. 식당 선택을 잘 한 날은 기분이 참 좋다. 맛있는 음식으로 배가 부른 느낌도 좋지만 내 안목이 쓸 만하다는 느낌도 기분을 좋게 한다.

식당을 나오면서 보니 바로 옆에 '사비나미술관'이란 건물이 있다. 미술관이나 갤러리가 하도 흔하게 보이니 보통은 별 관심을 두지 않는데, 이 미술관은 어디서 들어본 것 같아 생각해보니 내가 읽고 있는『아침 미술관』이란 책의 저자가 관장으로 있는 미술관이다. 혹시 그 저자를 만날 수 있으려나 하는 기대도 있고 해서 안으로 들어간다. 마침 그곳 직원이 몇 사람의 관람객을 상대로 전시 작품을 해설하고 있어 그 사람들과 30분가량 전시장을 한 바퀴 돌고는 설문지까지 작성해주고 나온다.

서울이란 곳은 참 묘하다는 생각을 새삼 하게 된다. 점심 먹고 별생각 없이 들어간 옆 건물에서, 한 작가가 진지한 열정으로 제작한 작품들을 해설과 함께 관람할 수 있는 곳이다.

은장도 갤러리에 가서 여러 가지 장도를 구경하고 종이를 베어보는 기능검사까지 한 뒤에, 보급용으로 제작되었다는 그것을 5만 원에 구입한다. 30만 원짜리와 비교해서 기능이나 모양에 큰 차이가 없어 만족스럽다. 갤러리를 나와 한참을 걸어 경복궁 민속박물관과 건청궁을 돌아보고, 카페라떼를 맛있게 마셨던 지난 번 그 카페로 간다.

자리에 앉아 주머니의 은장도를 꺼내어 신문지를 잘라보며 노는데, 작고 예뻐도 역시 칼은 칼이다. 예상 밖으로 비싸지 않은 값에 얻게 되어 기분이 좋다. 손에 쥐고 만지작거리자니 든든하기까지 하다.

은장도를 처음 마음에 품은 것은 아마도 중학교 때였던 것 같다. 중3 국어 시간엔 언제나 선생님이 칠판 가득 적어주시는 시 한 편을 읽고서 공부를 시작 했었다. 60여 명이 감정을 살려 한 목소리로 읽는 그 시들은 사춘기 여자 아이들의 감성을 한껏 부풀려 놓았다.

서정주 시인의 『귀촉도』는 어린 그 나이에도 애절하고 아름다운 정서가 물씬 느껴져, 시 합창을 끝내고 공부가 시작된 뒤에도 한동안 그 느낌이 지워지지 않았다.

눈물 아롱아롱
피리 불고 가신 님의 밟으신 길은
진달래 꽃비 오는 서역 삼만 리.
흰 옷깃 여며 여며 가옵신 님의
다시 오진 못하는 파촉 삼만 리.

신이나 삼아 줄 걸 슬픈 사연의
올올이 아로새긴 육날 미투리
은장도 푸른 날로 이냥 베어서
부질없는 이 머리털 엮어드릴 걸.

초롱에 불빛, 지친 밤하늘
굽이굽이 은하물 목이 젖은 새,
차마 아니 솟는 가락 눈이 감겨서
제 피에 취한 새가 귀촉도 운다.
그대 하늘 끝 호올로 가신 님아

무어라 형언하기조차 힘든 원초적인 슬픔, 사별(死別)의 정한(情恨)을 이토록 영롱한 언어로 엮어내다니! 시재(詩才)란 사람의 노력이 무의미한, 하늘이 내려준 고귀한 선물이란 느낌이 든다.

언제 읽어도 눈물이 날 것 같은 시이지만, 그 중에서도 '은장도 푸른 날로 이냥 베어서, 부질없는 이 머리털 엮어드릴 걸.'이라는 구절에서는 그 처절한 그리움과 안타까움에 어린 마음을 그냥 베여버렸던 것 같다.

그때 이후로 은장도에 대한 어떤 이미지는 내 마음 속 깊은 곳에 자리 잡게 된 듯한데, 이 어여쁜 무기가 품고 있는 단아한 결기는 가슴이 저리도록 슬프고 아름답다.

언젠가 신문에서 광양의 인간문화재 장도장(粧刀匠) 기사를 읽은 뒤, 은장도가 소유의 대상으로서 내 관심사로 떠오르게 되었지만 그것은 그냥 막연한 바람이었을 뿐인데 그 바람이 오늘 마침내 현실이 된 것이다.

은장도를 갖고 싶었던 내 마음은 단순한 소유욕이 아니라, 어쩌면 너무나 먼 곳에 있는 그 무엇에 대한 그리움이나 사랑에 더 가까울 것 같다.

지난번처럼 퇴근시간 '지옥철'과 맞닥뜨릴까 봐 일찍 카페에서 나와 안국역으로 걸어가다가 도중에 그만 인사동 거리로 빠져버린다. 밤의 인사동을 보고 싶다는 내 '마음의 소리'를 존중하기로 한 것이다.

어둠이 내린 인사동 거리는 갓 구워낸 국화빵을 후후 불어가며 먹기에 낮보다 더 편하다. 빵을 먹으며 언제나처럼 익숙한 상점들을 훑어보며 거리를 걷는데, 파고다 공원이 저만치 보이는 길목에 사람들이 둘러서 있어 가보니 거리의 음악가가 공연을 하고 있다.

장발을 한 약간 갸름한 얼굴의 청년은 기타연주나 노래 솜씨가 수십 명 행인을 그 자리에 묶어둘 만하다. 노래하는 사람이나 듣는 사람들 모두 여느 공연장 못지않게 진지하지만 분위기는 편안하고 자유롭다. 곡이 끝날 때마다 박수는 기본이고 기부함에 성의를 표시하는 사람들도 많다.

젊은 사람들이 많지만 중년들도 여럿 있는데, 노소를 막론하고 커플들은 남의 눈치 안 보고 어깨를 안거나 팔짱을 끼고서 음악을 즐기며 행복해 하고 있다. 내 옆에 서 있던 인텔리풍의 중년 남녀는 연주자에게 가서 무어라 이야기 하더니 기부함에 얼만가를 넣고 자리로 돌아온다. '광화문 연가'를 신청하고 온 모양이다. 노래가 시작되자 남자는 처음부터 크지도 작지도 않은 소리로 따라 부르고, 여자는 남자의 팔을 끼고 그 어깨에 기댄 채 몸을 흔든다. 그 모습이 마치 물결에 흔들리는 물풀처럼 자연스럽다.

노래와 분위기에 취해 언제부턴가 내 몸도 가볍게 흔들리고 있다. (어깨를 빌릴 남자 하나 없이 옆이 허전한 채로.) 이 노래가 이문세 노래인줄은 알았지만 한 번도 제대로 들어본 적은 없는데, 이 봄밤의 인사동 거리에서 들으니 너무나 서정적이다. 거기다 곡 중간에 연주되는 하모니카의 떨리는 듯 부드러운 음색은 또 어쩌면 그렇게도 아련한지…….

나는 길바닥에 가부좌를 하고 앉은 한 젊은 뮤지션이 펼쳐 보이는 작은 세계로 거리낌 없이 들어가 그곳의 정겨운 주민이 된다. 아, 이대로 여기서 밤새도록 이 사람들과 노래를 듣다가 새벽에 뜨끈한 국밥으로 빈속을 채우고 집으로 돌아갔으면 좋겠다. 나는 이 신선한 감동을 선물해준 젊은 음악가의 기부함에 거금 만 원을 쾌척하고 자리를 뜬다.

저녁은 국화빵 천 원 어치로 때우고 (*점심에 칼국수와 딸려 나온 보리밥까지 맛있게 먹은 터라 저녁밥 생각이 없었기에), 그 열 배를 노래값으로 내고 온다고 해서 안 될 것도 없다. 나는 생활을 무겁게 매달고 있는 주부가 아니라 바람에 구르는 가랑잎처럼 가볍고 자유로운 홀몸이다. 여기서 내가 매달고 있는 생활의 무게가 있다면 좀 전에 구경하고 나온 기념품 가게의 여주인이 '어쩌면 그렇게 편하게 등에 착 붙어 있느냐.'고 탄복한 내 배낭 하나의 무게 만큼이다.

배낭에 관심이 크기에 브랜드를 말해주니, "그러면 그렇지!" 한다. 내 나이 정도의 그 여주인은 내 밀리터리 룩과 신발을 보고도 감탄한다. 정말 여행하기 편하겠다고. 하긴, 나는 몇 백리 행군을 위한 차림으로도 어색하지 않을 '완전무장'을 하고서 시내를 걸어 다니고 있다. 이렇게 야무지게 행장을 갖추어야 체력 소모가 덜 되고 기분도 가뜬하기 때문이다.

조각배 위의 저 남자,
그는 긴 장대로 무얼 하는가?
—한낮이 심심해서 그림 보며 놀고.

3월 27일 (목요일)

읽고 싶은 책들이 밀려 있다.

오전에 잠시 책을 읽으면 '아, 내가 책에 굶주려 있구나.' 생각이 들면서도, 창밖으로 거리를 지나가는 사람들을 보면 그만 마음이 설레어 세수를 하고 서둘러 나가곤 한다.

이 나이에 갑자기 역마살이라도 낀 것인가? 정체모를 무언가가 마치 거리에서 나를 불러내는 것 같다. 하지만 오늘은 정말 집에 있어야겠다. 그동안 책을 읽지 못하고 밖으로만 돌아서 마음이 많이 푸석거린다. 몸이 피곤하기도 하고.

어제 2만5천 원을 주고 인사동에서 사온 산수화 족자를 책상 앞에 걸어놓고 보니 유현(幽玄)한 심산유곡의 분위기가 제법 난다. 안개 자욱한 깊은 골짝 벼랑 위에 규모가 있어 보이는 기와집이 두 채 있고, 건너편 벼랑 위에선 폭포가 골짝으로 쏟아져 내리는데 그 계곡물에 떠 있는 조각배엔 (멀어서 잘 보이진 않지만) 긴 장대를 어깨에 메고 있는 듯한 푸른 옷의 한 남자가 서 있다.

이 깊은 산 속에 어인 기와집일까?

배에 타고 있는 남자는 저 기와집에 사는 사람일까?

그런데, 그는 긴 장대로 무얼 하고 있는가?

낚시를 하고 있는 것인가?

혼자 심심해서 그림을 보며 논다.

여기는 인왕산
수성동 계곡입니다.

3월 28일 (금요일)

언제 지나갔는지, 여기 온 지 벌써 한 달이 지났다. 큰 길 건너 은행으로 가서 4월 달 집세를 선불로 송금한 뒤 지하철로 서촌으로 향한다. 경복궁역에서 서촌으로 가는 좁은 길 양 옆으론 음식점들이 연이어 있는데, 샐러리맨으로 보이는 사람들이 집마다 가득 차 있다. 12시가 조금 지난 시각인데 벌써 자리들을 잡고 앉아 있는 걸 보면 이 부근 사무실에선 점심시간이 일찍 시작되는 모양이다.

길가의 한 할머니에게 물어보니 여기가 금천교시장이란다. 나도 어딘가에서 점심을 먹어야겠다 생각하며 시장을 벗어나 걷는데, 큰길가의 한 식당 앞에 젊은 남녀들이 몇 사람 줄을 서 있다. 간판을 보니 짬뽕집이라, 호기심에 나도 먹어보기로 하고 그 줄에 선다. 얼마 뒤 안내를 받아 들어가니 홀 안에는 젊은 사람들만이 아니라 부부로 보이는 점잖은 중년들도 보인다. 홍합이 가득 얹혀 있는 짬뽕 한 그릇을 받아 일삼아 열심히 홍합을 까서 땀을 흘리며 맛있게 먹는다. 손님이 줄 서 있는 집에는 다 그만한 이유가 있구나 생각한다.

다시 걷는데, 길에는 표지판도 없고 물어보기도 귀찮아 그냥 식후 운동이라 생각하고 발길 가는 대로 걷는다. 다행히 길을 제대로 찾아가고 있는 모양이다.

소설가 이상이 살았다는 집을 지나 여행안내책자에서 본 기억이 있는 '대오서점'으로 들어간다. 오래된 헌책방인데 어느 영화에 나온 뒤로 사람들 관심을 받고 서촌의 관광 코스에 포함된, 이제는 찻집으로 운영되고 있는 집이다.

마당으로 들어가 집을 살펴보니 좁은 터에 지어진 ㅁ자 구조의 한옥으로, 옛날 모양을 그대로 간직하고 있어 이 집에 살았던 사람들의 생활 모습이 그려진다. 툇마루에 걸터앉아 커피와 옥수수빵을 먹고는 대오서점을 나온다.

길을 따라 조금 더 올라가니 골목 안쪽에 '박노수 미술관'이 보인다. 서울대 교수를 지낸 화가가 생전에 오래 살았던 집을 미술관으로 기증한 곳인데, 방마다 작품을 전시해 놓고 있다. 작품도 작품이지만 문화재로 지정된 이 아름다운 집의 서늘한 마루방에 앉아 눈을 감고 잠시 쉴 수 있었던 것도 좋았다. (미술관 안내 영상물을 관람한다는 명분으로 가부좌를 하고 앉아 토끼잠을 잔 것이다.)

그렇게 잠시 에너지를 보충하고 한결 가벼워진 컨디션으로 현관 밖으로 나온다.

집을 둘러싸고 있는 아담한 정원의 기기묘묘한 수석들과 온갖 석물들은 하나같이 감탄을 자아낼 만 해, 이 집에서 40년을 살며 작품 활동을 했다는 그의 삶이 얼마나 유복하고 고아(高雅)했던가를 짐작하게 한다.

집 뒤로 돌아가니 갖가지 꽃나무들 사이로 천진하게 우지짖는 새소리가 낭자해 봄날이 눈부시다. 이곳은 골목에서 몇 걸음 밖에 떨어지지 않았지만 골목 바깥의 동네와는 다른 세계다. 나는 이 별세계의 뒤뜰 돌벤치에 앉아 한동안 바깥세상으로 나갈 엄두를 내지 못한다. 다만 몇 시간이라도 이 딴 세상에서 살아보고 싶은 간절한 소망이 모락모락 피어오르고 있는 것이다.

나는 잠시 이 집을 빌리기로 한다. 미술관도 아니고 관람객도 없는, 화백의 아름다운 살림집을 빌려본다. 배낭과 투박한 운동화를 벗고 땀이 밴 옷을 벗는다. 편안한 옷에 가벼운 고무신을 신고, 시간 가는 줄 모르고 이리저리 석정(石庭)을 거닐다 좁은 길을 돌아 뒤뜰로 나온다. 몇 걸음을 옮겨 그늘 시원한 이 돌벤치에 앉아 수선스러운 새들이 푸드득거리며 높은 소리로 지저귀는 소리를 듣는다.

그렇게 새소리를 듣다가 슬그머니 나무 아래로 다가가, 무성한 잎사귀 사이에서 목을 빼고 우는 새들을 찾아내고 한동안 지켜보며 사랑스러운 눈총을 준다. 이윽고 오솔길을 따라 화사한 봄꽃들로 덮인 나지막한 언덕을 오르노라니.

……

백일몽은 돌벤치 위에서 깊어 가는데 오가는 관람객들이 안타까운 내 꿈을 깨운다. 몇 걸음 밖에 세탁소와 편의점이 있고 현대식 빌라가 있는 골목 한켠에 이렇게 오롯이 딴 세상이 자리 잡고 있는 이 서촌이란 동네는 얼마나 기묘한 곳인가! 나도 그만 저 빌라에 방을 얻어 이 동네에서 살아볼까나? 바로 앞으로 마을버스도 다니는데.

쓸데없는 생각의 가지들을 쳐내며 다시 마을버스 종점을 향해 골목을 오른다. 얼마 안 가 버스 종점이 나오고 바로 위에 동네 공원이 있는데, 그 공원에서 몇 발 위쪽에 놀랍게도, 겸재 정선의 산수화에 그려져 있는 수성동계곡의 돌다리가 그 모양 그대로 있는 것이 아닌가.

그대로다! 돌다리가 걸려 있는 양쪽의 바위도, 그 배경인 뒷산의 풍경도. 하지만 돌다리 아래 계곡엔 깨끗지 못한 푸르스름한 물이 약간 고여 있을 뿐, 옛날 맑은 물이 콸콸 흘렀을 그 모습은 찾을 길이 없다. 그래도 수 백년이 흐른 지금까지 이렇게나마 원형에 가깝게 보존되어 있는 것은 참으로 놀라운 일이 아닐 수 없다. 산책로로 조성된 수성동 계곡을 천천히 걸으며 혼자 감회에 젖는데, 이럴 땐 감동을 나눌 동행이 있으면 좋겠다는 생각이 든다. 산책로 곁의 정자에 오른다.

신발을 벗고 올라가 앉아 느긋하게 신문을 펼쳐 읽다가, 아무리 해도 이 감동이 혼자서는 감당되지 않아 휴대폰으로 지인에게 문자를 보낸다.

"여기는 인왕산 수성동 계곡입니다……."

수화 김환기 화백의 파리행과
나의 서울 여행.

3월 30일 (일요일)

된장찌개를 끓이고 밀린 집안일을 잠시 처리한 뒤에 책을 읽는다. 수화 김환기가 파리에 도착한 뒤 자신이 파리에 와 있다는 사실에 감격하며 흥분하던 내용을 읽고, 내가 서울에 온 날을 생각한다. 돌이켜 봐도 내 감격이 그보다 작지 않았으니, 기껏 자기 나라 안에서 여행하며 주체하기 힘들 정도로 그렇게까지 감격을 한 것은 주책스러운 '오버'인가?

하지만 나는 진실로, 1950년대 김환기 화백의 파리행 못지않게 2014년 지금의 내 서울행이 감격스럽다. 아침에 눈을 뜨기만 하면 또다시 온전한 하루가 선물처럼 내 앞에 와 있다는 사실은 믿기 어려울 만큼 기쁘다. 이 소중한 날들에 기쁨과 즐거움을 가득 가득 담아 신선하게 보관해두어야지. 나중에, 이 봄날이 그리워질 때면 그 주머니들을 하나씩 끌러 속에 담긴 걸 쏟아내어야지. 그러면 나는 가만히 행복에 잠기겠지. 온 집안에 까닭 모를 즐거움이 떠다니겠지.

커피 한 잔이 9천 원.
—본전 생각에 과음을.

3월 31일 (월요일)

미용실에 들러 머리 염색을 하고 4시에 지하철을 탄다. 멀리 가기엔 늦은 시간이라 여기서 가깝다는 서강대 쪽으로 걸을까 하다가, 해가 많이 길어진 걸 생각하고 성북동으로 향한 것이다.

4시 30분쯤 한성대입구역에 내려 길을 따라 걷는데, 배가 허전해서 그런지 길가의 튀김가게들이 자꾸 눈에 들어온다. 12시 되기 전에 아침 겸 점심을 먹었으니 이제 점심 겸 저녁을 먹을 때가 된 모양이다. 군것질보다는 제대로 밥을 먹어야겠다 싶어 유명하다는 돈가스집을 찾아 어중간한 식사를 해결한다.

배가 적당히 부르니 마음이 느긋해진다. 느긋해진 마음으로 주변을 둘러보며 걷노라니 마치 꽃밭 속을 걷는 듯하다. 멀리 가까이 눈길 닿는 곳마다 갖가지 꽃들이 흐드러졌다. 며칠 전 서촌에 갔을 땐 박노수 미술관 외에는 꽃을 본 기억이 별로 없는데, 오늘 이 성북동은 온통 꽃 잔치다. 며칠 사이 봄이 깊어진 것인가? 이 성북동이 유난히 꽃이 많은 동네인가?

길상사 가는 골목으로 접어들자 보기 좋은 저택들이 이어진다. 높은 담장에 대문이 꼭꼭 닫혀 마당은 보이지 않지만, 담장 밖으로 노란 개나리나 백목련 같은 꽃들을 내보여주는 인심 좋은 집들이 있어 동네 분위기가 그렇게 삭막하지는 않다.

그런데 그 골목에서도 유난히 눈에 띄는 백목련이 마당가에 서 있는 집이 있다. 풍성하게 뻗은 가지마다 꽃들이 어찌 그리도 소담스럽게 피어 있는지, 수 백 수 천의 우윳빛 등불들이 환히 불을 밝히고 있는 듯하다. 눈을 떼지 못하고 한참을 보고는 가던 길을 계속 간다. 걸어가면서도 자꾸만 마음이 쓰여 뒤돌아보다가, 안 되겠다 싶어 마침내 돌아서서 다시 그 나무 곁으로 온다. 그런데, 와서 보니 나무만이 아니라 마당 저 안쪽에 있는 이층집 또한 여간 멋스러운 게 아니다.

그냥 보기엔 현관문이 닫혀 있는 가정집의 외관을 하고 있지만 담장이 트여 있어 분위기가 은근히 개방적이다. 야단스러운 간판이 아니라 담벽에 금빛 글자로 박아놓아 얼른 눈에 뜨이지 않는데, 갤러리 겸 카페로, 앤티크 가구나 소품들도 있다고 쓰여 있다. 하긴, 가정집이라면 이렇게 정원과 집이 훤히 보이게 해놓지도 않았을 것이다. 고급스러운 분위기로 보아 찻값도 상당할 것 같지만, 이 정원에서 차를 마시며 백목련을 실컷 보고 싶다는 생각에 집안으로 들어간다.

여자를 꽃에다 비기는 고전적인 수사법을 차용한다면—희망과 사실을 혼동하고 있는지는 몰라도—나는 기본적으로 봉숭아나 채송화과라고 생각하지만 , 그래도 가끔씩은 우아하고 고상한 백목련이나 하늘하늘 선정적인 벚꽃이 되는 꿈에 취하기도 해 백목련은 내게 그 느낌이 조금은 각별하기도 한 것이다.

실내를 한 바퀴 돌며 가구와 소품들을 구경하고는 정원으로 카페라떼를 내달라 카운터에 말하고 밖으로 나와 앉는다. 커피를 마시며 목련을 보다 신문을 보다 한다. 그런데, 종업원이 커피와 함께 갖다놓은 계산서를 보니 커피값이 무려 9천 원이다. 분위기를 즐기자는 것이긴 하지만 그래도 돈이 아깝다는 생각이 들어 '본전을 뽑으려고' 리필이 되느냐 묻고는 한 잔을 더 청한다.

두 번째 갖다 준 아메리카노도 향과 맛이 훌륭하고 양도 아까처럼 시원스레 큰 잔으로 가득이다. 이제야 아까운 마음이 사그라져 흐뭇하게 다시 마시는데, 아무래도 이걸 다 마셔서는 안 될 것 같다. 아니, 더 못 마시겠다. 한 자리에서 두 잔을 마시기엔 잔이 너무 크다. 반 이상을 남기고는 카운터에 가서 계산을 하며 한 마디 한다.

"커피값이 상당히 비싸네요." 하니,

"그렇지요? 맛은 괜찮았습니까?" 한다.

하지만, 9천 원에 어디 커피값만 들어 있는가? 시원한 바람이 불어오는 화사한 정원에 앉아 쉬며 목련을 감상한 값까지 치면 그렇게 비싼 값도 아니다.

위쪽으로 조금 걷자니 이내 길상사가 나온다. 시간이 벌써 7시가 넘어 나처럼 때 늦은 관광객 서넛이 있을 뿐 해거름 절 마당은 한적하다.

극락전에서 낭랑한 독경소리가 들려 열린 문으로 안을 보니, 한 스님이 본존불 앞에 서서 독경을 하고 한쪽 가에선 여인이 절을 하고 있다. 그런데, 절하는 모습이 참 곱다. 아니, 모습이 곱다기보다 절하는 몸동작이 참 아름답다. 절을 하는 여인들에게선 대개 정성스럽고 진지한 신앙심 같은 것이 묻어나지만, 간절한 얼굴 표정과 가늘게 떨리는 듯한 손끝에까지 기원을 담아 고요히 굴신하는 모습은 너무나 이채롭다.

'아, 절을 이렇게 아름답게 할 수도 있구나.' 뭉클한 느낌이 온다.

며칠 전 한 갤러리에서 '농사에 쓴 폐비닐을 잘라 그대로 액자에 넣어놓은 것.'이라는 해설자의 설명을 듣고 흙 묻은 이 비닐 조각이 어떤 의미에서 예술작품이 되는지 도무지 알 수 없어 난감하기만 했던 일이 떠오른다.

그것보다는 이 여인의 절하는 모습이 예술이라고 한다면 훨씬 이해가 잘 될 것 같다는 생각을 하며 극락전을 뒤로한다. 이 길상사는 몇 년 전에도 와 본 적이 있어 극락전 위로는 올라가지 않고 가까이 있는 길상헌(吉祥軒)으로 향한다. 비가 온 뒤면 맑은 산골물이 졸졸 흐를 얕은 계곡 위로 작은 다리가 걸쳐져 있는데, 그 다리 건너에 길상헌이 다소곳이 언덕 한 모퉁이에 기대어 있다. 아담한 가정집같은 이 한옥은 격자문 바깥에 소박한 난간이 계곡 위로 살짝 돌출되어 있어 다시 보아도 정말 운치가 있다.

더구나 이 길상헌은—시인 백석과의 소설 같은 사랑이야기로 알려진—길상사의 시주 길상화보살이 생전에 오래 머물렀던 곳이고, 죽음을 앞두고 절에 와서 참배한 뒤 마지막 밤을 지냈다는 곳이기도 해 그 의미마저 각별하다.

진향(眞香)이란 기명(妓名)을 가졌던 한 여인의 굴곡진 삶은, 그 굴곡진 삶을 통해 이루어낸 누만(累萬)의 재물을 아낌없이 시주해 이 길상사를 탄생시킴으로써 이곳을 찾는 모든 이들의 영혼에 맑게 피어오를, 이름 그대로 한 줄기 '참 향기'가 된 것이다. 그러고 보니 길상헌은 참으로 그러한 삶을 살다 간 여인이 몸담고 살았음직 한 집이다.

아, 사람과 그 사람이 살았던 집의 느낌이 이토록 같을 수가 있다니…….

재물의 속성은 부정적으로 인식되는 경우도 많지만, 쓰기에 따라서 이렇게 향기로울 수도 있음을 새삼스레 생각하게 된다.

만발한 저 벚꽃을 주루룩 훑어.
—정독도서관.

4월 1일 (화요일)

교육원 수필 교실에 출석해 졸다 깨다 하다가, 강의시간 끝에 '질문 있으면 하라.'는 교수님 말씀을 듣고 잠이 활짝 깨어 평소 의문을 갖고 있던 문학용어에 대해 질문한다.

교수님 설명을 들은 뒤, 점심을 먹으며 내가 말한다. 내가 마지막에 질문을 한 것은 강의시간 내내 졸기만 한 것은 아님을 증명하기 위해서였다고. 옆 사람은, '조는 줄 몰랐다.'면서 '그렇게 피곤할 정도로 구경 다니지 말고, 몸 생각해서 제발 살살 좀 다니라.'고 걱정 섞인 충고를 한다. 교육원을 나와 언제나처럼 찻집으로 가서 이야기들을 하다가 일어선다.

동료 두 사람과 신촌역까지 걸어와 헤어지고 나는 지하철을 타고 안국역에서 내려 정독도서관으로 간다. 책을 읽으려는 것이 아니라 벚꽃놀이 장소로 택한 것이다. 예상대로 옛 경기고등학교 교정은 벚꽃이 만발해 구름 같다. 저렇게 탐스럽게 흐드러진 벚꽃을 보노라면 나는 매번 저 꽃들을 주루룩 훑어 입에 가득 넣고 싶어진다.

언젠가, 낮은 벚꽃 가지를 쓰다듬으며 "훑어서 먹고 싶다."고 말하는 내게 꽃놀이 친구는 은근히 만류하는 듯한 분위기로 말했었지. "그러면 아마도 인터넷에 뜰 겁니다. 꽃 먹는 여인이라고."

봄 정원은 때를 놓칠 새라 꽃구경 나온 사람들로 즐겁게 수런거린다. 나도 설레어 꽃 아래 거닐다, 벤치에 앉아 쉬다, 담장을 따라 건물 뒤쪽으로 산책하다 하며 화창한 봄날을 한가롭게 즐긴다.

몇 년 전 처음 이곳에 왔을 땐 '관광코스에 소개되어 있는 도서관'이 어떤 곳일까 궁금했었는데, 몇 번 와보고 나니 이제는 내가 다녔던 학교처럼 익숙하고 편안하다.

얼마를 놀다 도서관 정문을 나와 삼청동 골목으로 들어간다. 악세사리며 옷이며 사람들 관심을 끌 만한 온갖 물건들을 차려놓은 자그마한 가게들이 골목 양쪽으로 줄지어 있는데, 좁은 골목길은 사람들로 북적거려 혼자 구경하는 것보다 훨씬 더 재미있다. 달리는 차창으로 풍경을 볼 때나 달콤한 커피를 마시며 무언가를 읽을 때는 혼자가 좋지만, 이런 구경은 역시 북적거리는 사람들 속에서 하는 게 제격이다.

중간 중간 간이음식점이나 찻집에서 음식을 먹고 쉬어가는 사람들도 많지만 나는 그냥 계속 걷는다. 골목을 빠져나와 찻길로 접어들자 저마다 독특한 분위기를 풍기고 있는 카페와 상점들이 길가에 즐비하다.

기분 같아선 집집마다 들어가 보고 싶지만 그냥 겉으로만 보고 지나간다. 국무총리 공관까지 걸은 뒤, 다시 왔던 길을 되짚어 멀리 안국역으로 돌아온다.

지하철에선 자리에 앉자마자 '충전모드'로 들어간다. 집으로 바로 갈까 하다가 그새 얼마간 '충전된 느낌'을 믿고 신촌역에서 내린다. 내려서 걸어보니 충전된 그 느낌은 이내 사라지고 피곤함이 몰려오는데, 그래도 내친걸음이라 현대백화점에 가서 반찬과 프라이팬을 사가지고 나온다.

서울 올 때 이삿짐을 싸면서 '혼자 사는 살림에 무슨 프라이팬까지…….' 싶어서 빼 버렸더니 자연히 고기를 멀리하는 생활이 된다. 지금까지는 정신없이 놀러 다니느라 먹는 데 별 신경을 못 써서 그랬지만 내가 뭐 비구니도 아니고, 안 그래도 부실한 몸이 더 힘을 못쓰는 것 같아 육식을 하기로 마음을 먹은 것이다. (이대길 포장마차의 파닭꼬치로 부족한 단백질을 채우려던 계획은 전면 수정이다. 꼬치야 역시 간식거리 아닌가.)

이제부터라도 고기를 제대로 구워먹으려고 주물 프라이팬을 샀더니 피곤한 몸에 쇼핑비닐백이 쇳덩이처럼 무겁다. 하지만 꾹 참고 '무념무상'의 상태로 걷는다. 어차피 가야 할 길인데 무겁다, 피곤하다 생각하면 더 괴롭기만 할 뿐이라 생각의 스위치를 꺼버린 것이다. 집에 와서야 스위치를 올리고 마음껏 느끼고 생각한다. (오늘은 정말 많이 걸었다. 주물 프라이팬은 너무 무겁다. 쓰러질 만큼 피곤하다.)

이대 캠퍼스로 밤 마실을 나갔다가 못 돌아올 뻔.

4월 2일 (수요일)

점심밥을 맛있게 먹었다. 아까 먹은 오이지의 감칠맛이 아직 입 안에 감돈다. 물에 만 밥과 함께 '아삭' 한 번 씹을 때마다 맛있는 소금기가 조금씩 물속으로 번져 나오던 그 맛. 그 오이지 말고도 백화점에서 사 온 다른 반찬들이 모두 '제 맛'이다.

곤드레 나물, 파김치, 실치, 깻잎김치. 기본인 된장찌개와 함께 모처럼 '갖추어 차린' 반찬 앞에서 젓가락이 잠시 즐겁게 헤맨다. 이번엔 뭘 집을까? 파김치? 곤드레 나물? 먹는 것이 사람을 행복하게 해줄 수도 있다는 사실을 한참 동안 잊고 살았던 것 같다.

점심 먹고 잠깐 원석문학회 동인지 「비상을 꿈꾸며」에 실린 수필을 읽다가 눈물이 났다. 외국으로 살러 나가는 무남독녀 딸네 식구들을 공항에서 잘 배웅한 뒤 돌아오는 차 안에서 참았던 눈물을 쏟았다는 내용에 나도 모르게 울컥했던 것이다.

가족과 멀리 떨어져 홀로 지내는 노년의 외로움이란 참으로 견디기 힘든 슬픔일 것이다. 그런데도 그 슬픔을 내색하지 않으려 애쓰는 그 모습이 더 슬펐다. 하지만 이렇게 수필 교실에도 나와 글을 쓰고 정을 나누며 스스로를 잘 다듬는 그 필자는 멋진 분인 것 같다.

밖에는 절정에 이른 봄꽃이 바야흐로 온 세상에 환희의 메시지를 퍼뜨리고 있겠지만, 오늘 하루는 모른 체 하기로 한다. 책을 읽고 쉬다가 저녁에 아래층 마트에서 고기만 사오면 된다.

아, 나는 아마도 거리귀신에 씐 모양이다. 오늘은 집에서 쉬며 마음껏 책을 읽으려 했는데, 날이 저물려하자 마음이 자꾸만 밖을 곁눈질한다. 책이 꽃보다 덜 좋은 것도 아니지만, 책은 나중에 포항 집에 가서도 읽을 수 있다는 생각에 밀어놓고 밖으로 나간다. 옅은 어둠이 내리는 이대길은 여느 때처럼 명랑한 활기로 가득하다.

가게마다 불을 환히 밝히고 있는 길 옆 골목을 한 바퀴 돌고나서 캠퍼스 안으로 들어가니 시원한 바람이 어둠과 함께 부드럽게 몸에 감긴다.

ECC유리문 너머로 교보문고가 보이자 별생각 없이 들어가 책을 몇 권 고르며 읽는다. 얼마가 지났는지, 옆에 누군가가 말을 거는 것 같아 이어폰을 빼고 보니 종업원이다. "폐점 시간이 되어 문을 닫으려 하다가 보니 손님이 계셔서……."라며 죄송하다고 한다. '아니, 죄송할 것 없다.'고 하며 계산을 해달라고 하니까 민망해하며 컴퓨터를 다시 켜서 계산을 해준다. 내가 있는 줄 모르고 컴퓨터까지 끄고서 폐점준비를 다 한 모양이다. 그러고 보니 잘못했으면 밤새 여기 갇혀 있을 뻔 한 건가? 맙

소사! (죄송한 것 맞네.)

돌아오는 길에 정관장 홍삼정을 사고 1층 마트에서 고기도 사온다. 이제부턴 먹는 데에도 신경을 써야한다. 먹는 것과 상관없이 자고 나면 힘이 솟는 시절은 옛날에 지나간 것이다. 한 팩에 들어 있는 고기가 단 일곱 점이라 아쉬운 듯 만 듯하지만, 오랜만의 육식에 기분이 황홀하다.

식사 도중에 L여사님의 전화를 받고 통화하는데, 이렇게 혼자 여행하는 내가 정말 놀랍다며 그 용기가 어디서 나오는 것이냐고 새삼 부러워한다. '평소엔 앞뒤를 많이 재고 걱정도 많은데, 일단 불이 붙으면 거침이 없는 편'이라고 대답한다.

책을 미끼로 하루 종일
잠을 낚다.

4월 3일 (목요일)

충분히 잠을 자고 일어났는데도 개운치 않다. 도대체 얼마나 잠을 자야 몸이 개운해지는지 궁금하다. 눈과 몸에 남아 있는 피곤의 찌꺼기를 오늘은 말끔히 씻어내 볼 생각이다. 내 몸에 숨어 있는 잠 찌꺼기들을 있는 대로 불러내어 모두 쓰러뜨려볼 요량으로 아침밥을 먹고 잠을 청한다. 아니나 다를까, 책을 좀 읽자니 어느새 눈이 피곤해지고 잠이 쏟아진다. 사양 않고 그대로 쓰러져 잔다. 그러다 잠이 깨어 눈이 맑아지면 다시 책을 읽는다. 배가 고파 밥을 먹고 인터넷을 잠시 뒤지다가 또 책을 읽는다. 다시 눈이 뻑뻑해지고 스멀스멀 잠이 어른거린다. 잠기운이 더 무거워질 때까지 책을 읽다가 이때다 싶으면 잠을 '채어' 쓰러진다. 물고기가 낚싯바늘을 더 깊이 삼킬 때까지 기다렸다가 한 순간에 채어 낚는 것과 비슷하다. 이렇게 종일 '잠 낚시'를 해서 몸에 남아 있는 잠기운을 없애고 나니 몸이 개운하고 눈동자가 맑아져 있다. 덕분에 잠 낚시의 미끼로 썼던 수필문학회 동인지는 거의 끝이 보인다.

역시, 수면제로는 책만 한 게 없다.

휘황찬란한 두산타워에서
욕망은 넘실거리고.

4월 4일 (금요일)

이틀간 열심히(?) 휴식한 덕분에 컨디션이 구름 한 점 없이 쾌청하다. 오전에 욕실 청소를 하고 내친 김에 때 미는 목욕까지 하고 나니 안팎으로 기분이 날아갈 듯하다. 점심을 먹고 4시가 좀 넘어 동대문으로 출발한다. 너도나도 빈대떡을 굽고 있는 광장시장 구경을 하고 칼국수로 이른 저녁을 먹는다. 청계천을 따라 걷다가 징검다리를 건넌다.

비록 인공 시설을 기반으로 했지만 청계천엔 자연이 들어와 자리를 잡고 있다. 징검다리엔 보기 좋게 푸른 이끼가 올라 있고, 맑은 물엔 오리와 물고기들이 유유히 헤엄치고 들쥐들은 물가 덤불 사이로 잽싸게 달아난다. 그 '자연'이 시내 한가운데 쇼핑의 천국 동대문시장 앞마당에 있는 것이다. 그래서 서울은 너무 재미있다. 내가 만약 서울에 산다면 평생에 단 하루도 지루하지 않을 것 같다.

징검다리를 건너 평화시장을 죽 훑고 나서 두산타워에 들어간다. 지하에서 꼭대기 층까지, 인파에 몸을 맡기고 욕망이 넘실거리는 바다를 유영한다. 그 바다의 휘황찬란함은 어리숙한 내 눈을 홀리고 넋을 빼앗는다.

냉정을 잃은 머리는 반짝거리는 물건을 보면 욕망의 충실한 시녀가 되어 그 물건이 내게 필요한 이유를 어떻게든 생각해낸다. 그리하여, 사실은 별로 필요하지도 않은 물건을 사려고 몇 번이나 움찔거렸는지 모른다. 그나마 다행인 것은, 그런 중에도 끝내 이성을 잃지 않고 2만 원짜리 가죽동전지갑과 만5천 원짜리 머리핀 하나를 사는 것으로 그 '시험'을 벗어났다는 것이다. (사실, 동전지갑과 머리핀은 어느 정도 필요한 물건이기도 하다.)

그런데, 나란 사람은 도대체 어떤 사람인가? 나는 지금껏 법정스님의 무소유와 소로우의 월든 호숫가 오두막을 좋아하던 '순진한' 사람이 아니었던가? 여기로 이사 올 때조차도 소로우의 오두막 살림을 흉내 내어, '그 오두막 살림보다는 조금 낫게'라는 기준을 가지고 살림살이를 챙겨오지 않았던가? (견디다 못해 며칠 전 프라이팬은 하나 샀지만.) 그러던 내가 이런 물건들에 이렇게도 휘둘린단 말인가? 그건 아닐 것이다. 견물생심이라고, 눈에 보이니까 그냥 재미거리로 즐기는 것일 뿐이다.

두산타워를 통째로 준다고 해도 내 마음이 '물건' 때문에 흔들리지는 않을 것이다. 아니, 흔들리지 않아야 한다. 그래야 지금 내가 누리고 있는 이 마음의 풍요로움을 지킬 수 있기 때문이다. 내가 가진 물질을 '넉넉하다' 여기는, 내 소박한 행복을 지켜갈 수 있기 때문이다.

밤을 새운 다음날, 발걸음마다
느껴지는 내 몸무게.

4월 5일 (토요일)

잘 나갈 때 겸손해야 되는 것을……. 어제 컨디션이 좋다고 너무 나가버렸다. 밤에 동대문에서 돌아온 뒤에도 이상하게 잠이 오지 않아 새벽 5시까지 책을 읽다가 잠자리에 들었다. 눈을 뜨니 아침 9시다.

어제처럼 몸이 개운하진 않았지만 그래도 동대문 부근을 한 번 더 돌아보고 싶은 마음에 11시가 좀 지나 집을 나간다. 지하철 계단을 오르내리는데 어제와는 달리 다리가 무겁다. 동대문에 내려 역사공원과 동대문디자인플라자를 돌아보는 동안 몸은 점점 더 무거워지고 컨디션은 엉망이 된다. 체중계에 올라갈 때가 아니면 느껴지지 않던 내 몸의 무게가 고스란히 느껴진다.

DDP(동대문디자인플라자) 안의 커피점에서 한동안 눈을 붙이며 쉬었지만 그래도 별로 나아지지 않는다. 다음부터는 잠이 부족했던 날엔 외출을 자제해야겠다 생각하며 DDP 밖으로 나오는데, 설상가상 난데없는 비바람마저 마구 몰아쳐 졸지에 처량한 난민 신세가 된다.

급한 김에 아가씨들이 둘러서서 토스트를 먹고 있는 길가의 천막 안으로 들어가 오뎅 국물과 떡볶이를 먹으며 비바람을 피한다. 먹는 동안 비는 그쳤지만 지친 몸으로는 아무것도 더 하고 싶지가 않아 서둘러 지하철역을 찾아 돌아온다. 체력이 안 되면 천하 없는 구경거리도 헛것임을 절감한다. DDP 아니라 외계인이 타고 온 비행접시라 한들 나하고 무슨 상관이란 말인가.

더 이상 청춘이 아닌 나를 위한 생활의 계명 하나를 정한다.

'잠을 자지 않고 밤을 새우는 것은 어떤 이유로든 해서는 안 될 짓이다.'

봄날의 안식.

ㅡ방바닥에 뒹굴며
책 읽고, 캔맥주 마시고.

4월 6일 (일요일)

달고 긴 잠을 자고 맞은 새 날이다. 몸은 가볍게 정화되고 세상에 대한 호기심은 다시 싱싱하게 살아난다. 여의도 벚꽃은 어떨까? 어제 내 마음을 어수선하게 만들었던 고약한 그 비바람에 벚꽃도 많이 상했겠지. 하지만 지금은 수도원이 더 궁금하다. 지는 꽃은 그냥 지게 두고 오늘은 수도원을 배경으로 한 소설을 읽으며 수도원 '구경'도 하고, 젊은 여류작가의 사유 세계에 한 번 빠져보기로 하자.

남은 김장김치를 다 넣고 한 냄비 가득 끓인 김치찌개의 맛이 기가 막힌다. 숭덩숭덩 썰어 넣은 돼지고기는 쫄깃하게 씹히고 멸치국물과 된장으로 맛을 낸 국물은 깊고 시원하다. 이제 얼마간은 반찬 걱정 안 해도 되겠고, 밥도 이틀 분은 충분히 될 것 같으니 마음 놓고 책이나 보자.

방바닥에 뒹굴어가며 책을 읽는 사이사이 실치와 땅콩과 함께 마시는 맥주 한 캔은 봄날의 안식(安息)을 화려하게 장식한다.

대학로 좌판대위의 깜찍한 재봉틀.

4월 7일 (월요일)

얼마 전부터 어깨가 아프다 말다 하기에 '그러다 괜찮아지겠지.' 하고 잊고 있었는데, 어젯밤엔 참기 힘들 정도로 쑤신다. 날카롭게 쑤시는가 하면 우리하게 깊고 무거운 통증까지 동반한다. 그냥 넘길 일이 아니다 싶어 아침에 일어나자마자 '정형외과'를 검색한다.

아침밥을 먹고는 바로 시청 부근에 있는 병원을 찾아가 진료를 받는데, 의사는 '포항'으로 되어 있는 주소를 보고 어떻게 오게 되었느냐고 묻는다. 여행 중이라고 하니, 얼마나 되었느냐, 숙소는 어떻게 하고 있느냐며 관심을 보인다. '40일 가까이 되었는데 오피스텔에 묵고 있다. 그런데 배낭 메는 자세가 잘못되었는지 어깨가 많이 아프다.'고 증세를 말한다.

그 젊은 의사는 '좋겠다.'며 부러워하더니 팔을 이리저리 움직여보라고 한 뒤에 인대가 늘어났다고 진단한다. 그러고는 내 배낭을 자기 책상 위에 올려놓더니, 이렇게 높은 곳에 올려놓고 메는 게 좋다면서 한번 메어보라 한다. 나는 진료의 일환으로 생각하고 진지한 태도로—지금까지 배낭을 메던 습관과는 반대로—아픈 어깨 쪽부터 팔을 끼고 매끄럽게 '과제'를 수행한다.

"그렇지요, 그렇게 하시면 됩니다."

나는 젊은 의사로부터 뜻밖의 부러움과 칭찬을 받고 잠시 우쭐(?)해진다. 약을 처방받은 뒤 맞은편에 있는 한의원에 가서 침을 맞고 물리치료를 받으니 마음이 얼마나 가벼운지. 사실 한 번씩 아플 때면, 이러다 낫겠지 싶은 마음과 함께 혹시 고질병을 얻은 건 아닌지 은근히 불안하기도 했던 터라 별 대수로운 병이 아니라니 마음이 많이 가벼워진 것이다.

근처 '맛집'에 가서 메밀국수로 점심을 먹고, 몇 년 전에도 가본 적이 있는 성북동 수연산방을 찾아간다. 산방엔 평일인데도 손님들이 많아 방엔 들어가지 못하고 건넌방 툇마루에 앉아 차를 마시며 바람을 쐬는데, 아담한 정원을 불어오는 바람은 부드럽기 그지없다. 보던 신문을 마루에 둔 채 댓돌을 내려서서 내 집인 듯 익숙하게 뒤란으로 가본다.

꽃과 나무들엔 물 오른 봄빛이 싱그럽고, 가지 위에는 연둣빛 연한 나뭇잎을 쪼는 새들이 사람의 시선을 부담스러워하지도 않고 제 일에 열중이다.

얼마간 쉬다가 찻값을 계산하고 나오면서 누마루와 방안을 둘러보는데, 손님 받고 차를 팔기 편하게 개조해놓은 실내가 좀 실망스럽다. 게다가 카운터 옆 좁은 공간을 활용해 유기농비누까지 파는 알뜰한 상혼은 이태준 선생의 문향(文香)이 깃든 창작공간을 찾아간 순진한 후인을 적이 당혹스럽게 한다. 이 집도 사유재산이니 경제논리를 벗어날 순 없겠지만 마음이 씁쓸하다.

산방을 나와 인근의 심우장을 찾아가니 쓰레기가 널려 있는 골목길과 관리인 하나 없이 방치된 그곳은 더욱 실망스럽다. 더더욱 심우장 마당에 떡하니 버티고 있는 정체불명의 벽돌집이라니……. (겸손하게 작지도 않으면서 운치라고는 없는 이 이상한 구조물이 왜 이곳에 있는 것인지 도무지 알 수가 없다.) 그런 심우장을 보니, 찻집으로라도 가꾸고 있는 수연산방이 그래도 다행이란 생각이 든다.

한옥과 옛사람에 대한 대책 없는 짝사랑이 오늘은 좀 힘겹다. 하지만 그럼에도, 만해선사의 숨결이 배어 있을 방과 마루를 내 손으로 쓸어보고 그가 거닐었을 마당을 내 발로 밟아보는 감회가 없을 수 없으니, 암울한 시대를 꿋꿋이 헤쳐나간 그의 강고(强固)한 정신과 「님의 침묵」이 남겨준 아름답고도 비장한 여운을 기억하고 있음이다.

심우장에서 큰길로 내려와 과학고등학교를 지나 걷다보니 늘씬한 한옥으로 된 혜화동주민센터가 나온다. 한옥에 '꽂혀 있는' 내가 그냥 지나칠 수 없다. 더구나 공공기관이라 당당하게 문을 연다. 안으로 들어가 살펴보고는 한옥체험을 조금이라도 더 해보려고 화장실을 묻는다. 여직원은 혜화동 주민도 아닌 지나가는 구경꾼에 불과한 나에게 황송할 정도로 친절히 대하며 직접 화장실로 안내해준다.

단순한 나는 '아, 우리나라가 진정한 민주국가구나. 정말 백성을 주인처럼 대해주는구나.' 그만 감동하고 만다. 주민센터를 안팎으로 들락

거리며 구경한 뒤, 우람한 한옥대문 옆에 붙어 있는 작은 약국에 들어가 아침에 처방받은 어깨약을 짓는다. 많이 지쳐있던 터라 약을 받고도 의자에 앉아, 대기하는 손님용으로 비치되어 있는 만화책을 몇 권이나 섭렵하며 한동안 다리를 쉬다가 나온다.

어딘지도 모르면서 길을 따라 계속 걷는데 어디서부턴가 길가에 구경거리가 많아진다. 물어보니 대학로란다. 그러고 보니 학생인 듯한 젊은이들이 유난히 많고 소극장 간판도 여럿 눈에 뜨인다. (대학로는 처음이 아니지만, 이렇게 성북동에서 걸어갈 수도 있는 곳인 줄은 몰랐다.)

그 와중에 눈이 번쩍 뜨이는 물건이 있어 가까이 가서 자세히 본다. 높이가 한 뼘만 한 재봉틀인데, 어쩌면 그렇게도 실물과 꼭 같이 생겼는지. 예쁜 물건에 홀리지 않으려 아무리 작정을 했다 해도 '이 물건만큼은 망설일 필요가 없다.'는 강한 확신이 든다. 다른 것도 아니고 그 옛날 우리들 안방에서 돌돌 돌아가던 그 재봉틀이, 이렇게도 '깜찍한' 크기로 줄어들어 좌판에 올라와 있는데 그걸 외면할 수는 없는 것 아닌가.

그런데 더욱 놀라운 것은 이 작은 재봉틀이 그냥 모양만 재봉틀 모양을 하고 있는 것이 아니라 재봉틀과 꼭 같이 움직인다는 것이다. 태엽을 감아주면 돌림바퀴와 발판, 그리고 바늘과 실패꽂이에 꽂힌 실패까지, 마치 실제 바느질이 되고 있는 것처럼 재봉틀의 각 부분이 움직이는 것이다. 바늘 밑에 그냥 끼워놓은 천 조각이 진짜 박히지 않는 것이 도리어 이상할 지경이다.

그리고 또 하나 기특한 것은 그렇게 움직이면서 음악까지 흘러나온다는 것이다. (음질이야 조악하지만 그래도 무려 베토벤이다. 「엘리제를 위하여」.) 만 원이란 가격은, 이렇게 실물과 꼭 같이 생겼다는 것만으로도 충분히 그 값을 하고도 남는데 진짜처럼 움직이면서 음악까지 나오니……. 대박이다!

집에 와서 옷도 갈아입지 않은 채 서둘러 상자를 개봉한 뒤 상판 아래 붙어 있는 작은 서랍을 몇 번이나 열어 (서랍을 열어야 음악이 나온다) 음악을 듣고 나서 다른 애장품 곁에 전시해 놓는다.

아, 지난 시절 어느 선각자는 기와집 몇십 채 값을 치르고 민족의 혼이 깃든 문화재를 사들여 밤늦도록 그 아름다움에 심취했다는데, 나는 만 원짜리 재봉틀을 사고서 이렇게 흥분하다니, 이 일을 어쩔거나!

만 리 창공을 나는 붕새의 날갯짓이 어찌 호쾌하지 않으며, 그 장한 여정(旅程)이 어찌 고귀하지 않으랴. 그런데, 그 푸른 하늘 아래 후미진 골목 안쪽엔 향나무 가지 사이사이에 가득 숨어 있다 일시에 화르르 바람을 일으키며 날아 내리는 명랑한 무리들이 있으니. 인기척 없는 양옥집 뒷마당이 떠나가라 짹짹거리며 폴짝폴짝 뛰어다니는 그 참새들도 나름의 삶을 기쁘게 향유하고 있음에야…….

하지만 그 작은 새에게도 만리붕정(萬里鵬程)은 먼 하늘에 닿아 있는 아득한 꿈을 꾸게 해준다. 그 꿈이 있어, 이 덤불에서 저 나뭇가지로 더 즐겁게 솟구칠 수 있는 것이다. 때로 자유 낙하하는 물체인 양 땅을 향해 곧바로 떨어지다 멈추는 아찔한 묘기를 부리며 생의 흘가분함을 만끽하기도 하는 것이다.

'거인'의 삶에 비추어본 작은 내 모습.

4월 9일 (수요일)

어제 오늘 저조한 컨디션을 회복시키며, 며칠 전에 읽던 『높고 푸른 사다리』라는 책을 읽는다. 수도원을 배경으로 젊은 수도자의 사랑과 신앙세계를 그린 소설인데, 이 나이에도 두 남녀의 이루어지지 않는 사랑 이야기가 애틋하다. '그만 해피엔딩으로 만들어주지 왜?' 허구라 해도 마음 아파하는 것은 보고 싶지가 않다.

예전엔 극장에서 영화를 볼 때 주인공이 악당에게 이기는 장면이 나오면 모두들 자기 일인 양 기뻐하며 박수를 치는 것이 자연스러운 풍경이었는데, 요즘의 내 마음 상태도 그와 비슷하다. 드라마든 책이든 사랑이 이루어지면 내 일인 양 흐뭇하고, 착한 사람이 이기는 걸 보면 아는 사람 일인 양 박수를 치고 싶다.

그 소설에 이어, 가혹한 운명을 정신력과 의지로 훌륭히 극복해낸 한 여인의 이야기, 김해영의 『당신도 언젠가는 빅폴을 만날거야』를 읽는다.

연민의 대상이 되기에 충분한 스스로의 조건을 뛰어넘어, 타인에 대한 깊은 연민으로 생명을 사랑하는 사람이다. 어쩌면 그런 강인한 의지를 지닐 수 있는지, 인간을 품는 그 품이 어쩌면 그렇게 클 수 있는지……. 딴에는 바르게 살려고 애쓰며 살고 있다 생각해왔는데, 얕고 좁고 엄살 투성이인 내 모습이 거울에 비친다.

도덕, 신앙을 떠나 생명 그대로를 경외하고 존중하는 법을 나는 그 거대한 칼라하리 사막에서 배웠다. 비를 피할 지붕만 있으면 얼마든지 행복할 수 있다는 것을, 살아 있음만으로 나는 아름다운 존재라는 것을 사막에서 깨달았다. 아름다운 글귀들을 읽으며 나를, 또 세상을 용서했다. 나를, 세상을 껴안았다. 그러는 사이, 인고와 열정의 오랜 세월을 거쳐 그 많았던 아픔과 상처가 침향덩어리로 화해 있음을 깨달았다.

—내 독서노트에 옮겨 놓은 김해영의 글—

휴대폰 없어 불편한 건
젊은 사람만이 아니네.

4월 10일 (목요일)

어제부터 컴퓨터가 고장 나고 휴대폰 충전기조차 고장 나서 마음이 뒤숭숭하다. 덕분에 책에 몰두할 수 있긴 했지만, 그래도 컴퓨터와 휴대폰을 쓸 수 없는 생활은 많이 불편하다.

점심 먹고 홍대 입구에 가서 충전기를 새로 구입하고, 컴퓨터는 기사를 불러 4만 원을 주고 고쳤다. 밀린 일기도 쓰고 인터넷 사이트도 방문하고 이제야 생활이 정상으로 돌아가는 것 같다.

현대 사옥 바로 옆이
창덕궁이라니…….

4월 11일 (금요일)

오전에 한의원에 가서 어깨 치료를 받은 뒤 창덕궁으로 향한다. 안국역에서 내려 역사 안 파리크라상에서 빵으로 점심을 먹고 지상으로 올라가 길을 찾아 간다. 가다보니 현대계동사옥이 나오고, 그 바로 옆에 매스컴에 심심찮게 오르내리던 건축가 김수근의 그 유명한 '공간(空間)' 사옥이 나오고, 바로 그 옆에 창덕궁이 나온다.

창덕궁도, 현대사옥도, 북촌도, 그 전에 와 본 곳이지만 이 장소들이 이렇게 서로 연결되어 있다는 사실은 오늘에야 제대로 인식하게 된다. 따로따로 있던 퍼즐 조각들이 이제야 제 자리에 맞추어지는 느낌이다. (여행 초기 서울시내 지도를 열심히 본 그날 밤, 편두통으로 혼이 난 이후로 지도를 멀리 한 탓이다.) 바로 옆에 있는 곳인지 멀리 떨어져 있는 곳인지 이곳과 저곳의 관계를 전혀 모른 채 장님 코끼리 만지는 격으로 서울 시내를 조각조각 만지고 다니는 것이다.

그래서 얼떨떨해질 때도 종종 있지만 불편하다기보다는 매번 놀랍고 신기할 뿐이다. 코끼리 전체가 어떻게 생겨 있는지 볼 수는 없어도 눈 감고 부분 부분 만져보는 것만으로도 충분히 즐겁기 때문이다. 그러다 보면 오늘처럼 퍼즐조각들이 이렇게 맞추어지기도 하는 것이고.

긴 줄을 서서 표를 사 돈화문으로 들어간다. 창덕궁은 이미 몇 번이나 와보았지만 다시 봐도 여전히 감회가 깊다. 전각으로 가는 길 초입엔 아름다운 돌다리 금천교가 있는데, 그 옛날 다리 아래로 맑은 물이 흐르던 모습과 물가에 심어져 있었다는 수양버들을 상상하노라니 몇 백년 전 그 시절이 유정하게 다가온다.

전각들을 둘러보고는 봄꽃이 난만한 정원을 오래도록 서성이는데, 세월이 지나간 아름다운 옛 자취엔 무상한 인생의 그림자가 퇴색된 채 드리워져 있다.

맛있는 음식은 아껴두었다 나중에 먹는 것처럼, 오늘도 마지막으로 낙선재를 찾는다. 낙선재는 창덕궁의 어느 전각보다도 친근하고 편안한 느낌을 주는데, 비교적 최근까지 왕실의 후손이 살았던 곳이고 구조나 장식이 여염의 대갓집 같은 분위기를 풍기기 때문인 것 같다.

마당을 둘러싸고 있는 행랑채의 긴 툇마루에는 관람객들이 줄지어 앉아 마치 노천카페에라도 온 듯 이야기꽃을 피우고 있다. 나도 한쪽에 앉아 피곤한 눈을 붙인다. 잠시 앉았다가 피곤이 좀 풀리면 다시 뒤뜰로 가 휴대하고 다니는 돋보기로 작은 풀꽃들을 확대해보기도 하고, 섬돌을 오르내리고 중문을 넘나들며 전각 구석구석을 쏘다닌다. 돌아갈 생각이 없는 사람처럼 낙선재에서 하염없이 그렇게 시간을 보내노라니 메말랐던 마음이 촉촉이 젖어온다.

돈화문을 나와 궁궐의 긴 담장을 따라 대학로를 향해 걷는데 걷는 내내 차들이 쌩쌩 달리는 대로와 고즈넉한 옛 궁궐이 담장 하나를 사이에 두고 함께 있는 이곳이 너무나 신기하다는 생각을 떨쳐버리지 못한다.

타임머신을 타고 과거와 현재를 오가는 것 같기도 하고, 방향에 따라 전혀 다른 그림으로 보이는 신비로운 그림을 보는 것 같기도 하다.

지금까지 걸은 운동량만으로도 이미 다리가 뻐근하지만 학림다방을 찾아가서 뜨겁고 달콤한 카페라떼를 마실 생각으로 기꺼이 발을 내딛는다. 한참을 걷다보니 서울대학병원이 나오고, 계속 가노라니 성균관 대학교를 가리키는 이정표가 나온다. 성균관대학교는 일부러라도 찾아가 볼 생각을 하고 있었는데, 이렇게 생각지도 않은 곳에서 만나게 되니 발길이 저절로 그리로 옮겨진다.

학림다방은 다음으로 미루고, 말로만 듣던 성균관이 어디에 어떤 모습으로 있을지 잔뜩 기대를 하며 성균관 대학교 캠퍼스 안으로 들어간다. 6시가 다 되어가는 때라 성균관 문이 닫혔을지도 모르겠다는 생각을 하며 발걸음을 재촉하니 다행히 명륜당으로 들어가는 문이 열려 있다.

두루 구경을 하고 유생들의 기숙사였다는 동재의 마루에 앉아 잠시 쉬는데, 그제야 바짝 당겨졌던 마음의 고삐가 늦추어진다. 이렇게 시간이 촉박할 땐 다음날 와도 좋으련만, 궁금하던 곳을 만나면 그냥 지나치지 못해 한 번씩 이렇게 바쁜 걸음을 하는 것이다. 교문을 나와 수업을 마치고 길에 쏟아져 나오는 성대 학생들의 물결을 따라 흐른다.

대학로로 가는 길을 묻기가 어쩐지 좀 내키지 않아 그냥 걷는데, 큰길 하나를 건너니 며칠 전에도 보았던 낯익은 대학로가 보인다. 대학로를 여러 번 왔지만 성균관대학이 이렇게 가까이 있는 줄은 몰랐는데, 이 뜻밖의 일이 어리둥절하면서도 재미있다. 풀숲을 산책하다가 예기치 않게 멋있는 뿔이 달린 사슴을 만난 것 같은 신선한 놀라움이다.

조금 전 앉아 쉬었던 성균관 동재의 긴 마루에선 일과를 마친 조선시대 유생들의 말소리가 두런두런 들린다 해도 이상할 것 같지 않은데, 몇 분을 걸어오니 불야성의 거리가 이렇게 휘황하다.

밤이 깊어지면 대학로는 또 어떤 모습이 될까 궁금해 더 있고 싶지만 점심에 먹은 빵 때문인지 속이 편치 못해 그냥 집에 가려고 혜화역으로 내려간다. 속이 거북한데도 지하철 계단을 오르내리는 발걸음은 이전보다 많이 가벼워진 느낌이다. 돌아다니면서 다리가 아프도록 걷고 에스컬레이터 대신 계단을 이용하려 애써온 덕분인가?

열심히 노력하면 산티아고 순례길도 걸을 수 있지 않을까, 희망을 가져본다. 황씨 성을 가진 한 할머니는 늦은 나이에 혼자서 국토종단도 하고 못 가는 데가 없다는데, 나도 계속 걸어 다니다 보면 허술하기 짝이 없는 이 체질이 단단해질지도 모른다. 서울에선 재미있는 구경거리를 따라가다 보면 저절로 충분한 걷기운동이 되니 그게 참 좋다.

안식월을 허락해준
남편에게.

4월 12일 (토요일)

하루 종일, 자다가 깨면 책 읽고 책 읽다 피곤하면 다시 자고 그러다가 저녁을 맞는다. 세수만 하고 이대역 앞으로 가서 김밥 한 줄을 산다. 신문 파는 박스는 문이 닫혀 있어 김밥만 달랑 들고 온다. 작은 컵라면 하나를 끓여 김밥과 먹으니 제법 괜찮은 저녁 식사가 된다. 면발은 부드럽고 쫄깃하고 국물은 얼큰하고 시원한데, 거기다 속이 충실한 김밥.(간편함과 맛을 이렇게 함께 갖추기도 힘들지.) 책을 읽으며 홀가분히 하는 이런 식사는 '여행 중의 여행' 기분이 나게 한다.

내일은 아침에 경동시장에 가서 봄나물이랑 반찬거리를 사와야겠다. 이 '안식월(安息月)'을 허락하고 후원해주는 남편을 위해 내 성의가 전해지는 밥상을 차리고 싶다. 조선시대의 조신한 아내로 변신해서.(ㅎ…….)

이산가족 상봉하듯 남편을 만나.

4월 13일 (일요일)

아침밥을 먹고 시장 갈 준비를 하고 있는데 남편에게서 전화가 왔다. 자기가 서울로 와서 묵고 갈 형편이 못되니 지금 최대한 빨리 인천 테니스경기장으로 오라고 한다. 일정이 언제 끝날지도 모르고 단체로 버스를 타고 움직이기 때문에 빨리 와야 만날 수 있다고.

그때부터 작전개시. 분초를 다투어 외출 준비를 하고 빠른 걸음으로 지하철역으로 가서 인천행에 몸을 싣는다. 그런데, 일단 인천행 지하철을 타고 나니 그때부터는 좀 전과는 달리 여유만만이다. 지하철을 늘 이용하고 있지만 이렇게 오랜 시간 동안 타 본 적이 없던 터라, 보통 때와는 달리 마음이 한껏 느긋해진 것이다. 음악을 들으며 좋아하는 글을 읽으니 조용한 서재나 분위기 좋은 카페에 있는 것 같다. 마음이 한없이 가라앉고 잔잔한 기쁨이 온 몸에 퍼진다.

한 번씩 눈을 들어 맞은 편 자리에 앉아 있는 사람들을 바라보니 그들도 엷은 웃음을 띠고 있다. 내가 행복하니 남들도 다 행복해 보인다. 참으로, 음악과 좋은 글은 대단한 분위기 메이커다. 어디든 앉을 자리만 있으면 그곳을 서재로, 카페로 만드는 것이다. (물론, 한가한 마음이야 빠뜨릴 수 없는 전제조건이지만.)

그렇게 나만의 세계에 빠져 있는데, 내 앞에 어린 아이 둘을 데리고 젊은 엄마가 서 있다. 돌 지난 손자 녀석이 생각나 얼른 아이에게 자리를 양보해주고 손잡이를 잡고 서서 음악만 듣는다. 나중에 빈자리가 생겨 아까처럼 다시 즐거운 시간을 보내노라니 어느새 인천에 도착한다.

택시를 타고 테니스장으로 가니 분위기가 어째 이상하다. 주변이 썰렁한 것이, 대회 분위기가 전혀 아니다. 관계자를 찾아 물어보니 좀 전에 모두 마치고 다들 버스를 타고 떠났다 한다. 일이 그렇게 되려니 어제부터 공교롭게도 남편과 내 전화가 모두 정상이 아닌 상태라 연락이 잘 안 된다.

지금까지 살면서 이렇게 막막한 상황은 별로 없었는데, 이러다가 만나지도 못하고 그냥 떠나버리는 게 아닌가, 마음이 몹시 초조하다. 바로 택시를 불러 뒤따라가 이리저리 수소문을 해서 어렵게 만난다. 곧 다시 다른 곳으로 이동할 참이었다니, 참 아슬아슬한 상봉이다. 나는 반가워 속으로 펄쩍펄쩍 뛰는데 그래도 여러 사람들 앞이라 점잖게(?) 대한다.

남편도, "그래도 여기까지 찾아온 것 보니 바보는 아니네." 하며 반가워한다. 표현에 인색한 그의 성격을 감안해 나는 그 말을 '야, 우리 마누라 서울서 여행하고 다니더니 많이 똑똑해졌네. 나는 못 만나고 가는 줄 알았다.'로 알아듣는다. 같이 점심을 먹고 그는 일행들과 버스를 타고 떠나고, 나는 차이나타운을 돌아다니며 구경을 한 뒤 서울로 돌아온다.

〈차이나타운에서 건져온 물건들〉

* 머리가 새파란 나무오리 두 마리.

* 맑고 깊은 풍경 소리가 나는 작은 종 하나.

* 손잡이가 달린 작은 북 하나.

* 빨간 관복에 관을 쓴 '간사한 환관풍'의 인형 3개.(키가 땅콩만 한데, 머리는 심한 가분수고 눈이 쪽 찢어져 너무 귀엽게 간사하다.)

저녁 먹고 H선생님과 통화하며 종소리와 북소리, 그리고 며칠 전에 산 재봉틀 음악소리도 들려준다. 소리가 좋다고 평을 해줘서 기분이 괜찮다. '환관인형 세 마리'에 대해서도 체격과 인상착의를 자세히 설명해준다. 내 설명을 듣고 그 작은 아이들의 특별한 매력에 공감하면서 한 마디를 덧붙인다.

"그런데, 환관인형을 보고 왜 '세 마리'라고 합니까?"

(여기서도 그녀의 반듯함이 엿보인다.)

"너무 귀여워서 그렇게 부르는 겁니다."

(여기선 나의 다소 비이성적인 성향이 드러난다.)

분위기 좀 잡으려면 번번이 사람을 무안하게 만드는 강심장.

4월 14일 (월요일)

아침에 느지막이 일어나 밥을 먹고는 남편에게 전화한다. 어젯밤엔 통화가 안 되더니 다행히 전화를 받는다. 휴대폰은 고쳤는데 어젯밤 늦게야 집에 도착해 그냥 쓰러져 자느라 전화를 못 받았다 한다. 며칠 시합하러 다니느라 피로가 쌓였더란다. 그러고는 그만이다.

어제 그렇게 힘겹게 만나 밥 한 그릇 같이 먹고 헤어진 게 전부인데, 그랬으면 뭔가 뒷이야기를 주고받아야 되는 것 아닌가? (나는 이런저런 할 이야기가 많은데.) 하지만 그의 이야기엔 마침표가 찍혔다. 잠을 더 자고 싶은 모양인지. 손뼉도 마주쳐야지, 나도 그런 사람에게 혼자 더 이야기 하고 싶지 않아 통화를 짧게 끝낸다.

남자들은 참 재미없는 사람들이다. 용건이 없으면 이야기를 이어가지 못한다. 이 세상 온갖 일들이 수다의 대상이 되어, 별다른 용건이 없어도 몇 십분 통화를 예사로 하는 우리 여자들의 세계와는 너무 다른 것 같다. 그런데 생각해보니, 남자가 꼭 그런 것도 아니다.

예전에 연애할 때는 무슨 특별한 용건이 있어서 사흘이 멀다 하고 찻집이고 호프집이고, 그렇게 오랜 시간 동안 마주 앉아 시간 가는 줄 모르고 이야기를 했더란 말인가? 그러고도 헤어지기가 아쉬웠던 우리가 아닌가? 세월이 남자를 변하게 만든 모양이다.

어쩌다 그때 기분을 되살리고 싶어 분위기를 좀 잡을라치면 번번이 사람을 무안하게 만드는 무신경하고 강심장인 남자로 바꿔놓은 것이다. 그러니 전화도 그렇게 무미건조하게, 언제나 '용건만 간단히' 하는 거겠지.

다시 옛날 그 시절처럼, 나의 모든 감정에 그대로 공감해주고 내 생각을 늘 존중해주는 그런 다정다감하고 '건전한' 남자로 바꿀 방법은 영 없는 것일까?

관광버스 타고 김유정 문학촌으로.

—폐결핵과 치질.

4월 15일 (화요일)

어젯밤엔 초등학교 때의 소풍 전야처럼 잠을 이루지 못했다. 대기하고 있는 버스, 그 앞에서 웅성거리는 사람들, 버스 안에서 단체로 나누어 주는 음식, 달리는 차창으로 지나가는 풍경……. 온갖 장면들이 베갯머리를 왔다 갔다 해 새벽 2시가 넘어서야 잠이 든 것 같다.

일찌감치 아침밥을 먹고 책을 읽으며 시간을 기다리다 출발장소로 가니 그래도 시간이 넉넉하다. 차가 출발하니 예상대로 맛있는 음식들을 많이도 나누어 준다. 몸에 좋은 강화도 쑥을 넣어 만들었다는 따끈따끈한 쑥떡은 아침밥을 먹고 왔는데도 한 개가 다 먹힌다. 그 외에도 과일이며 음료수, 과자 같은 것들을 자꾸 줘서 기분이 섭섭지 않다. (사실 혈당 때문에 그런 것들을 마음대로 먹진 못하지만, 단체 소풍의 맛이 이런 것 아닌가?)

옆자리 짝이 되신 문학회 선배님과 이런저런 이야기들을 나누며 김유정 문학촌에 도착한다. 결핵을 앓으며 가난하게 살다 요절한 것으로 알고 있었던 유정은 태어나긴 부잣집 아들로 태어났단다. 부모를 일찍 여의고 형이 가산을 탕진하자 가난과 질병의 고통 속에서 29세에 짧은 생을 마감한 것인데, 그의 작품들이 그러한 고난 속에서 탄생한 것을 생각하니 숙연한 마음이 일어난다.

그러나 그 짧은 생애에 이룬 문학적 성취는 불우했던 그의 삶에 의미와 광채를 더해주고 있어, 덧없는 인생과 예술의 영원성이 유정의 생애와 문학에서 더욱 선명히 대비된다. 그런데, 세상을 떠날 때까지 그를 고통스럽게 했던 질병이 결핵만이 아니라 극심한 치질이기도 했다는 사실은 왠지 좀 '그런' 느낌도 준다. 환상이 깨어지는 것 같은?(나이를 아무리 먹어도 도무지 자라지 않는 '소녀취향'이라니……. ㅎ)

메밀 막국수로 점심을 먹으며 그 지방 막걸리로 몇십 명이 '거국적으로' 건배를 한다. 이곳 막걸리는 사이다를 섞은 것처럼 달고 시원하다. 건배주를 맛있게 비우고 막국수도 단숨에 다 먹는다. 식당 밖에는 시골 여인들이 갖가지 산나물을 팔고 있어 싱싱한 두릅을 만 원어치 산다. 철 따라 계절 음식을 찾아먹는 것도 삶의 작은 호사가 아닌가.

다시 버스에 올라 청평사로 향한다. 초여름 날씨와 어젯밤 설친 잠 때문에 몸이 점점 쳐지고 있어 절 구경도 별로 내키지 않지만 일행을 따라 산길을 오른다.

물이 마른 계곡은 지난 여름 폭우의 흔적인지, 어딘가에서 굴러온 듯한 바위들이 여기저기 어울리지 않는 모양으로 남아 있어 보는 마음이 어수선하다. 마침내 절집에 다다라 다리를 쉬며 주변을 둘러보는데, 그제야 이 산의 진면목이 보인다. 절집을 두르고 있는 사방 산은 구름같이 풍성한 봄 숲의 생기로 가득하다.

싱그러운 연두와 초록빛이 넘칠 듯 출렁이는데, 사이사이 곱게 채색된 꽃나무들이 어우러져 별 기대 없이 산을 올랐던 내 입에서도 감탄이 절로 나온다. 과연, 고려 전기 문벌귀족 이자현이 젊은 나이에 홍진세상을 버리고 찾아들었음직한 경치다.

청평거사 이자현은 (두 딸의 엄마가 된 뒤에 뒤늦게 다시 맞이한) 내 학창시절의 흔적 중 아직까지 비교적 선명한 기억으로 남아 있는 인상 깊은 이름이다. 부귀영화와 맞바꾼 은둔의 일생은 그때나 지금이나 어떤—대책 없는 낭만에 가까운—특별한 느낌을 내게 불러일으키는 것이다.

내려오면서 보니 길 가 음식점에 일행 여러 사람이 앉아 있다. 절까지 오르지 않고, 다리가 불편하신 교수님을 모시고 환담을 나누고 계셨던 것이다. 우리도 합석해서 메밀전병과 도토리묵을 먹고는 긴 산길을 걸어 버스로 돌아온다. 돌아오는 차 안에서 나의 바닥난 체력이 모습을 드러낸다. 모자도 선글라스도 다 벗고 본격적으로 곯아떨어진다.

도착할 때쯤 잠이 깨어 매무새를 수습하고 어두워진 창밖을 바라본다. 밤이 되니 어디가 어딘지 잘 모르겠다는 옆 사람 말에, '나도 밤에는 방향감각을 잃어 며칠 전 신촌거리에서 겨우 집을 찾아 왔다.'고 하는데, 뒷자리 입담 구수한 한 회원에게서 걸쭉한 농담이 건너온다.

"아니, 밤에는 방향감각이 없다니, 그럼 낮에는 자기가 서울 지리를 잘 안단 말인가? 한 달쯤 서울서 놀았다고 서울을 잘 아는 것 같이 말하네."

"나도 알 만큼 안다고, 왜 이래. 이래봬도 이화여대 부근은 훤하거든."

우리 두 사람이 공놀이하듯 주고받는 농담에 주변 사람들이 모두 유쾌하게 웃는다. 신촌 현대 백화점 부근에서 내려 집행부 소장(少壯)회원에게 '수고 많았다.' 악수를 하고 헤어진다.

부디 살아 있어
전화해주기를.

4월 16일 (수요일)

언제나처럼 강행군 뒤의 달콤한 휴식을 즐긴다. 신문도 없어 인터넷을 훑는데, 고등학교 수학여행단을 태운 배가 침몰했다는 기사가 있다. 다행히 구조된 사람이 많다니, 기사 제목만 보고 놀란 가슴이 조금은 가라앉지만 그래도 희생자가 있을 것을 생각하니 마음이 무겁다. 휴대폰을 꽉 쥐고서, '부디 살아 있어 전화해주기'를 기다리는 어느 학부모의 사진이 가슴을 친다.

두리번거리지 않되
볼 건 다 보며
'위험지대'를 유유히.
—가리봉 시장.

4월 17일 (목요일)

낮엔 그런대로 괜찮은데 밤에 누우면 어깨가 계속 아파 인터넷에 올라 있는 어깨전문병원이란 데를 찾아간다. 엑스레이를 보더니 석회가 보인다며 비급여 치료를 해야 한다고 한다. 의료보험에 포함되는 치료를 할 수는 없느냐고 하니까 젊은 여의사는 신경질적으로 '이 치료는 비급여'라는 말만 반복하고는 밀어내듯, 밖에 나가 간호사하고 이야기하라고 한다.

간호사에게 물어보니, 한 번 치료에 9만 원인데 1주일에 두 번 정기적으로 몇 달 동안 해야 한단다. 생각해보겠다고 말하고 치료는 받지 않고 진찰료 6,600원만 내고 나온다. 안 그래도 대기실엔 치료과정의 문제를 제기하며 원장과 담판 짓겠다는 여인을 경찰 몇 명이 설득하고 있는데, 대뜸 비급여치료만 가능하다 하고는 더 이상 이야기도 하지 않는 의사를 보니 생각할 것도 없다 싶다.

아무래도 그 젊은 여의사가 나를 봉으로 본 것 같다는 느낌이 들어 불쾌하다. 아니, 내가 봉으로 보여 불쾌한 것보다는 인격과는 거리가 멀어 보이는 '어설픈 기술자'한테 내 몸을 맡길 뻔 했다는 생각을 하니 아찔하다. 함정을 용케 피했다는 기분마저 드는데, 옥과 돌은 어느 집단에나 섞여 있게 마련이란 생각으로 그 일을 정리해버린다.

다시 지하철을 타고 '구로공단 노동자 생활체험관'을 찾아간다.

오래 전, 소설가 신경숙의 『외딴 방』을 읽은 뒤부터 그 시절 쪽방이 머릿속에 남아 있어 일부러 찾아간 것이다. 자신의 미래를 위해, 가족을 위해, 힘든 노동을 감내하며 야간학교까지 다니던 갸륵한 소녀들의 생활이 손에 잡힐 듯 생생하게 재현되어 있다. 참으로 순수하고 눈물겨운 삶이 거기 있었다. 그 환경에서 꿈을 키워가던 작가 신경숙의 삶과 재능이 경이롭다. 천부의 재능은 어떤 어려운 환경 속에서도 '주머니속의 송곳'처럼 드러날 수밖에 없는 것이리라.

쪽방 골목에서 큰 길로 나와 육교를 건너고 물어물어 가리봉시장을 찾아간다. 그 사이 지나는 골목골목엔 참 다양한 모양의 허술한 집들이 얽히고설켜 있다. 그 모양이 집 안에 살고 있을 사람들의 고달픈 모습 같기도 해 시큼한 삶의 냄새가 물씬 느껴진다.

시장이 가까워지자 슬쩍 봐도 별 할 일이 없어 보이는, 그러나 불량기는 다분히 있어 보이는 남자들이 길가에 여기저기 모여 있어 다니기가 꽤 조심스럽다. 천의 얼굴을 가진 서울 속의 이 낯선 지대와 상황이 긴장감을 자아내면서도 재미있다. 두리번거리지 않되 볼 건 다 보며 '위험지대'를 유유히 벗어난다.

시장 안에 들어가니—중국에서 온 사람들을 주고객으로 하는 듯—간체자로 간판을 써 놓은 음식점들이 많아 호기심이 동하지만 음식점에 들어갈 용기는 차마 나지 않는다. 하지만 가리봉시장을 그냥 눈으로만 보고 지나치기가 섭섭해 채소가게에서 싱싱한 아욱 한 단을 사가지고 배낭에 넣고 시장 안을 이리저리 걷는다. 몇 시간 동안 또 다른 세상 하나를 경험한 것 같다.

미지의 세계에 대한 호기심이 이끄는 대로 가리봉동을 온통 헤매고 다닌 끝이라 다리는 천근이고 몸엔 피로가 잔뜩 쌓였다. 더는 버티지 못하고 지하철역을 찾아간다. 2호선 지하철을 타고 자리에 앉으니 내 집에 온 듯 마음이 편안하고 몸이 풀어진다.

집에 돌아와 컴퓨터를 켠다. 구조작업엔 별 진척이 없다는 내용과 함께 사고를 당한 가족들을 위로하러갔던 대통령에게 울분을 터뜨리는 사람도 있었다는 기사가 보인다.

대통령도 밤잠을 자지 못하고 안타까워했다고 하는데, 이런 일이 있고 보니 한 나라도 한 집안 같다는 생각이 든다. 작은 일엔 내 편 네 편이 있을 수 있지만, 인간의 능력 한계를 뛰어넘는 큰 일 앞에선 모두가 무력한 같은 인간이라는 점에서 한 마음이 될 수밖에 없는가 보다. 모두가 자식 키우는 부모의 입장이기에 함께 눈물 흘리지 않을 수 없는 것이다. 속에서 무언가가 치밀어 한참을 소리 내어 울어도 가슴 속의 바윗덩어리가 작아지지 않는다. 차마 상상하기 두려운 장면들이 자꾸 머릿속에 떠올라 일부러 다른 생각을 끌어 온다.

다른 사람의 마음이 이런 데야 그 부모와 가족들의 마음이야 어떤 말로 다 표현할 수 있겠는가. 사람으로서 당할 수 있는 고통의 극한이리라. 사람의 그 어떤 것으로도 위로받을 수 없는 참혹한 슬픔이리라.

건강한 상식이 도도히 흐르는 사회로.

4월 21일 (월요일)

광화문에 있는 통증의학과 병원에 가서 치료를 받고 온다. 1주일에 두세 번 치료를 받으라 한다. 밤이면 더 심해지는 통증이 너무 괴로워, 부디 효과가 있기를 막연한 초월자에게 간절히 빌어본다.

인간이란 이렇게도 이기적인 동물이다. 신문이나 인터넷으로 사고 뒷이야기를 접할 때면 혼자서 눈물을 흘리며 가슴아파하다가도, 그래도 남의 일이라 잊어버리고 먹고 자고 구경 다니고 어깨 아프다고 이 병원 저 병원 찾아다닌다. 할 일을 안 할 수는 없지만 어쩐지 미안하다. 무얼 해도 마음 한 편이 묵직하고 불편하다. 하지만 불편하고 미안하기만 한 것은 아니다. 참을 수 없는 분노가 가슴 속에서 부글부글 끓어오른다.

사고를 낸 것도 모자라 그 아이들을 두고 어떻게 저희끼리 탈출을 할 수 있었는지, 아무리 생각해도 이해가 되지 않고 용서가 되지 않는다. 그 죄를 어떻게 감당하려고 그런 짓을 했는지, 그 눈을 똑바로 보고 물어보고 싶다.

온 국민의 이 분노에 찬 눈빛을 그들은 모두 보아야 한다. 이 눈빛들이 하나하나 바늘이 되어 그들의 심장을 찌르는 형벌을 받도록 해야 한다. 그리고 수많은 승객들의 귀중한 생명을, 직업의식은 고사하고 인간으로서의 최소한의 양심조차 없는 그런 사람들에게 함부로 내맡긴 부도덕한 선박회사와 그 부도덕을 묵인하고 방조한 관계자들은 반드시 그 원통한 생명들의 무게로 단죄되어야 한다.

그리고 절체절명의 상황에 처한 사람들을 눈앞에 보면서도 소임을 저버린 무능하고 무책임한 재난구조 당국은 그 과오에 합당한 벌을 받고, 뼈아픈 참회와 반성으로 고질적인 병폐를 고쳐야 한다. 나아가서는 그런 악과 부조리의 온상이 된 이 사회, 이 나라의 근본적인 체질도 뜯어고쳐야 한다. 생업에 충실하고 가정을 지키는 것으로 본업을 삼는 필부필부(匹夫匹婦)마저 이처럼 분노하고 걱정하지 않을 수 없는 이 시대와 상황이 너무나 개탄스럽다.

이러한 시대상황에 지식인과 양식 있는 지도층은 더 이상 침묵해서는 안 된다. 그들을 인정하고 존경하는 이 사회에 대해 도리와 책무를 다해야 한다. 몸을 사리지 말고 나서서 이 병든 사회가 건강한 상식이 도도히 흐르는 사회로 방향을 틀 수 있게 해야 한다. 진정으로 불의를 미워하고 그러한 마음을 행동으로 표현할 수 있도록 국민을 고무해야 한다. 통절(痛切)한 심정으로 이 사회가 나아갈 올바른 길을 제시하고 이 나라가 추구할 이상을 높이 내걸어야 한다.

살아 있다는 단순한 기쁨.
—석촌 호수에서.

4월 22일 (화요일)

오후에 석촌 호수로 가서 푸른 그늘이 시원히 드리워진 산책로를 걷는다. 얼마간 걷다가 산책로 도중에 있는 카페의 노천의자에 앉아 빵과 커피로 점심을 먹는다. 신록이 우거진 공원 안엔 산책을 하거나 운동을 하는 사람들 모두가 행복해 보인다.

아내가 빨대를 꽂아 쥐어주는 음료수 잔에 입을 가져가며 웃는, 언어와 몸놀림이 많이 불편해 보이는 초로(初老)의 남자도 나름의 행복을 느끼고 있는 것 같다. 비록 휠체어에 앉은 몸이지만 '살아 있다'는 단순한 기쁨을 온몸으로 느끼고 있는 것 같다.

아마도, 불행한 사람은 환한 햇살 아래 화사하게 펼쳐져 있는 이 물나라에 아예 나오지도 않는 모양이다.

호랑이의 힘과 사슴의 고고함을
한 몸에 지녔던 풍류객, 대원군.
— 석파정.

4월 23일 (수요일)

점심을 먹고 집을 나간다. 경복궁역에 내려 길에서 몇 번을 물은 끝에 부암동 가는 버스를 탄다. 윤동주 문학관을 둘러보고, 안평대군의 무계정사 터에 세워진 무계원과 대원군의 석파정을 차례로 본다. 인왕산의 자연을 한껏 들인 왕족들의 생활공간이자 문화공간이다. 일가를 이룬 예술에다 권력의 날개마저 달고서 더더욱 거침없었을 그들의 풍류를 헤아려본다. 호랑이의 힘과 사슴의 고고함을 한 몸에 지녔던 그들의 정신세계를 아득히 짐작해본다.

현실 속에서 무릉도원을 구현하려 했던 무계정사의 풍류객 안평대군.

별서의 앞마당에 서서 쏟아져 내리는 계곡물을 감상했을 석파정의 주인 대원군.

그들의 자취를 돌아보고 그 세상 언저리를 더듬으며 알 수 없는 애달픔에 잠기는 후세의 유인(遊人).

집으로 돌아가는 버스를 기다리는데 문득 허기가 몰려와 정류장 앞의 편의점에서 김밥 한 줄을 산다. 부암동 주민센터 마당가의 정자에 앉아—석파정 아래 서울미술관에서 구입한—운보 김기창의 화집을 보며 젓가락도 없이 입으로 김밥을 두 개씩 떼어 순식간에 먹는다.

냉장고에 보관한 듯 차가운 느낌이 있는데도 방금 말아낸 김밥처럼 맛있다. 경복궁 정류장에서 버스를 내려 근처의 파리바게뜨에 들어가 저녁을 때운다.

지하철역 까마득한
계단을 오르자니.

4월 24일 (목요일)

미세먼지가 많은 날이라 오전 내내 방에서 쉬다가 점심 먹고 광화문에 나가 치료를 받는다. 운동량이 부족한 것 같아 지하철역의 까마득한 계단을 걸어서 올라간다. 많은 사람들이 에스컬레이터에 빽빽이 타고 올라가는데 나 혼자 걷자니 유별난 것 같아 좀 그랬지만, 남들이 어떻게 하든 신경 쓰지 않는 훈련도 필요한 것 같아 당당하게 계단을 오른다.

한참을 오르자니 젊은 여자 한 사람이 또 올라오고 있어 반갑다. 동지를 만난 것 같다. 스스로 필요하다고 판단한 일이라면 아무도 하는 사람이 없더라도 개의치 말고 할 수 있어야 한다. 모두가 하는 일이라도 나에게 필요 없는 일이라면 눈길을 주지 않아야 한다. 우리 사회엔 소신 있는 사람이 너무 부족하다.

세월호 사고도 근본적인 문제점이 있었던 것은 말할 필요도 없지만, 소신과 용기가 부족해서 더더욱 통탄할 결과를 초래하지 않았던가. 모두가 제 위치에서 건전한 소신과 용기를 가지고 살았더라면 이처럼 어처구니없는 일을 당하지는 않았을 것이다.

모두가 그런 미덕을 갖출 수 있는 것이 아니라면, 적어도 그런 사람을 존경하고 육성하는 사회 풍토라도 만들어야 한다. '모난 돌이 정 맞는다.' 거나 '좋은 게 좋은 것.' 이라는 말처럼 문제가 있어도 모른 척하고 군중 속에 묻혀 사는 것이 원만한 처세인 양 은연중에 가르쳐 온 우리 사회의 비겁하고 무기력한 교육은 잘못 되어도 한참 잘못되었다.

크든 작든 잘못된 점과 비리를 보면 그냥 넘어가지 말고 문제를 제기할 수 있어야 한다. 잘못을 보고 눈감는 것은 원만함도 관용도 아닌 비겁함이다. 우리 국민 모두가 눈을 시퍼렇게 뜨고 잘못된 일을 하는 사람들을 응징하는 사회 분위기를 만들어야 한다.

아무 데나 함부로 '인권' 이란 말을 갖다 붙이지 말고 상과 벌을 분명히 해야 한다. 범죄자의 인권을 지켜준답시고 어설픈 온정을 베풀어서는 안 된다. 함부로 무가치한 온정을 베푸는 것은 범죄를 조장하는 것이지 범죄자의 인권을 보호하는 일이 아니다.

그를 재범, 3범의 길로 유혹해 더 깊은 구렁텅이로 빠뜨리는 일이며, 선량한 시민을 모방범죄의 유혹에 빠지게 해 새로운 범죄자로 만드는 일인 것이다. 더더욱 그로 인해 유린되는 피해자의 인권은 어느 누가 책임 질 수 있단 말인가?

범죄자를 보호한다는 명분을 내세워 결과적으로 선량한 시민을 희생시키는, 어설픈 온정주의는 도대체 어디에 근거를 둔 것인가? 함부로 베풀어지는 관용은 선(善)의 겉모습을 하고 있지만, 기실은 인간의 양심을 마비시키고 사회의 윤리와 기강을 무너뜨리는 악(惡)의 또 다른 모습인 것이다. 악과 정면 대응하기를 두려워하는, 비겁함의 다른 얼굴일 뿐이다.

일벌백계(一罰百戒)야말로 혼돈에 빠진 이 시대의 양심을 회복시키는 따끔한 회초리가 될 것이다. 진정한 관용이란, 반성의 힘든 과정을 통해 스스로 건강한 양심을 회복한 사람을 두 팔 벌려 받아들이고 편견없이 사랑하는 일인 것이다. '스스로 돕는' 사람의 손을 잡아주고 힘껏 이끌어주는 것이다.

광화문 앞 육조거리의
어마어마한 왕의 행렬.
—서울역사박물관.

4월 25일 (금요일)

병원에 오라는 날도 아닌데 일찍부터 서둘러 병원을 찾는다. 어젯밤 어깨 통증이 심해 자는 둥 마는 둥 날이 밝기를 기다린 끝에 아침밥을 먹고는 바로 지하철을 탄 것이다.

내 고통을 어떻게 하면 의사에게 있는 그대로 정확하게 전달할 수 있을까 밤새 고심하고, 가는 동안 잊어버릴까 봐 지하철 안에서 머릿속으로 다시 한 번 내용 정리를 한 뒤에 마침내 의사 앞에서 진술을 시작한다. 어느 부분이 어떤 느낌으로 아픈지, 그 통증의 빈도와 지속시간, 그리고 그에 따른 심적 상태 등에 대한 다소 장황한 듯한 내 호소를, 의사는 '어깨 아픈 사람들이 다들 그렇게 말한다.'는 한 마디 말로 간단히 마무리 해준다.

내 딴엔 진료에 참고가 될까 해서 가능한 한 세밀하게 내 상태를 설명한 것인데 그 노력이 무색해진다. 허탈하고 서운하다. 그대로 물러설 수 없어 아까보다 조금 강한 어조로 '팔까지 아프다.'고 하니까, 그 젊은 의사는 약간 빙글거리는 듯한 표정으로 "그렇다고 팔을 치료하진 않습니다."라고 정중하게 잘라 말한다. 이럴 수가! 어떻게 이 두 마디 말로 밤새 준비해온 구구절절한 내 하소연을 평정해버릴 수가 있는지. 참, 인간미가 없는 의사다. 이런 경우, 공감능력이 있는 인간적인 의사라면 고통을 당하고 있는 환자에게 최소한 이 정도 수준으로는 립 서비스를 해줄 수 있는 것 아닌가?

"저런, 그러셨군요. 통증을 참아내기가 무척 힘드셨겠네요. 그런데도 이렇게 냉철하고 의연하게 증세를 설명해주시니 진료에 많은 도움이 되겠습니다. 이제 걱정 마십시오. 제가 잘 치료해드리겠습니다."

하지만 이런 내 속마음을 표현할 수는 없다. 다만, (의사가 예사롭게 말한) 내 몸의 고통을 내 스스로는 위로하고 존중해주어야겠기에 '여기서 할 수 있는 모든 것을 해달라.'고 사정해서 치료를 받는다.

치료를 받고 나오니 좀 전까지 의기소침했던 것과는 달리 또다시 의욕이 살아난다. 길 건너 저 쪽에 조선일보 건물을 보고는 그 속에서 일어나는 일들을 직접 눈으로 보고 싶어진다.

혹시 글 잘 쓰는 그 기자들이 로비로 지나가는 모습을 볼 수 있을지도 모른다는 기대를 한 것이기도 한데, 들어가 보니 사정이 다르다. 조선일보는 그 건물 5층을 쓰고 있는데, 1층에는 지키는 사람 한 사람이 있을 뿐이다. 용건도 없이 단순한 호기심 때문에 엘리베이터를 타고

5층까지 올라가기는 뭣해서, 밖으로 나와 뒷골목으로 스며든다. 점심시간이 되었는지 음식점들이 있는 골목은 수많은 직장인들로 넘쳐난다. 나도 한 집에 들어가 점심을 먹고, 커피점에서 몇 시간 쉬며 책을 읽다 졸다 한다.

해가 설핏 기울려 하는 시간에 근처에 있는 서울역사박물관으로 간다. 이 부근에 경복궁이나 광화문 광장 같은 다른 명소들도 있어서인지 가는 길에는 외국 관광객들이 북적거린다. 나 혼자 길을 물으며 다니는 것보다 다른 관광객들이 많이 있으면 괜히 기분이 좋고 든든하다.

서울역사박물관은 서울의 모든 것을 알고 싶고 경험해보고 싶은 나에게는 참으로 놀라운 곳이다. 과거로부터 현재에 이르기까지, 서울에 대한 모든 것을 어쩌면 그렇게도 잘 재현해놓았는지. 서울 시내의 모형과 동영상을 보고는, 도대체 이런 것을 누가 다 만들었는지 안내원에게 묻고 싶은 걸 간신히 참는다. (누가 만들었으면 어쩌려고?)

사람이 달나라에 가거나 로봇이 화성을 탐사하거나 그런 건 하나도 신기하지 않다. (문명이 그렇게 발달되어 가는 거지, 뭐 별일인가? 축축한 동굴 속에서 돌도끼로 고기를 토막 쳐 먹던 인류가 쾌적한 아파트에서 종잇장같이 저민 고기로 샤부샤부를 만들어 먹기도 하는데…….) 하지만, 복잡하기 짝이 없는 서울 시내를 이렇게 똑 같이 만들어놓은 것은 내게 너무나 신기하다. 조선시대 육조거리의 모형이나 개발 시대 아파트 모형을 보고는 더더욱 넋이 나간다.

그 모형 아파트 속에는 수많은 작은 사람들이 들어가 살고 있고, 광화문 앞 육조거리(*바로 지금의 세종대로다.)엔 어마어마한 왕의 행렬이 놀랍게도 실물처럼 재현되어 있는 것이다. "세상에! 세상에!" 감탄을 연발하며, 사람의 능력이란 이렇게도 대단하구나, 생각한다. 한동안 그렇게 딴 세상을 헤매다 보니 힘이 빠져 1층 카페로 내려가 테라스에 자리를 잡는다.

아름다운 정원과 저만치 경희궁이 바라보이는 시원한 이 테라스는 누구에게나 개방되어 있는 공간이다. 건너 편 테이블에서 노트북으로 무언가를 쓰고 있는 젊은 여인은 자기 집 서재에라도 앉아 있는 듯 느긋한 표정이다. 나도 아까 편의점에서 건전지를 갈아 넣은 CD 플레이어로 음악을 들으며 책을 읽는다.

오피스텔을 '발명'해낸 현대문명에 박수를.

4월 26일 (토요일)

의식주의 간소한 생활조건을 완벽하게 갖추고 있는 나의 '요새'에서 책 읽고 낮잠 자는 것으로 하루해를 보내며, 이 편리하고도 깜찍한 공간(오피스텔)을 발명해낸 현대문명에 조용히 박수를 보낸다.

저녁 무렵 나른한 손가락으로 독서노트를 뒤적거리는데 오래 전에 써놓은 글이 눈에 띈다. '간소한 거처'와 '단순한 생활'에 대해 쓴 몇 사람의 글들을 그대로, 혹은 내 입맛에 맞게 고쳐 써둔 것인데—다른 사람들에 비하면 실제 우리 집과 살림도 상당히 단출한 편임에도 불구하고—심심하면 한 번씩 읽으며 그런 거처와 그런 생활을 그리곤 했었다. 그런데, 오늘 보니 지금 내 방과 내 생활이 바로 그 글의 내용을 거의 실현하고 있다.(새삼스런 발견이다.)

'한결 같은 바람은 운명이 그 길을 인도한다.'더니…….

"내 집은 방 한 칸으로 된 자그마한 집이다. 집으로서 필요한 것을 모두 갖추고 있되 정리하느라 힘이 드는 요소는 하나도 없다. 필요한 가구들과 살림도구들이 집안의 주요 장식품 역할을 하고 있다. 구수한 토장국과 뜨거운 쌀밥으로 간소한 식사를 하고 나면 향기로운 커피를 마시며 음악을 듣거나 책을 읽을 수도 있다. 외출에서 돌아오면 뜨거운 물로 몸을 씻고 안락한 잠자리에 들 수도 있다. 비바람이 부는 밤이면 더욱 더 환하고 포근해진다. 견고하고 소박한 한 칸 집에서, 집에 거주함으로써 얻게 되는 온갖 만족감을 나는 실컷 즐기고 있다."

"최소한의 것, 꼭 있어야 할 것이 갖추어져 있는 간소한 집. 그것은 인생이란 여행길에서 꼭 필요한 것들로만 꾸려진 가볍고 부담 없는 배낭이다. 가벼운 배낭은 여행자의 발걸음과 마음을 자유롭게 한다."

"소형주택에 살면서 나는 보통 사람들보다 훨씬 쉽고 저렴하게 인생에서 부딪히는 문제를 해결하고 있다. 그 보상으로 아름다운 지역을 여행할 수 있는 여건과 자유를 얻었다. 책속의 낯선 곳을 경이롭게 여행할 수 있는 여유를 얻었다."

"다로(茶爐)가 있는 온돌방에 앉았거니
누가 내 집을 가난하다 하리오."

"넓지는 않지만, 방문을 열면 환한 햇살이 물밀듯 들어와 삶의 그늘을 지워주는 방. 별다른 장식은 없어도 내 읽고 싶은 책은 갖춰두고 차를 마시며 독서에 열중할 수 있는 방. 세상에서 저만치 떨어져 있지만 아득한 옛 선인들과 만나고 천지고금을 굽어보고 우러르며 마음껏 노닐 수 있는 방."

"나뭇가지 아래 놓인 시집 한 권, 빵 한 덩어리, 포도주 한 병."

"느긋하게 흐름을 따라 바람을 느끼며 이곳저곳 떠도는 즐거움. 어두워 내 집으로 돌아와 TV를 켜서 연속극을 보는 편안함. 쾌적한 생의 리듬."

인사동에서 매번
치르는 시험.
—오, 저 예쁜 것들을!

4월 27일 (일요일)

초파일 행사가 있다기에 점심나절이 다 되어 조계사로 향한다. 종각역에 내려 몇 걸음 걷다보니 대로의 양 쪽으로 흰 차일이 길게 늘어서 있다. 처음 보는 광경이 흥미로워 길 안쪽으로 들어가 보니 평소에 차들이 씽씽 달리던 큰 길이 그대로 잔치 마당이 되어 있다.

차일마다 연꽃이나 연등 만들기 체험 같은 온갖 프로그램이 운영되고, 사찰음식을 파는 곳도 많아 수많은 사람이 먹고 즐긴다. 그런가 하면 조계사 앞 행사장에선 가는 빗속에서도 고운 한복을 차려 입은 여인들이 춤과 합창으로 부처님께 정성을 올린다. 나도 합창하는 사람들 옆에서 노래를 들으며 음식을 먹고는 거리를 돌아다니며 구경한다. 그러다 인사동으로 건너와 인파를 따라 걷는다. 한 건물에 들어가니 4, 5층 되는 건물의 수많은 점포들마다 예쁜 물건들이 가득가득 끝도 없이 진열되어 있다.

사람들은 끊임없이 흘러들고 나는 언제나처럼 호기심을 이기지 못하고 그 흐름에 합류해 물건들의 유혹에 맞서 힘겹게 씨름을 한다. 그렇게 꼭대기층까지 올라갔다가 내려오는데, 예쁘기는 하지만 꼭 필요하지는 않은 이런 소소한 물건들을 볼 때마다 일어나는 이 얄팍한 욕망이 너무 불편하다. 삶에 대한 근본적인 욕구도 아닌, 하찮은 물건들에 대한 탐욕을 누르며 매번 아쉬워하고 힘들어하는 나 자신이 서글프다.

이 인사동에서, 이 서울에서, 나는 언제까지 이런 물건으로 유치한 시험을 치러야 할 것인가?

집에 와서 저녁을 먹고 잠자리에 들려는데 다리가 불편하다. 피곤한 느낌이 드는데도 계속 걸었던 것이 부담이 된 것 같다. 내 몸이 보내는 메시지를 함부로 무시해서는 안 될 것이, 몸이 옛날처럼 그렇게 너그럽지 않은 것이다. 웬만큼 함부로 대해도 내색하지 않던 '너그럽던 그 분'께서 언제부턴가 쉽게 노여움을 타는 '까칠한 분'으로 변했다는 사실을 잊어서는 안 된다.

새벽 2시에
먹는 컵라면.

4월 28일 (월요일)

어젯밤엔 자다 일어나 파스를 붙이고 화장실엘 다녀오고 하다가 잠을 놓쳐버렸다. 시계를 보니 새벽 2시가 좀 넘어 있다. 어차피 잠은 다시 들 것 같지 않아 어제 읽던 책을 계속 읽는다. 책을 읽다보니 속이 쓰려와 컵라면을 하나 끓인다. 몇 젓가락 먹지 않아 이내 속이 따뜻하고 편안해진다.

한밤중에 책을 읽으며 먹는 컵라면 맛은 나에게 최상의 만족감을 준다. 따로따로 하거나 먹어도 그 자체만으로 좋은 어떤 '행위'와 어떤 '음식'이 결합될 때 만족감의 시너지효과가 나는 것이 있는데, 이게 바로 그런 류다. 드라마를 보면서 캔맥주를 마시는 것과 함께, 지금까지 살면서 내가 발견해낸 몇 안 되는 손쉽고도 순수한 쾌락이다.

한참 책을 읽다보니 창밖이 훤해지는데 그제야 눈꺼풀이 무거워져 잠자리에 든다.

일어나니 낮 12시가 다 되었다. 아침 겸 점심을 먹고 집을 나선다. 광화문에 나가 치료를 받고 나서 딱히 어디로 간다는 작정도 없이 그냥 빗속을 걷는다.

가다보니 경운궁 양이재와 성공회 서울 성당이란 안내판이 보여 그쪽으로 가 본다. 비가 와서 그런지 뭘 꼭 보고 싶은 생각도 없는데, 한 눈에도 무척이나 아름다운 건축물이다. 겉만 대강 보고 나와 다시 걸으니 시청 앞 광장엔 분향소가 차려져 있고, 덕수궁 대한문 옆엔 시위하는 사람들이 있다. 스산한 날씨만큼이나 내 마음도 스산하고 무겁다. 아무런 의욕이 없어 일찌감치 집으로 돌아온다.

서울에 대한 호기심이 더 이상 남아 있지 않은 것인가? 오늘 기분이 그런가? 집에 오는 길에 부동산에 들러, 6월 말까지 갈 것 없이 그 전에라도 세입자가 있으면 방을 비우겠다고 말해둔다.

영혼은 기뻐
탄성을 지르는데.

4월 29일 (화요일)

월요일엔 제발 돌아다니지 말고 집에서 푹 쉬고 화요일 수필 교실에 꼭 나오라며 신신당부하던 수필교실 동료는 어제 다시 전화로 근황을 물어왔다. 사정 이야기를 하고 당분간 결석할 것 같다고 하니 내 건강 걱정을 많이 한다. 반찬이나 여러 가지로 마음을 써주어, '고맙지만 다 있다, 걱정하지 말라.'며 조심스레 사양한다.

대구의 지인은 '프라이팬이 없어 고기를 못 먹는다.'는 반 농담조의 내 말을 진지하게 받는다. "프라이팬을 사세요. 고기를 먹어야 합니다." (그래서 프라이팬을 샀지만, 고기는 지금까지 딱 한 번 구워 먹고 말았다.) 그런가 하면 학교 때 친구는 "책을 갖다 버리고 건강에 신경 써야 한다."며 허물없는 충고를 한다. 그런 고마운 충고도 그때만 진지하게 듣는 척 하며 그 자리를 모면해왔는데 이제야 그 충고들이 다시 생각난다.

지난 일요일 날 '반성'한 뒤로 어제는 별로 무리한 것도 없이 밤에 일찍 잤는데, 그런데도 오늘 낮이 되어도 피곤이 남아 있다.

그동안 정신없이 구경 다니느라 먹는 것을 대충 때우다보니 영양 부족으로 회복력이 떨어진 모양이다. 비타민, 공진단, 홍삼 엑기스, 블랙초콜릿 등 나름대로 신경을 쓴다고 썼지만 정작 식사는 소홀했던 것이다.

니코스 카잔차키스의 아내 엘레니 카잔차키는 중국 여행 중 자금성을 보며 즐거워하는 남편을 보고 '그의 영혼은 즐거움에 뛰놀았고, 그의 육체도 영혼의 말에 귀를 기울이며 기뻐했다.'고 했다.

하지만 나는 지난 두 달 동안 영혼만 즐거웠지 육체는 그렇지 못했던 것 같다. 영혼은 탄성을 지르며 기뻐했지만 육체는 그런 영혼을 따라가기에 역부족이었던 모양이다. '자고 나면 괜찮겠지.' 하며, '자제하라.'는 몸의 경고를 엄살쯤으로 간주해온 것인데, 어깨가 쑤시고, 오금이 당기고, 잠을 자고나도 피로가 잘 풀리지 않는 상태가 되니 이제야 정신이 든다. 나는 화가 나버린 몸에게 정중히 사죄하며 약속한다.

'앞으론 절대 무리하게 다니지 않겠습니다. 먹는 것도 영양을 갖추어 잘 먹겠습니다.'

저녁밥부터 바로 실천한다. 1층 마트로 내려가 고기를 사와서 구워 먹는다. 작은 멸치도 밥 한 숟갈에 수십 마리씩 먹으며 단백질을 보충한다. 잘 먹힌다. 그동안 단백질을 굶고 있었던 게다.

손님 맞을 준비로
아욱국을 끓여놓고.

4월 30일 (수요일)

내일은 대구 H선생님이 방문하기로 한 날이다. 연휴를 맞아 함께 여행하려고 시간을 맞춘 것이다. 여행지이긴 하지만 '그래도 손님을 맞는데…….' 싶어, 손님맞이 대청소를 했다. 반찬으론 아욱국을 큰 냄비로 하나 가득 끓여놓았을 뿐, 나머지는 임기응변할 생각이다.

체류여행은 편한 만큼 여행의 맛을 감소시키는 측면이 있는데, 이 며칠은 동행을 만난 김에 좀 더 여행다운 여행을 해볼 참이다. 그러기 위해선 마음 써서 준비해야 할 것이 있으니, 그것은 완벽한 컨디션과 어디든 날아갈 수 있는 가벼운 마음이다. 나 자신이나 함께 떠날 길벗을 위해서나 그 이상 중요한 준비는 없는 것이다.

이 빛나는 봄날,
내 인생에 감사를.

5월 1일 (목요일)

오전에 광화문에 나가 어깨 치료를 받고, 어젯밤부터 칼칼해진 목 상태와 수상한 콧물을 치료하러 같은 건물의 내과에도 들린다. 젊고 예쁜 여의사는 고맙게도 주사까지 처방해준다. '주사도 맞았으니 이제 곧 증세가 없어지겠지.' 기대하며 약국에 갔더니 처방전을 본 약사가 "알레르기가 있는 모양이네요." 한다. 순간, '이게 아닌데…….' 하는 의구심이 생겼지만 그래도 '일단 의사를 믿어보자.'는 생각으로, 주는 대로 약을 먹고 얼마를 걸어 서울역사박물관으로 간다.

내 몸을 위해 해야 할 일을 다 했으니 이제 서울역에 마중 나가기까지 즐거운 시간을 보낼 일만 남았다고 생각하며, 정원가의 카페 테라스에 나가 앉는다.

옛 경희궁터의 한 부분인 이 정원엔 바야흐로 싱그러운 연둣빛이 바다처럼 일렁이는데, 저만치 낮은 둔덕 위에 떼판으로 흐드러져 있는 모란의 붉은 빛은 가히 고혹적이다.

참 흐뭇하다. 이 빛나는 봄날에, 내가 지금 이곳에서 무르익은 계절을, 생을 즐기고 있다는 사실에 새삼 행복해진다. 그리고 모두에게, 내 인생에 고마움을 느낀다.

여느 때처럼 이어폰을 꽂고 책을 보는데 시간이 지날수록 (아까 약국에서부터 찜찜하던) 뭔가가 잘못되었다는 느낌이 점점 분명해진다. 이전에 많이 먹어봐서 알지만 콘택600을 먹었더라면 이미 효과가 날 시간인데도, 이 병원 약은 효과는커녕 증세가 처음보다 더 심해져 코에서 쉴 새 없이 물이 흘러내린다. 지금까지 내가 겪어본 코감기와는 차원이 다르다.

어설픈 누군가(그 존재를 만약 실존인물 중에서 찾는다면, 아까의 그 예쁘장한 여의사일 가능성이 높지만)가 내 코 안의 수도꼭지 비슷한 무언가를 잘못 건드려놓은 것 같다. '이 지독한 급성 코감기를 알레르기성 비염으로 진단하다니, 도대체 그래가지고 의사 면허는 어떻게 딴 것인지, 어떻게 의사 처방이 콘택600보다도 못할 수가 있는지…….'

나는 끓어오르는 이런 불평들을 속으로 삼키며 황급히 워크맨과 책을 거두고 밖으로 나와 약국을 찾는다. 근처에 약국은 많지만 근로자의 날이라 모두 문이 닫혀 있다. 사람들이 심심찮게 오가는 대로변에서 남의 이목도 아랑곳 않고, '코에서 쏟아지는 물'로 손수건을 적시며 거의 절박한 심정으로 근처를 헤매고 다닌다.

과다출혈도 아니고, 콧물을 과다하게 흘린다고 죽기야 하겠는가마는 발견한 약국마다 문이 닫혀 있어 나도 모르게 그런 심정이 된 것이다. 요행히 문을 연 약국을 만나니 눈물이 나게 반갑다.

아, 역시 구관이 명관이다. 입안이 마르고, 쓴 맛이 나고, 잠이 오는 부작용이 있긴 하지만 그 약은 얼마 지나지 않아 효과를 보인다.

그런데, 하룻밤 사이에 이게 대체 무슨 꼴이란 말인가? 완벽한 컨디션이야말로 최상의 여행준비라며 잘난 척했던, 어젯밤의 그 헛된 호기(豪氣)가 부끄럽다. 이 무지막지한 급성 감기를 하필 오늘, 이 중요한 시점에 맞닥뜨리게 되다니. 더구나 얼마 전 땅콩을 많이 먹은 뒤로 가벼운 설사증세를 보이는 대장도 '요주의' 상태이니, 세상 일이 참 얄궂다. 평소에 잘 하던 밥을 손님 맞는 날 태운 격이다. 아마도, 내 감탄에 맞장구쳐줄 동행과 함께 제대로 여행을 즐겨보려는 기대를 지나치게 한 부작용(?) 같다.

그러나, 그렇다고 기가 죽을 내가 아니다. 약을 먹은 뒤에 콧물이 수그러든 것만으로도 의욕이 되살아나 발걸음에 다시 힘이 실린다. 경교장과 구러시아공사관, 이화여고 박물관을 꼼꼼히 둘러보며 정취 가득한 정동길을 걸어 덕수궁으로 나온다.

'그래, 여기가 이문세의 광화문연가에도 나오는 그 정동길이란 말이지…….' 좀 전의 그 절박했던 심정과 낭패감은 이미 먼 옛날이야기가 되었다.

시간 넉넉히 서울역에 도착한 나는 H선생님이 탄 기차가 홈으로 들어오는 것부터 지켜보다가 여유 있게 마중한다. 기차역에서 누군가를

기다리는 일은 참 설레고 기분 좋은 일이다. H선생님도 반가움과 홍분을 감추지 못하며,

"여기 올 생각을 하니 설레고 홍분이 되어 오전 강의 땐 분필을 두 개나 부러뜨려가며 열강을 했습니다."라고 한다.

"그 마음, 이해되고 남습니다."

지하철역으로 내려가며 교통카드를 건네주고는 "나 하는 대로 하세요." 한다. 서울서 두어 달 다녀봤다고 나도 모르게 대구서 온 사람을 시골 사람처럼 대한 것이다. 그래놓고 나서 다시 말한다. "참, 대구에도 지하철이 있지요." 하며 함께 웃는다.(두 달 살았기 망정이지 1년 살았으면 온 나라 사람을 시골사람 취급했겠다. ㅎㅎ…….)

하지만 생각해보니 그 무의식적인 행동은, 복잡한 지하철 노선도를 보고 목적지를 찾아가는 것이 형편없이 얽혀버린 실타래에서 실마리를 찾아내는 것만큼이나 어렵고 혼란스럽기만 했던 여행초기의 내 경험 때문에 일어난 해프닝인 것 같다. (서울 지하철도 알고 보니 어려울 것도 없는데 말이다.)

집에 와서 배낭을 두고 가벼운 크로스백만 매고 이화여대로 간다. 본관을 지나 내가 자주 갔던 코스를 걸으며, "내가 외로움과 추위에 떨었다고 했던 곳이 바로 여깁니다. 지금처럼 해거름이었지요." 하니, 동행은 소리 내어 크게 웃는다. 나도 남의 이야기인 듯 재미있어 웃는다. 나이 먹을 만큼 먹은 여자의 치기(稚氣)어린 감상(感傷)을 피차 재미있어 한 것이다.

나의 전생이런가?
살아본 적 없는
그 시절이 그립다.
—백사실 계곡.

5월 2일 (금요일)

부지런한 동료 덕분에 아침 8시에 밥을 먹고 집을 나선다. 기침까지 가세한 감기를 제대로 치료받으려고 집 근처 병원에 들렀다가 1차 목적지인 서촌으로 간다.

지하철에서 내려 걷다보니 사직단이 나와 거기서부터 인왕산 산책로를 따라가다가 수성동 계곡으로 내려간다. 겸재 정선의 그림 '수성동(水聲洞)'을 연상하며 산세를 둘러보고 '그림 속의 그 돌다리'까지 갔다가 아래 동네 슈퍼에서 비스킷 한 봉지를 산다.

좋은 경치도 먹을 것이 있어야 제대로 잘 보인다는 생각에서였지만, 식사 때 외에 간식을 잘 하지 않는 동행이나 대장 상태가 좋지 못한 내 형편에 별달리 고를 수 있는 것이 없어 아쉽지만 그걸 고른 것이다.

다시 산으로 올라가다 물도 별로 없는 얕은 계곡을 만나 쉬어갈 참으로 내려간다. 내가 앞장 서 가다가 바닥으로 가볍게 뛰어내린다는 것이 그만 중심을 잃고 만다. 뛰어내린 것까진 좋았는데, 굽혔던 무릎이 체중을 이기지 못해 그대로 주저앉은 것이다. 급한 김에 손을 짚고 간신히 몸을 가누는데, 뒤 따라 오던 동행이 황급히 달려와 괜찮으냐고 걱정을 한다.

짚었던 손바닥을 살펴보고 몸을 움직여 봐도 이상이 없어 적당한 바위에 앉아 비스킷을 먹는데, 놀라기는 당사자인 나보다 보는 사람이 더 놀란 것 같다. 본의 아니게 '민폐'를 끼쳐 미안하다. 옛날에 예사로 하던 동작이라 별생각 없이 했는데……. 다시 이런 실수를 않으려고, 옛날의 내가 아니라는 점을 속으로 되새긴다.

"마음을 믿지 마라. 내 몸은 이미 젊지 않다. 뛰어내린다거나 과분한 행동을 해서는 안 된다."

인왕산 산책로에서 벗어나 찻길을 건너 창의문을 지난다. 거기서부터 물어물어 북악산 백사실 계곡을 향해 간다. 도착해서 계곡물에 발을 담그고 점심을 먹을 요량으로 가는 내내 김밥집을 찾는데 김밥집이 어디로 다 숨었는지 하나도 없다. 결국 우리는 그 '만만한' 김밥 한 줄도 없이 빈손과 빈속으로 산속을 헤맨다.

언젠가 백사실계곡을 소개하는 신문기사에서, '서울 도심 바로 곁에 이런 아름다운 계곡이 있다.'고 하던 내용을 읽고 여기 올 생각을 했던 것인데, '도심 바로 곁'이라던 그 말에 속은 것 같아 화가 난다. 다리는 아프고 배는 고파 짜증도 난다.

"아니, 백사 할배는 도대체 어쩌자고 이 깊은 산속에 별장을 지었답니까? 그래요, 안평대군이나 대원군 같이 돈이 많았으면 경치 좋고 교통도 좋은 곳에 별장을 지었겠지만 그 할배야 돈이 그렇게 없었으니 깊은 산속으로 들어갔겠지요." 그런데 이 말, 어디서 많이 듣던 소리다. 맞다. 심심하면 인터넷으로 '귀농'·'귀촌'·'전원주택지'를 검색해온 평소의 내 이력이 그대로 묻어난다. 얼마쯤 쑥스러운데, 묵묵히 걷고 있던 동료는 웃으며 말한다.

"신 선생님, 화가 많이 나셨네요."

어쨌거나, 이곳이 이렇게 먼 줄 진작 알았더라면 나는 오지 않았을 것이다. 서울엔 여기 말고도 갈 곳이 얼마든지 있지 않은가. 하지만 돌아가기엔 너무 늦었다. 죽이 되든 밥이 되든 앞으로 가는 수밖에 다른 도리가 없다.

걷고 걸어 마침내 목적지에 도착하니 첫 느낌이, 과연 큰 선비가 별서(別墅)를 경영할 만한 곳이구나 싶다. 참을성 없이 오는 동안 내내 불평하고 후회했던 것이 무색해진다. 아쉽게도 계곡엔 물이 거의 말라있지만, 이 수려한 곳에 맑은 물이 철철 흘렀을 그 옛날의 경치가 어떠했을지 짐작이 된다. 초석이 남아 있는 백사(白沙)의 별서터에 서서 아득히 세월을 거슬러 그 누마루에 올라본다.

흰 옷에 정자관을 쓰고서 이 마당과 저 시냇가를 거닐었을 올곧은 선비의 모습이 어른거린다. 그는 인왕산 기슭 서촌의 살림집에서 때때로—걸어서 두어 시간 거리인—이곳으로 와 국사에 지친 심신을 달래곤 했을 것이다. 곁에 길동무가 있건만 이 빈터에선 옛사람이 그립다.

나의 전생이런가? 살아본 적 없는 그 시절이 그립다.

주변을 돌아보고 나서 우리는 그나마 물이 조금 남아 있는 계곡 가에 자리를 잡고 앉아 쉰다. 피서철엔 찾는 사람들이 많다고 하는데 오늘은 저 건너 평상에 앉아 있는 한 무리의 여인들 외에는 사람이 없다. 아름다운 경관을 찬탄하고 이런저런 이야기를 하며 저 쪽을 훔쳐보니 그 사람들은 우리처럼 빈손으로 오지는 않은 것 같다.

왜 아니겠는가? 계모임이나 단체로 이런 곳에 놀러온다면 제일 먼저 챙기는 것이 먹을 것 아닌가? 우리는 하릴없이 불쌍한 신세가 되어 다음엔 '준비'를 단단히 해 와야지 다짐하며, 왔던 길을 되짚어 돌아온다. 허위허위 긴 여정(?)을 감내한 끝에 부암동주민센터 근처 식당에서 늦은 점심을 먹고서야 못 먹던 설움을 씻는다. 점심을 먹고 인근의 무계원과 석파정을 돌아보는데, 이곳이 초행인 동행은 연신 감탄하며 사진을 찍는다.

귀가 길에 신촌 현대백화점에 들러 동행은 백팩을 구입하고, 크로스백을 매고 다녀서 그런지 등이 아프다며 파스도 산다. 집에 오자마자 파스를 좀 붙여달라고 하기에, 나는 잠깐 기다리라며 손을 씻고 오겠다고 한다. '손 안 씻고 그냥 붙여도 괜찮다.'고 하는데, '파스 붙이는 것도 일종의 의료행위인데 의료행위를 하면서 손을 안 씻을 수는 없는 것 아니냐?'고 하니 그만 풋, 실소하고 만다.

"참, 이 마당에도 유머를 안 잊으시네요." 해서 나도 따라 웃는다. 파스를 붙이고 나서는 '화끈화끈하고 시원한 게 끝내준다.'며 나보고도 자꾸 붙이라고 권한다.(흡사 맛있는 음식을 혼자 먹기 미안해서 옆 사람에게 권하는 것 같은 분위기다.) "그게 그렇게 좋아요?" 귀가 얇은 나는 꼭 붙일 만한 데도 없으면서 은근히 마음이 있어 묻는다.(요새는 파스 종류가 많기도 하다는데 이건 정말 대단한 효과가 있는 모양이다 싶어, 나도 한 번 경험해보려는 것이다.)

"좋아요. 끝내줍니다." 평소 과장이 별로 없는 동료의 성격을 알고 있는지라 그 말을 믿고 치료 중인 어깨에 붙여달라고 부탁한다. 그런데 이상하게, 나는 한참을 있어도 좋다는 생각이 안 들고 따끔따끔한 것이 안 붙인 것만 못하다. 그렇다고 방금 붙인 새 파스를 떼어버릴 수도 없고, 계속 붙이고 있자니 어깨에 자꾸 신경이 쓰이고, 난감하다. 동료는 떨떠름해하는 내 표정을 보더니, 그러면 떼어서 그걸 자기 등에 마저 붙여달라고 한다.

그렇게 말은 안 해도, '끝내주게 좋다.'고 적극 추천한 말에 '몸소' 책임을 지겠다는 뜻으로 들린다. (그럴 필요까지는 없는데……. ㅎㅎ)

나는 떼어낸 파스가 오그라지지 않게 바짝 신경을 써서 동료의 등에 성공적으로 붙여주고 슬쩍 한 마디 던진다. "H선생님, 파스를 많이 좋아하시나 봐요. (아직 그럴 나이는……. ㅎ)"

저녁을 먹고 나는 잠 잘 차비를 하는데, 룸메이트는 어제부터 잠을 제대로 못 잤다면서 자기는 아직 잠이 안 온다고 한다. 나는, 내가 먹고 있는 감기약이 잠자는 데는 그만이라며 한 봉지 먹어보라고 한다. 감기약엔 수면제가 들어가는 걸로 알고는 있었지만 이 약을 먹고는 어디서든 조금만 앉아 있으면 이내 졸음이 왔던 터라 그 효험이 놀라워 권해본 것이다. (비록 '입맛'에 맞지 않아 도로 돌려준 셈이 되긴 했지만, 아까 받은 '파스 대접'에 대한 답례의 뜻도 있고.)

그랬더니, 감기증세가 없는 사람이 약을 먹으면 감기에 도로 걸린다면서 안 먹겠다고 한다. 그런가? 그런데, 어쩐지 좀 '덜' 과학적인 것 같다는 이 느낌은? 그렇거나 말거나, 음식도 아닌 약을 인심 좋게 서로 권하는 우리는 마치 심심산골 순박한 할머니들 같다.

명불허전, 드라마의 무대
중앙고등학교.

5월 3일 (토요일)

아침 식사 후 H선생님은 선발대가 되어 창덕궁으로 출발하고 나는 다시 단잠에 빠진다. 한 잠을 잘 자고 피로가 풀린 몸으로 여유롭게 집을 나서서 오후 2시에 창덕궁 앞에서 합류한다. 동행은 창덕궁과 창경궁을 샅샅이 구경했다고 뿌듯해 하면서, 열심히 다니다가 촛대뼈를 다쳤다고 한다. 씩씩한 표정으로 봐서 다친 곳이 대수롭지는 않은 듯하다. 거기서 북촌으로 가서 골목골목을 누비며 한옥들을 살펴본다.

내가 몇 년 전에 묵었던 게스트하우스 앞을 지나며 그때 이야기를 들려준다. 밤에 다른 방 손님들은 모두 밤 관광을 나가고 주인마저 집을 비워 혼자 텅 빈 기와집을 지키며 무서움에 떨었다는. 그날 마침 비바람이 세차게 불고 내 방 뒤에는 큰 나무가 있어 고목에 비바람 들이치는 소리가 장난이 아니었다고, 당시를 회상하며 고개를 절레절레 흔든다. (그 뒤로 나는 숙소를 알아볼 때 밤에 주인이 집을 지키는지 반드시 알아보고 숙소를 정한다.)

얼마를 더 걷다 골목 떡집에서 절편 한 팩을 사서 배낭에 넣고는 골목 위쪽 끝에 자리 잡은 중앙고등학교로 간다. 어느 드라마에 나온 뒤로 관광객들의 발길이 끊어지지 않는다기에 가 본 것인데, 명불허전(名不虛傳)이다. 아름답고 고풍스런 건물들이 고등학교 교사라고 믿기 어려울 정도로 운치가 있다. 정말 이런 학교에 다니면 누구나 이야기 속 주인공이 될 것 같다.

학교를 다 둘러보고 교정의 벤치에 앉아 떡을 맛있게 먹는데, 아무리 봐도 주변 환경이 도무지 학교 같지 않고 마치 외국의 아름다운 성에 와 있는 기분이다. 이런 학교라면 고등학교를 다시 다녀도 좋을 것 같다. 음악책을 옆구리에 끼고 친구들과 재잘거리며 저 아름다운 건물 모퉁이를 돌아가는 '여고생'을 잠시 상상해본다. (내가 다녔던 부산의 경남여고처럼 음악실이 별관에 있다고 멋대로 가정해놓고서.)

학교를 나와 언덕길을 따라가니 정독도서관이 나온다. 도서관 정원을 걸으며, 벚꽃이 만발했을 때 정말 좋았다고, 내가 많이 좋아하는 곳이라는 이야기도 한다. 그때까지 걸은 거리가 꽤 되지만 이야기를 하며 걸으니 전혀 지루하지 않아 다시 인사동까지 걸어간다.

인사동 거리를 걸어 다니다 보니 그제야 피로가 느껴지는데, 그런 나를 보고는 동행은 택시를 타고 집에 가자고 한다. 대중교통을 두고 택시를 타는 것은 '여행가'의 자존심이 허락지 않는 일이라며, 나는 굳이 지하철을 타자고 한다.

농담이지만 불쑥 이 말이 나오는 걸 보면 나는 이 여행을 하며 스스로를 여행가로 여기고 싶어 하는 모양이다. 그때 나는 피곤해하는 나 때문에 택시를 타자는 줄로만 알았는데, 집에 와서 동행이 웃으며 말하길 자기 춧대뼈가 아프기도 했단다.

"진작 그렇게 말하지 않고요."

꽃 잔치에 이어 신록의 잔치가.
―남한산성에서 모란장으로.

5월 4일 (일요일)

남한산성 입구에서부터 온 천지에 푸른빛이 넘실거린다. 꽃 잔치에 이어 벌어진 신록의 잔치다. 하늘을 덮은 연두의 부드러운 잎사귀들은 눈부시게 반짝거리고, 원색의 옷을 입은 등산객들은 분위기를 한층 고조시킨다. 그 속에서 흐뭇하게 걷고 있는 나는 잔칫집에 초대 받은 손님처럼 들떠 있다.

잔치에서 빼놓을 수 없는 게 음식. 우리는 산성길 초입의 가게에서 꼬치 어묵을 사 먹고는 이심전심 '김밥도 사자.' 말한다. (말은 안 해도 두 사람 다 백사실 계곡을 찾아가며 빈주먹으로 허기진 배를 달래던 며칠 전의 일을 생각한 것이다. 그때 그렇게 김밥을 애타게 찾아다니던 기억 때문에 나는 앞으로도 분식집 앞에 줄줄이 쌓아놓은 김밥을 결코 만만하게 보지 못할 것이다.)

이어지는 등산로 주변의 성긴 숲 속엔 여기저기 편안한 벤치와 넓은 탁자들이 놓여 있어 걷다가 쉬어가기에 그만이다. 얼마 걷지 않아 우리는 시원한 녹음 아래 벤치를 차지하고 김밥을 먹는다.

산성까지는 길이 많이 남아 있지만 꼭 산성까지 가지 않더라도 여기서 이렇게 소풍을 하는 것만으로도 나는 행복하다. 무리를 하고 싶지 않아, '나는 여기 쉬고 있을 테니, 갔다 오라.'고 한다. 동행은 같이 못 가는 나를 무척이나 안타까워하는데, '괜찮다. 마음 쓰지 말라.'며 내가 오히려 위로한다. 싱그러운 산 공기를 깊이 들이마시며 편안히 시간을 보내노라니 기다리는 지루함 같은 것도 없는데, 어느덧 동행이 돌아온다.

'산성에 올라가 보니 너무 좋더라. 함께 오지 못한 것이 마음에 걸렸다.'고 하는데, '괜찮다. 여기도 충분히 좋았다.'고 하며 속으로 혼잣말을 한다. (굳이 힘들게 높은 데까지 올라가지 않더라도 즐길 거리가 충분하답니다. 높은 데는 힘 좋은 사람이나 찾아가 즐기시지요. ㅎㅎ…….)

모란장 가는 버스를 타고 보니 산성길에서 봤던 사람들이 많이 타고 있다. 우리처럼 남한산성과 모란장을 묶어 오늘의 코스로 잡은 것 같다. 버스에서 내려 모란장에 가까이 가는 동안 인파가 점점 불어나더니 장터에 이르자 그야말로 인산인해였다. 출퇴근 시간 지하철처럼 사람들끼리 부대꼈다. 우리는 어느 드라마 대사를 본떠, "정말 육이오 때 난리는 난리도 아니네요." 하며 기막혀했다. 아마도 장날이 일요일과 겹쳐 이 난리통을 이룬 모양이다.

그런데 못 말리는 것은, 나는 그 와중에도 맛있는 수수부꾸미와 칼국수를 사 먹었다는 것이다. 동행은 칼국수 몇 젓가락을 거들었을 뿐 내내 구경만 하면서도 내 유별난 '거리음식 체험'을 잘 봐준다. 모란에서 돌아오는 지하철 안에서 숙면(?)을 취한 뒤, (어두워지기까지는 시간이 아직 남아) 덕수궁으로 가서 구경하고 돌담길과 정동길을 걷는다. 상당히 알찬 하루를 보낸 것 같아 뿌듯하다.

저녁을 먹고 동료가 화장실에 들어가 있는 동안 그녀의 이부자리를 깔아놓는다. 나와서 보고는, 왜 자기 이부자리를 깔아놓았느냐고 묻는다. 지금까지 며칠 동안, 집에 돌아와 저녁 먹은 뒤에는 바로 정신없이 곯아떨어지곤 했던 사람이 전에 없던 일을 한 것이다. '오늘 밤이 마지막이라 그렇게 했다.'는 내 대답엔 내일이면 단체여행(?)이 끝난다는 서운함이 묻어 있다.

나는 손님을 안내하고,
손님은 노친네를 모시고.

5월 5일 (월요일)

언제나처럼 동료는 아침 7시쯤 일어나 머리 감고 책을 보고 아침 밥상을 차린다. (밥과 반찬은 내가 미리 준비해 둔 것이지만 차리는 건 저절로 아침 잠 없는 그녀의 몫이 된 것이다.) 대체로 10시가 넘어서야 아침 겸 점심을 먹던 나에겐 7시는 아직 한밤중이다. 하지만 오늘은 정신을 차려 나도 좀 일찍 일어난다. 그녀가 여기서 먹는 마지막 식사인지라 딴에는 신경을 쓴 것이다.

며칠 내내 잠자리에서 일어나 부스스한 모습 그대로 밥상 앞에 앉았던 일이 마음에 걸려, 오늘은 잠옷을 실내복으로 갈아입고 풀었던 머리도 묶고 나름대로 얼굴을 가다듬는다. 그러고는 내 애장품 중의 북과 요령을 양손에 들고 연주를 해주겠다며 흔든다.

“어때요? 하나씩 따로 흔드는 것보다 두 개를 같이 흔드니까 오케스트라 연주 같이 듣기 좋지 않아요?”

“아니요. 시끄러워서 정신이 헷갈립니다. 계속 그렇게 흔들면 경비

실에서 인터폰이 올 겁니다."

진지함을 가장한 장난기에 유머로 버무린 직언으로 대답한다.

"그래요? 역시 이 요령은 살살 흔들어서 은은한 풍경소리처럼 듣는 게 낫겠네요." 하고 악기(?)들을 제 자리에 갖다 놓는다.

그러고도 나는 이 마지막 조찬을 위해 무언가를 하고 싶어 아이리스 석고상 받침대로 쓰고 있는 나무로 된 컵받침을 가져와 그녀의 밥공기 아래 받쳐준다.

"H선생님, 마지막 식사라서 예우 차원에서 이 컵받침을 받쳐드리는 겁니다." 하니, 별다른 말이 없이 그냥 웃는다. 그런데 밥을 먹으며 보니, 밥공기 아래 놓여 있는 나무 받침은 밥 먹는 데 아무 도움이 안 되는 것 같다. 오히려 조금쯤 불편해 보인다. 그래도 내가 예우한다며 생색까지 내고 받쳐준 것이라 치워버리지 않고 있는 모양이다.

"불편하시면 치워도 괜찮습니다."

책장 위에 진열되어 있는 애장품들이 보기에만 사랑스러운 것이 아니라 악기로서의 실용성마저 겸비하고 있다는 사실과 함께 '귀한 물건'으로 손님을 접대하고자 하는 내 호의를 보여주려는 뜻 깊은(?) 시도는 안타깝게도 모두 실패로 돌아가고 만다.

하긴 그렇기도 할 것이, 애초에 아름다움과 실용성이란 양립하기 힘든 미덕인 것을. 사랑스러운 존재는 존재 그 자체만으로 충분한 것이다. 보는 것만으로도, 만지는 것만으로도 기쁨이 되는데 거기서 무얼 더 바라는 것은 지나친 욕심이다.

마지막 조찬이라며 쓸데없는 '연주'와 '예우'를 다 해놓고선 정작 밥상엔 현미에 보리쌀이 섞인 거친 밥과 절제된(?) 반찬이 올라 있을 뿐이다. 그럼에도 주객은 그 밥상을 부족해하지 않고 기분 좋게 밥 한 공기를 비운다.

지하철을 타고 오래 전부터 답사 기회를 벼르던 수원으로 간다. 정조 임금의 화성 행궁을 즐겁게 답사하고 성채를 돌아보고 나니 점심때가 다 되었다. 역시나 소박한 비빔밥으로 점심을 먹고 일찌감치 수원역으로 가서 차표를 사서 기다린다.

대구 집으로 돌아가는 동행을 배웅하고서 나는 서울로 돌아가려는 것이다. 역사 안 찻집은 시장통처럼 시끄러운데 피곤한 우리는 그 속에서 책을 읽다 졸다 한다. 졸다가 옆을 보니 동행은 아예 엎드려 잔다. 나보다 몇 살 젊다고 늘 씩씩하게 일정을 소화해내더니 며칠 동안 꽤 힘이 들었던 모양이다.

생각해보니 그동안 함께 했던 여행이 마치 한 편의 영화 같은데, 우리는 꽤 잘 맞는 길동무란 느낌이 든다. 내가 체력이 좀 좋았더라면 더 즐거운 여행을 할 수 있었겠지만, 그래도 마음은 잘 맞았던 것이다. 기차를 타기 전에 동료가 총평을 하듯 한 말에 나는 배를 잡고 웃는다.

"나는 이번 여행 내내 신선생님이 언제 퍼져서 119를 부르게 되나, 그 생각에 집중하다보니 집에서 시달리던 다른 잡념들이 하나도 일어나지 않습디다."

"저런! 그랬습니까? 화두에 집중해서 번뇌가 사라진 거네요." 하며 재미있어 한다.

그러고 보니, 수성동 계곡에서 내가 넘어졌을 때부터 그 화두(?)를 잡고 있었던 게 아닌가 싶다. 어쨌거나, 쉽게 피로해지고, 걸핏하면 '나는 쉴 테니 혼자 갔다 오라.'(화성에서도 성채에 올라가는 도중 계단의 쉼터에서 또 그 말을 했지만 결국은 동행에게 설득 당해 같이 올라갔다.)고 하는 부실한 나와 동행을 하다 보니 농담 반 진담 반 그런 말을 하게 된 것 같다.

그래도 나는 내가 손님을 안내하고 다닌다는 '안내원 마인드'를 가지고 있었는데 이 양반은 자기가 '노친네'를 모시고 다닌다고 생각한 폭이니, 재미있는 동상이몽이다.

H선생님, 이래저래 나를 많이 '봐주는' 고마운 동료다.

미니어처 소반에
넋을 빼앗겨.
—대한민국 역사박물관.

5월 10일 (토요일)

오랜만에 광화문 근처 병원에 나가 치료를 받고 부근을 걷는다. 주말이라 아이들을 동반한 가족들과 관광객들이 내리쬐는 초여름 햇볕 아래 광화문 광장을 온통 점령하고 있다. 광장 바닥에서 솟아나는 분수는 잠깐 물을 뿜어내더니 이내 그치고, 한 어린 아이가 아쉬운 듯 물 그친 분수에 들어가 논다. 아니, 분수가 그쳐 아쉬운 건 그 어린 아이가 아니라 어른인 나다.

며칠 전 신문 사진으로 햇빛에 반짝이는 '광화문 광장의 분수'를 본 내가, 실물을 제대로 보기도 전에 멈추어버린 분수에 서운했던 것이다. 옆에 있던 전경에게 그 물줄기가 언제 다시 뿜어지는지 물어보려다가 그만두고 사람들이 모여 있는 광화문을 향해 광장을 걷는다.

경복궁은 몇 번 가본 곳이라 광화문 앞 광장 끝에서 길을 건너 대한민국역사박물관으로 향한다. 서울역사박물관을 흥미롭게 구경한 것과는 달리 이 박물관은 별로 흥미가 일지 않았지만, 그래도 여기까지 온 김에 한 번 보기나 하자는 마음으로 안으로 들어간다. 1층에서 브라질 이민사를 소개한 동영상을 보고 나오는데, 복도와 전시실에는 인솔하는 어른과 함께 온 초등학교 학생들이 많이 보인다. 아이들에게는 꼭 한 번 보일만 한 훌륭한 교육의 장인 것 같다. 하지만 나는 별 흥미가 없어 바로 3층에 있는 카페 황토마루로 간다.

카페모카 한 잔을 들고 시원한 바람이 부는 테라스에 나가 앉으니 북악산이 편안하게 눈에 들어온다. 지척에 있는 경복궁은 무성한 나무에 가려 보이지 않지만 그 너머로 보이는 북악이 보기에 좋다. 차 한 잔 값이면 마음대로 이용할 수 있는 이런 아름다운 쉼터가 곳곳에 있는 서울이 새삼 좋다. 편안하게 오늘자 신문을 다 읽고 자리를 뜬다.

그런데, 나오는 길에 카페 옆의 기념품점에 들렀더니 기막힌 물건이 있다. 실제 물건과 꼭 같이 정교하게 조각된 소반인데, 커피 잔 하나를 겨우 올려놓을 수 있는 크기를 하고 있다. 머릿속에 번쩍 섬광이 지나가는 것 같다. 심장이 갑자기 '터보' 모드로 뛰기 시작한다.

아, 어떻게 저렇게 작은 물건을 실물과 꼭 같은 수법으로 조각을 할 수 있는 것인지, 물건이 어떻게 저런 크기로 천연덕스럽게 꼭 같은 모양을 하고 있을 수 있는 것인지……. 그 아름답고 묘한 소반을 향한 나의 감정은 여름날 소나기구름처럼 순식간에 뭉게뭉게 피어올라 가슴 속을 가득 채운다. 그 가득 찬 느낌과 흥분상태를 무슨 말로든 분출하지 않고는 삭일 수가 없어 마침내 직원에게 '발설'을 하고 만다.

"저 소반은 무슨 나무로 만든 건가요?"

갑자기 질문을 받은 여직원은 한참 머뭇거리더니 미안해하는 표정을 지으며, 자기도 알 수 없다고 한다. 물건을 파는 그 직원이 소반을 만든 나무의 수종(樹種)이 무엇인지 알 리 없다. 그리고 나는 그것이 전혀 궁금하지 않다. 무슨 나무면 어때, 조렇게 깜찍하고 예쁜 모양을 하고 있는데. 나는 다만 생면부지의 그 직원에게 내 '과도한 감격'을 정직하게 표현할 수 없었을 뿐이다.

그러고 보니 비슷한 경우가 생각난다.

3년 전 작은 딸 결혼식을 앞두고 사위될 사람이 나에게 장미꽃 100송이를 선물로 가져왔었다. 부엌에서 일하다 말고 꽃바구니를 받은 나는 나도 모르게 울컥 눈물이 나고 말았다. 생전 처음 받아보는 성대한 꽃선물에 생각할 겨를도 없이 마음이 먼저 그렇게 감격을 해버린 것이다.

'세상에! 이런 걸 다 받아보고. 이 많은 꽃들을 모두 나를 위해…….'

떨리는 손으로 꽃송이들을 어루만지며 나는 목이 잠겼었다. 그러나, 잠시 후 황급히 눈물을 수습한 내가 짐짓 아무렇지 않은 어조로 사위에게 한 말은 참 엉뚱했다.

"이 꽃바구니는 자네 발상인가?"

얼떨결에 뜻밖의 질문을 받은 사위는 조금 당황하는 듯 했지만 반듯하게 대답했다.

"예, 그렇습니다."

그런 사위의 등을 두드리며 다시 내가 한 감사의 표현은 "참신하네."였다. 말은 그렇게 했지만 그것은 선물에 대한 나의 과도한 반응이 민망해서 어설프게 냉정을 가장한 것이지, 내 속마음은 울컥 솟구친 눈물에 다 들어 있다는 것을 딸 사위는 알았을 것이다.

이걸 사야 하나, 그냥 가야 하나, 두 마음의 접전이 어느 때보다 치열했지만 나는 결국 소반을 남겨둔 채 나온다. 호감의 간절함으로 본다면 지난 3월에 나와 인연을 맺은 은장도에 뒤지지 않지만, 은장도만큼 실용성이 있다고 보기는 어렵기 때문이다.

애완물은 존재 자체만으로도 충분한 의미가 있다는 생각이긴 하지만 그래도 실용성에 대한 기대를 쉽게 버리지 못해, 여기서도 그것이 구매여부를 결정하는 중요한 기준이 된 것이다. 은장도는 지난 번 H선생님이 방문했을 때 오렌지를 썰었던 전력도 있고. (그때 첫날 저녁 식사 후, '은장도'로 오렌지를 썰어 대접하겠다며 대단한 일인 양 손님 앞에서 시연을 했는데, 손님인 H선생님은 은장도에 대해선 한 마디 언급도 없이 오렌지가 너무 차가워 못 먹겠다며 두어 조각만 먹고 말아 나를 실망시켰다.)

비록 현실은 아니지만 어젯밤 꿈에서 오이를 깎기도 했으니, 커피잔 하나도 편하게 올려놓지 못할 이 소반은 그에 비하면 실용성이 많이 떨어진다 할 수 있는 것이다. 하지만 깊이 생각해보면, 내가 그 유혹을 뿌리칠 수 있었던 것은 실용성이니 뭐니 하는 것보다는 9만6천 원이라는 비싼 가격 때문인 것 같다. 은장도처럼 5만 원 정도의 가격이었다면 나는 무슨 핑계로든 나 자신을 설득해서 샀을지도 모른다. 아니, 3~4만 원 했다면 틀림없이 사고 말았을 것이다.

집으로 돌아와 점심을 먹고 반찬을 사려고 신촌 현대 백화점으로 간다. 연세로를 걷는데 저 앞쪽에 많은 젊은이들이 길바닥에 앉아 있다. 간이의자도 없이 맨바닥에 그냥 앉아 있는 모습이 낯설어 호기심이 인다.

무슨 일인가 했더니 세월호 추모 집회를 하고 있다. 무대에 나와 발언하는 사람들의 말을 들어보니 아마도, 이른 바 진보성향의 단체에서 주최한 집회 같다.

발언 차례 사이에 사회자인 듯한 사람이 나와서, 사람을 3초 만에 웃길 수 있는 방법이 무엇인 줄 아느냐고 청중들에게 묻더니 이내 자답하기를, '○○일보를 본다고 말하는 것'이라 한다. 그런데, 그가 말한 신문 이름은 내가 '비교적' 정론(正論)에 가깝다고 믿으며 보고 있는 신문이다. 재기발랄한 유머를 기대하며 웃을 준비를 하고 있던 나는 뜻밖의 말을 듣고 한순간 좀 당황스런 느낌을 받는다.

하지만 곧 '이 세상은 이렇게 서로 다른 생각으로 사는 사람들이 모여 있는 곳이구나.', '이런 다양한 생각과 목소리를 가진 온갖 사람들을 대한민국이란 한 배에 태우고 노를 저어가는 사공은 참 힘들겠구나.' 생각한다.

그리고 사회자가 말한 문제(?)의 바로 그 신문에서 며칠 전에 봤던, '정치란, 서로 다른 방향으로 달려가려는 미친 말 여섯 마리를 썩은 밧줄로 함께 묶어 앞으로 나아가는 것.'이라는 내용도 생각난다. 정치의 어려움에 대한 참으로 절묘한 비유와 통찰이 아닌가.

비바람 속에 나를 내던지다.
ㅡ소심한 여자의 모험.

5월 11일 (일요일)

걷기 운동을 걸러선 안 된다는 생각으로, 좀 늦었지만 오후 5시에 현관을 나선다. 이제껏 가까이 있으니 언제든 갈 수 있다는 이유로 뒤 순서로 미루어오던 서강대학교를 오늘의 운동 목적지로 삼고 신촌로터리 방향으로 걸어간다.

그런데 날씨가 심상찮다. 빗방울이 날리고 어지러운 바람이 모자를 뒤집는다. 어쩔까 망설이며 몇 발짝 걷는데 길 가는 사람들의 움직임도 예사롭지 않다. 우산을 가누느라 애를 쓰는가 하면 옷깃을 여미며 종종걸음들을 친다. 이러다 길에서 낭패를 당하겠다 싶어 도로 집으로 들어가려 우리 오피스텔 건물 출입구를 향해 간다. 하지만 애써 외출준비를 한 것이 아까워 이대쪽으로 다시 걷는다. 서강대까지는 힘들겠지만 이대 부근에서는 날이 어두워지고 비바람을 만난다 해도 크게 걱정할 건 없겠다 생각한 것이다. 집에서 10분도 안 되는 거리에다 익숙한 찻집이 있으니 이 정도 '모험'은 해볼 만하지 않은가.

그러다 곧 이대는 너무 익숙한 곳이라 재미가 없을 것 같아 다시 신촌 쪽으로 방향을 바꾸어 걷는다. 오피스텔 건물 앞에서 시계추처럼 몇 번을 왔다 갔다 하며 부지런히 '머리를 굴리다가' 마침내 마음을 정하고 비바람 속에 자신을 내던진 것이다. '좀 덜 익숙한 곳'을 향해서. 그런데, 이렇게 궂은 날씨에 이처럼 외출을 강행하는 것은 꼭 외출 준비한 것이 아까워서만은 아니다. 만약 이대로 집에 돌아간다면, 이만한 날씨에 대한 부담도 감수할 배짱이 없는 자신이 싫어질 것 같아서다. 기분이 찝찝할 것 같아서다.

나 자신에게 받는 인정과 칭찬은 다른 누구로부터 받는 그것보다 더욱 더 나를 기쁘게 하지만, 그런 만큼 나 자신을 실망시키고 싶지 않은 것이다.

이제껏 다니던 큰 길이 아닌 처음 가보는 사이 길로 들어선다. 골목을 걷다보니 온 동네가 다 원룸, 고시원, 호텔, 하숙, 아니면 모텔이다. 어쩐지 기분이 좋지 않다. 원룸이나 고시원이나 다른 시설들도, 생각해보면 모두 나 같이 집 떠나 있는 사람들이 머무는 곳인데도 분위기가 어쩐지 음침해 보여 깊숙이 들어가지 않고 큰 길로 나온다.

큰길 가에는 커피점이나 음식점마다 젊은이들로 만원이다. 끼리끼리 이야기를 하거나 혼자서 컴퓨터를 켜놓고 공부를 하는 모습이 여유로워 바깥의 어수선한 날씨와는 전혀 상관이 없어 보인다.

다행히 비는 그렇게 많이 오지 않고 소강상태를 보여, 계속 걸어 연세로에 있는 서점까지 가서 책 두 권을 골라 나온다. 비도 피하고 책도 볼 겸 서점 근처 커피점에 들어가 보니 밖에서 보기보다 많이 넓다. 마치 광장 같은 느낌이 드는데 얼핏 봐도 학생처럼 보이는 젊은이들로 대부분의 자리가 차 있다. 놀라운 것은, 자세히 봐도 중년으로 보이는 사람조차 한 명 없이 모두 청년들이라는 것이다. 지금까지 다녀본 많은 커피점 중에 이렇게까지 젊은이 일색인 곳은 별로 없었는데, 여기는 마치 대학 구내 커피점 같다. 나와 버릴까 생각하다가 분위기가 괜찮아 좀 구석진 테이블에 자리를 잡는다.

비비람 부는 날씨에 이렇게 훈훈한 실내에서 많은 젊은이들이 조용히 차를 마시며 책도 보고 컴퓨터로 공부에 몰두하는 모습이 보기 좋고 이채롭다. 그런 분위기에 내가 이질적인 존재처럼 보일까 처음엔 신경이 쓰였지만, 사 갖고 온 책을 읽다 보니 그런 게 아무 문제가 되지 않는다.

책 내용이 너무 좋아 줄을 죽죽 그으며 읽어도 주변이 전혀 신경 쓰이지 않고 이 분위기가 즐겁고 편안하다. 그런데, 한동안 앉아 있다 보니 내 몸을 받쳐주고 있는 의자가 별로 '상냥한' 스타일이 아닌 것 같다. 그렇잖아도 까탈스러운(?) 허리가 이 의자의 불친절을 더는 묵과할 수 없다는 신호를 보내온다.

원래는 밤까지 있을 작정이었지만 허리의 신호를 모른척할 수 없어 나는 어둡기도 전에 그만 일어난다.(허리가 화를 내면 '무섭기' 때문이다. 그러고 보니 유감스럽게도 내 몸 중에 무섭지 않은 데가 별로 없다. 다 조금씩은 무섭다. 그래도 더 무서운 데 비하며 비위를 맞추고 살아야지, 뭐.)

조금씩 내리는 비를 맞고 걸으면서도, 비바람에 위축되지 않는 자신이 무척 마음에 든다. '용감하다', '대견하다.' 자화자찬(自畵自讚)을 서슴지 않는다. 화창하면 화창한 대로, 비바람 불면 부는 대로, 찾아보면 어디서든 작은 즐거움은 있는 것이다.

내 방에 돌아오니 외출 전보다 방은 훨씬 더 포근하고 편안한 곳이 되어 있다. 비 맞은 옷과 모자를 세탁기에 넣고 돌린다.

학림다방에서 마주친 전 혜린,
내 청춘의 우상.

5월 13일 (화요일)

몇 주 만에 수필교실에 출석하니 그동안 안 보여 궁금했다며 반가워들 한다. 다음 주엔 가깝게 지낸 사람들에게 내 마음이 담긴 책을 선물하고, 떠난다는 인사를 할 생각이다. 그동안 결석도 많이 하고, 구경 다니는 데 마음을 쓰느라 열심히 하지는 못했지만 그래도 나 혼자 먼저 떠나려니 좀은 섭섭하다. 입고 있던 익숙한 옷 하나를 벗는 것처럼.

사람을 만나고 헤어지고 하는 것도 물 흐르듯 해야 한다고 하지만, 나는 그게 잘 되지 않고 작은 마디에도 걸린다. 처음 볼 땐 낯설고 서먹해 덜 편하고, 익숙하고 편해지면 헤어짐이 아쉽다. 그런데 어찌 보면, 그런 감정의 잔 물결이 있는 삶이 거울 같이 잔잔하기만 한 것보다 재미있을지도 모른다. (그 잔 물결이 쉴 새 없이 너무 일어나는 것이 내 문제이긴 하지만.)

점심엔 회원 중 한 사람이 연잎밥에 맛있는 김치를 제공해 감사히 먹는다. 식사 후 연세대 후문의 그 커피점으로 가서 커피를 마시며 갖고 간 CD를 틀어달라고 해서 듣는다. CD를 돌려받을 때 카운터의 직원이 잘 들었다며 인사한다. (나하고 음악 취향이 비슷한 모양이다.)

일행과 헤어진 후 전처럼 지하철을 타고 성북동으로 간다. 지하철이 요 근래 종종 문제를 일으켜 타기가 좀 찜찜하긴 했지만, 버스노선을 익히자니 너무 어려워 어쩔 수 없이 익숙한 지하철을 다시 탄 것이다.

원래 과학고등학교 뒤편에서부터 성곽길을 걸어볼 생각이었지만, 성곽 입구에 가보니 사람들이 별로 없고 시간도 늦은 것 같아 성곽길은 다음으로 미룬다. 과학고등학교를 지나 혜화동을 걷다보니 큰 길 옆에 —전에 그 길을 걸을 땐 보지 못했던—장면총리 가옥이 있어 들어간다.

아담한 마당에 들어선 일자형 한옥 본채는 대청엔 유리문이 있고 대청 좌우로 제법 넓은 안방과 건넌방이 있어 상당히 쓸모가 있어 보인다. 책상과 단출한 가구가 놓여있는 사랑방과 그 옆방에 소박한 입식 응접실이 있는 사랑채에도 유리문이 있어 실용성이 느껴지는 한옥이다. 소박하면서도 품격 있는 이 집을 보니, 이 안방에서 잠자고 밥 먹고 저 사랑방 책상에서 책을 읽던 그가 어떤 사람이었는지 궁금해진다. 역사 속을 스쳐간 한 정치인이야 내 관심 대상이 아니지만, 단정하고 절제된 아름다움이 배어나는 이 한옥에 살았던 지성인 장면이 알고 싶은 것이다.

창호지를 바른 사랑방의 방문에도 유리로 된 네모난 부분이 있어 바깥의 큰 길이 보이는 것이 재미있다. 순전한 전통 양식의 한옥보다 이런 절충식이 실제로 살기엔 나을 것 같아 나도 이런 집을 짓겠다는 생각을 한다. 물론 실현가능성은 거의 없지만, 집 구경을 하며 나도 모르는 사이 내가 살고 싶은 한옥의 구조를 생각하고 있었던 거다. 간절히 원하는 것은 이루어진다는 말이 '서울체류여행'의 경우엔 맞아떨어졌는데, 한옥의 경우엔 아무래도 힘들 것 같다.

대학로로 나와 학림다방을 찾아간다. 젊은 시절 한 때 그녀의 수필집으로 내 청춘의 바이블로 삼기도 했던 전혜린을 비롯한 그 시대 문화계인사들이 드나들었다는 그곳이 아직도 그때의 분위기를 그대로 간직하고 있다.

LP판으로 클래식을 틀어주며 자연스레 낡은 나무 테이블과 의자들을 고수하고 있는 이곳. 이 의자에, 저 테이블에 그들은 마주 앉아 인생과 예술을 논했던가? 그러고도 미진해 2차로 막걸리집으로 몰려갔더라고……. 그들이 그렇게 미진해하며 치열하게 추구했던 삶의 의미는 무엇이었을까? 아까운 나이 서른둘에 불꽃같은 생을 스스로 마감하고 '원소로 환원'된 비운의 그 천재는 끝내 그 의미를 찾지 못했던 것일까?

이상하게, 지난 세월의 자취를 보는 일은 매번 이렇게 가슴을 싸아하게 한다. 어디로부터 불어오는지 알 수 없는 찬바람 한 줄기가 가슴 밑바닥을 훑고 지나간다.

펄떡이는 심장으로 삶의 애환(哀歡)에 울고 웃으며 뜨겁게 당시를 살던 그 사람들이 지금은 가고 없다는, 익숙한 듯 낯선 허무감인가? 우주에 편만(遍滿)하던 존재의 부피가 지나고 나면 한 줄 문장의 감상으로, 한 호흡의 탄식으로 압축되고 만다는 허망함인가?

나 혼자 오롯이 누린 그윽한 뜰.
—최순우 선생 고가에서.

5월 14일 (수요일)

성북동을 몇 번 갈 때마다 번번이 문이 닫혀 있었던 (*화요일부터 토요일까지, 10시에서 4시까지라는 관람시간을 잘 모르고 번번이 피해서(?) 갔기 때문.) 미술사학자 혜곡 최순우 선생 고가를 탐방하기 위해 나선다.

농협에 가서 내일이 생일인 둘째 손자 녀석 생일 축하금을 보내고는 바로 지하철을 타고 한성대역에서 내린다. 이미 두 번이나 와 봤던지라 익숙해진 골목길로 접어들어 드디어 대문을 넘는다.

두 번째 헛걸음하고 돌아설 땐 화가 나서 '다시 내가 이 집에 오나 봐라. 이젠 와서 봐달라고 빌어도 안 온다.' 하고 단단히 마음먹었었는데, '그날의 맹세도 헛되이' 마침내 이 집에 오고 만 것이다. (잘못이야 제대로 알아보지도 않고 무턱대고 온 나 자신에게 있었던 것인데, 공연히 문 닫힌 집을 원망하고 혼자 오기를 부렸던 것이니 헛맹세가 될 밖에.)

문을 들어서니 기역자 한옥이 정갈한 앞뜰을 감싸고 자리 잡고 있는

데, 사랑방 유리문에 비친 뒤뜰의 푸르름은 집 내부를 보기도 전에 발걸음을 곧장 그 쪽으로 이끈다. 아, 이 예사로운 도시의 골목 안에 이처럼 그윽한 숲이 싱싱하게 숨 쉬고 있었다니!

높은 담벼락을 뒤덮은 연둣빛 담쟁이 잎사귀, 담벽에 띠를 두른 듯 돌출된 붉은 벽돌을 덮고 있는 푸른 이끼, 하늘을 가리고 있는 온갖 나무들이 드리운 푸른 그늘, 그 그늘 아래 너무나 자연스런 모습으로 자라고 있는 야생의 풀들. 사랑방과 안방의 툇마루 앞으로 펼쳐져 있는 뒤뜰은 전혀 가꾸지 않은 듯한 그 모습으로 깊은 산속에 있는 것 같은 착각을 하게 한다.

나는 녹음이 드리워진 그 툇마루에 앉아 꿈꾸듯 풀숲을 바라본다. 사랑방의 서안 앞에서 책을 읽다 툇마루로 나와 앉아 지금 나처럼 이 작은 숲을 바라보았을 혜곡 선생. 선생의 자리에 앉았던 나는 천천히 작은 숲으로 들어간다.

신갈나무와 모과나무, 산수유와 단풍나무, 대나무와 자목련 나무들이 아기자기 정겹게도 어울려 살고 있다. 곁으로 다가가 나무 아래 무성히 덮여있는 야생초들에 눈길을 준다. 바위취, 상사화, 옥잠화, 잎 넓은 머위에다 이름 모를 풀들까지 푸릇푸릇 싱싱한 생명력을 과시하고 있다. 나는 그 사이로 난 좁은 돌길을 따라 걷다가는 길가 풀밭을 이리저리 거닐고, 그러다 다시 툇마루에 앉아 시원한 녹차를 마신다. 평일이라 관람객이 별로 없어 아기를 데리고 온 신혼부부가 간 뒤로 이 고즈넉한 숲이 온통 내 차지다.

살며시 배낭 안에 손을 넣어 비스킷을 하나씩 먹으며 이곳 매점에서 구입한 『돈암동』, 『정릉동』이란 책을 읽는다.

그 동네의 옛 모습과 거기서 살던 문화예술인들의 이야기를 엮어 성북구청에서 발행한 책인데, 다른 책에서 보지 못했던 생활의 구체적인 이야기들을 접하니 마치 내가 그들과 이웃해 살고 있는 듯한 느낌이 든다. 더구나 당대의 문화인 미술사학자 최순우 선생이 살던 집에서, 그가 거닐던 뜰을 거닐어가며 책을 읽노라니 나는 잠시 현실을 벗어나 별세계로 편입된다.

두어 시간을 그렇게 보내자니, 수런거리는 말소리와 함께 여러 사람들이 마당으로 들어온다. 자원봉사자인 듯한데 모두 빨간 색 앞치마를 두르고서, 담벼락 아래 장독대의 단지들을 물로 씻는가 하면 유리창을 닦기도 한다. 이런 사람들의 노고가 있어 이 집이 이렇게 깨끗하고 아름답게 유지된다는 것을 알겠다. 문 닫을 시간도 다 되어가고, 나 혼자 오붓하게 즐겨보기도 했으니 가벼운 마음으로 고가를 나온다.

배낭을 메고 몇 걸음 걷자니 어깨가 묵직하다. 혜곡 선생의 수필집까지 여기서 세 권이나 책을 샀으니 원래 갖고 온 책 한 권과 노트를 합하면 거의 다섯 권의 책이 들어 있다. 배낭이 좀 마음에 걸리긴 하지만 그렇다고 4시도 안 된 시간에 바로 집으로 가기도 아쉬워 그냥 걸어본다.

걷다보니 천변이라, 청계천이 여기까지 연결되어 있나 했더니 청계천의 지류인 성북천이란다. 어깨를 누르는 배낭의 무게를 견디며 한 시간을 넘게 걷는데 성북천이 청계천으로 연결되며 물의 방향이 갑자기

바뀐다.

바뀐 물길을 따라 청계천을 더 걸어보고 싶었지만 이 상태로 더는 걸을 수 없어 두물다리를 좀 지난 곳에서 계단을 올라 길 위로 나온다. 저만치 청계천 판잣집을 재현해놓은 테마촌이 보여 거기로 가는데, 바위 덩어리로 변한 배낭은 메고 있어도 힘들고 들어보니 더 힘들다. (캐리어처럼 바퀴가 달린 것도 아니니) 굴리고 갈 수도 없고, 그렇다고 버리고 갈 수도 없고 어찌할 바를 모르겠다.

배낭을 지고 다닐 생각도 않고 책을 샀던 것이 잘못이다. 아니, 책을 산 것이 문제가 아니라 그걸 배낭에 넣은 채 걸을 생각을 한 것이 잘못이다. 그 책은 꼭 사고 싶었으니까. 여행의 충실한 반려였던 배낭이 이 대목에선 떨쳐버릴 수 없는 운명인양 지겹다. 그런 배낭을 짊어지고 테마촌까지 가는데, 빤히 보이는 그곳으로 가는 길이 지친 나에겐 제대로 된 극기 훈련 코스다.

판잣집은 고바우 김 성환의 책 『판자촌 이야기』에서 봤던 청계천 풍속화가 그대로 재현된 듯한데, 두어 평 방 안은 이불, 냄비, 밥그릇, 요강 등 생존에 꼭 필요한 가재도구들로만 꾸며져 있다.

그런데 그런 방에 한쪽 벽면을 어엿하게 차지하고 있는 '앉은 책상'이 있다. 그 책상 위의, 책 몇 권이 꽂혀 있는 책꽂이를 보는 순간 가슴이 저릿해진다. 하루 벌어 하루를 살며 낡은 알루미늄 밥상에 둘러 앉아 없는 찬으로 밥을 먹을지라도, 책상 앞에 앉아 공부하는 자식의 뒷모습은 천변(川邊) 사람들의 희망이고 등불이었으리라. 간혹 그 희망이 실현되어 개천에서 용이 나기도 했을 것이다. 나도 저 책상에 앉으면 어쩐지 책이 머리에 잘 들어올 것 같다.

판잣집을 나와 무거운 다리를 끌고 지하철역을 찾아가니 2호선 용두역이다. 전철을 타고 오자니 슬그머니 '검은 그림자'가 다가온다. 안 그래도 까다로운 몸을 생각 없이 그렇게 혹사시켰으니 내일 있을지도 모를 후환(?)에 대한 익숙한 예감이 느껴진다. 아니, 필시 받고야 말 '청구서'이기에 나는 오히려 두 손 들어 환영하기로 한다. 내일은 하루 종일 집에서 심신을 풀어놓고 편안해지기로 미리 작정한다.

몰입 후의 이완, 마음껏 즐긴 뒤에 누리는 깊은 휴식은 달고도 상큼한 후식(後食)이 된다. 휴식을 낭비로 느껴지게 하는 어리석은 조급함을 멀리 할 수 있다면.

봉은사 옆에서 그토록 위험한 점심식사를……

5월 16일 (금요일)

'봉은사. 2호선 삼성역 6번 출구'라는 메모 수첩을 들고 봉은사로 향한다. 도심 속의 산사(山寺)를 기대하던 조계사에서 실망한 나는 '봉은사도 비슷하겠지.' 여기며 지금까지 별 관심을 두지 않았었다.

그러다 우연한 기회에, 봉은사가 추사 김정희의 유명한 작품 '판전(板殿)'이 있는 곳이며, 한승원의 소설 『추사(秋史)』에서 말년의 추사가 머물렀던 곳으로 그려진 바로 그 절이라는 것을 알게 되어 '아차.' 하는 심정으로 찾게 된 것이다. (실제로 봉은사가 추사와 특별한 인연을 가졌던 곳이라는 사실은 경내의 안내판이나 추사기념비에서도 잘 알 수 있다.)

가는 김에 천 원을 내면 먹을 수 있다는 절밥을 먹을 수 있으려나 기대했는데, 도착하니 12시 30분에 점심시간은 이미 끝났다 한다. 요즘은 절밥도 일반 식당과 같이 식판을 들고 줄을 서서 받아와 먹는 경우가 많아 그다지 특별할 건 없겠지만, 그래도 봉은사 절밥을 한 번 먹어보고 싶었는데 좀 아쉽다.

그런데, 절밥 대신 절 부근의 식당에서 주문한 우거지 해장국은 애초에 먹으려 했던 절밥과는 달라도 너무 다르다. 우거지 해장국이 이렇게 생긴 음식인지 몰랐는데, 펄펄 끓는 뚝배기 속에 무지막지하게 커다란 뼈다귀가 우뚝 솟아 있다. 보기만 해도 부담스럽기 짝이 없지만 받아놓은 음식이니 별 수 없이 먹기로 한다. 손을 대기가 겁이 나서 뼈다귀를 꺼내지 않은 채로 먹어보려 하지만 그 상태로는 어떻게 먹어볼 수가 없다. 일단 뼈다귀를 뚝배기에서 건져내야 한다.

그런데 그 험상궂은 뼈다귀의 어느 부분에 젓가락을 갖다 대어야 제대로 잡을 수 있을지 난감하다. 어렵게 적당한 부분을 물색해서 온 신경을 곤두세워 겨우 꺼낸다. 꺼내다가 자칫 뜨거운 국물 속에 떨어뜨리기라도 한다면 (국물이 튀어 올라) 적어도 2도 화상은 확실하게 보장될 것 같아 젖 먹던 힘까지 다 써서 성공시킨 것이다. 그렇게 힘들게 뼈다귀를 꺼내놓으니 이번엔 덩어리져 있는 뜨거운 우거지가 문제다. 놀랍게도 우거지들이 결사적으로 서로 엉켜있는데 그 치밀한 짜임새가 거의 (스웨터 뜨는) 털실 뭉치 수준이다. 어떻게 하면 우거지를 이런 모양으로 뭉쳐놓을 수가 있는지 이 집 아주머니들 솜씨에 탄복을 하겠다. 짜증이 스멀스멀 일어나지만 그래도 어쩌겠는가, 안 먹고 나가버릴 수도 없고.

나는 끓고 있는 뚝배기를 지그시 바라보며 어지러운 마음을 가지런히 해본다.(마음이 헝클어진 채로는 이 '털실 뭉치'를 풀 수가 없기 때문이다.) 그리고는 '수행하는 심정으로' 한 올 한 올 정성껏 우거지를 풀어나간다. 그렇게 하다 보니 그 작업에도 약간 요령이 생기고 탄력이 붙는다.

작업이 끝날 때쯤엔 당황스러움이나 짜증이 스러지고, 엉킨 물건을 푸는 이런 일도 '그렇게 나쁜 일은 아니구나.' 하는 쪽으로 마음이 고쳐 먹어진다. (내 적응력도 상당한 편이다.)

참, 살다 살다 별 음식을 다 먹어본다. 이 근처를 몇 바퀴 돌아도 비빔밥이나 정식 같은 얌전한 음식을 파는 데가 없어, 울며 겨자 먹기로 한우 고기를 주 메뉴로 하는 이 집으로 들어온 건데 내 평생에 이렇게 위험을 느끼며 전심전력으로 밥을 먹기는 처음이다. 그래, 역시 서울여행은 할 만하다. 대평원에서 성난 들소 떼를 지척에서 맞닥뜨렸을 때나 느낄 법한 공포와 긴장감을 뚝배기 안의 소뼈 한 토막으로 이렇게 체험해볼 수 있으니. 거기다, '생활 속의 수행'이라고, 밥을 먹으며 어거지로 마음공부까지 해볼 수 있으니.

이 모든 과정을 아무렇지도 않은 척 침착하게 치르며 밥 한 공기를 다 먹고 밖으로 나오는데 설상가상 햇볕마저 쨍쨍 내리쬔다. 이 상태로는 절 구경도 귀찮고 그냥 쉬고 싶기만 하다.

근처의 커피점에 들어가 바깥문을 활짝 열어놓은 2층에 자리를 잡으니 시원한 바람이 통째로 불어 들어와 땀을 씻어준다. 이제야 살 것 같다.

쾌적하고 조용한 실내가 내 집에 온 듯 심신을 편안하게 풀어주는데, 신문과 책을 보며 음악을 듣노라니 시간이 금방 지나간다. 해가 설핏 기울어 밖으로 나와 다시 봉은사 경내로 들어간다. 몇 걸음 가지 않아 왼편으로 졸졸 흐르는 맑은 시내가 보인다. 인공의 시내 같은데 이끼 낀 돌이며 돌 위에 붙어 있는 작은 고동 같은 것들이 나름대로 작은 생태계를 이루고 있다. 인공을 자연처럼 만들고 관리하는 노력과 솜씨가 대단하다.

올라가며 차근차근 구경을 하노라니, 많은 전각들이 있는 경내는 규모나 분위기가 영락없는 산속의 대가람이다. 전각 사이를 잇는 오솔길, 오래된 전각 추녀 끝에서 은은히 울리는 풍경소리, 화단이나 길섶에 절로 피어 있는 듯한 화초들, 오솔길 끝에서 이어지는 푸른 숲이 우거져 있는 뒷산……. 이곳을 어떻게 서울의 도심이라 할 수 있으랴. 추사가 기거하던 조선 시대의 그 봉은사가 그대로 보존되어 있는 것만 같다.

하지만, 고개를 돌려 주변을 보면 그곳은 초현대식 고층건물들로 둘러싸인 강남의 한복판이다. 이 얼마나 놀랍고도 기묘한 광경인가! 전아(典雅)한 옛 문화와 세련된 현대 문명, 자연과 인공이 놀랍도록 가까운 곳에서 공존하며 조화를 이루고 있는 것이 서울의 매력이라면, 이 봉은사 또한 그러한 서울의 자랑이 아닐 수 없을 것이다.

이 감동을 가슴 가득 안고 그 유명한 '판전(板殿)'이 걸려 있는 곳으로 걸음을 옮긴다. 고졸미(古拙美)의 극치로 추사체의 본질을 잘 보여준다는 그 작품은 서예에 문외한인 나로서는 진가를 알아볼 도리가 없어 눈앞에 보고도 별 느낌이 없다. 아니, 솔직히 내 느낌으로는 아무리 봐도 별로 잘 쓴 글씨 같지가 않다.

누구라도 한 몇 년 배우면 '그 정도'는 쓸 수 있을 것 같다. 하지만 나는 곧 이 '불경(不敬)스러운' 생각을 지우고 얼른 건전한 상식을 회복한다.

그러한 상식인의 안목으로는, 지고(至高)의 경지에 노니는 예술혼을 어린 아이의 그것과도 흡사한 졸박(拙樸)한 서체(書體)에 담아낸 추사선생이나, 그 진가를 알아보는 예술인의 안목이나, 모두 경이롭고 아득하기만 할 뿐이다. 어쨌거나 제대로 된 비평과 감상은 전문가의 몫일 테고, 저마다 보이는 대로 느껴보는 것은 감상자의 자유일 것이니 잘 났건 못났건 자신의 느낌마저 부정해서는 안 될 것이다.

하지만 또, 가만히 그런 자유를 누리는 한편으론 제대로 볼 줄 아는 사람의 글을 많이 읽고 느끼며 그들의 안목을 통해 감동을 전해 받는 일도 게을리 해서는 안 될 것이다. 자신의 삶을 정직하고 떳떳하게 꾸려갈 수 있다면 예술을 모른다 해서 부끄러워할 일은 아닐지라도, 예술을 즐기는 것은 또한 혼탁한 세상 속에서 삶에 맑은 향기를 어리게 하는 일일 것이니.

강화 장터에서 모델이 되어.

—아, 쑥떡 맛있다니까요.

5월 17일 (토요일)

역사의 고장 강화도를 답사하는 날이다.

강화도에 가기 위해 내가 해야 하는 일은 집에서 3분 거리에 있는 3000번 버스정류장으로 걸어가는 일 뿐이다. 집에서 신촌으로 가는 길에 별생각 없이 예사롭게 지나치던 이곳이 오늘은 특별한 곳으로 느껴진다. 이 정류장과 연결된 길 저 끝에 강화도가 있기 때문이다.

버스를 몇 번 갈아타는 것도 아니고, 배를 타야하는 것도 아니고, 여기서 하루에도 수도 없이 출발하는 버스를 한 번 타기만 하면 바로 강화도까지 갈 수 있다는 사실이 실감이 잘 나지 않는다. 내가 그런 곳에 살고 있다는 것이 새삼 흐뭇하고 자랑스럽다. 김포를 지나고, 말로만 듣던 강화대교를 지나 1시간 45분 만에 강화 터미널에 내린다.

책이나 TV에서나 볼 수 있던, 아득히 먼 곳으로만 여기고 있던 그 강화도에 마침내 내가 발을 디딘 것이다. 고려 40년 대몽항쟁기의 국도(國都), 강화도수호조약·병인양요·신미양요의 현장, 강화도령 철종이 살던 곳. 대강 생각나는 것만 해도 이곳이 우리나라 역사에서 얼마나 뜻

깊은 고장인지 알겠다.

그곳을 차비 몇천 원을 들여 2시간도 안 걸려서 온 것이다. 기대와 설렘으로 가슴이 뻐근하다. 어떡할까? 어디부터 먼저 갈까? 나는 배낭을 고쳐 메고 터미널 대합실을 두어 바퀴 돌아본다. 그러다 대합실 문 저 편에 먹음직한 빵을 가득 내어놓은 빵집을 보고는 자석에 끌리듯 다가가 고로케 하나와 생수를 한 병 산다.

대합실 의자에 앉아 일단 먹고 보는데 아침밥을 대강 먹은 탓인지 강화도 빵이 서울 것보다 훨씬 더 맛있어 강화도의 첫인상이 무척 좋다. 먹은 다음 가만히 생각해보니 오늘은 무리하지 말고 그냥 이 강화읍내만 보는 게 좋을 것 같다. '가는 날이 장날'이라더니, 마침 오늘이 5일장 장날이란다.

터미널 옆의 장터로 가니 요즘은 보기 드물어진 그야말로 진짜 시골 장터다. 장터 초입부터 줄 지어 늘어놓은 온갖 싱싱한 채소모종들은 대번에 멀리서 온 '장꾼'의 눈길을 잡아끈다. 강화도 사람들이 유달리 채소농사를 많이 짓는 것인지 채소모종이 아주 많다. 풍성하고 풋풋한 그 느낌이 너무 좋아 내가 여행객이라는 사실을 잠시 잊고 모종들을 사서 가져가고 싶다.

그 가벼운 충동은 곧, 내 인생의 한 부분을 뚝 떼어 이 강화섬 어느 골짝 마당 너른 집에서 저 모종들을 심고 가꾸며 살아도 좋겠다는 생각으로 이어진다.

텃밭의 부추를 베어 전을 부치고 포슬포슬한 감자를 한 솥 쪄서 큰 감나무 아래 평상에 앉아 온 식구가 둘러 앉아 먹어도 좋겠다. 울 밑엔

봉숭아, 채송화를 심어놓고서…….

'엉뚱한 희망'은 상상의 날개를 타고 멀리 허공으로 날아가고, 나는 또 저 앞에 보이는 장터가 궁금해 장터 안쪽으로 들어간다.

요즘은 어느 지역이든 5일장이 다 비슷비슷한 시장 건물 위주로 바뀌어버려 장 구경을 하는 재미가 별로 없었는데, 여기는 (한쪽 옆에 건물도 있지만) 난전들이 많이 모여 있어 옛날 5일장의 분위기를 그대로 갖고 있다. 빈터에다 천막을 치거나, 아니면 그것조차 없이 그냥 땡볕 아래 맨땅에다 온갖 물건들을 놓고 판다. 방금 산과 들에서 채취해온 듯 푸릇푸릇한 봄나물들이 지천이다. 이렇게 탐스러운 먹거리들을 보니 또 다시 어떤 생각들이 꼬리를 문다.

저 나물들을 한 보따리 사 가서 살짝 데쳐 무쳐놓으면 남편이 맛있게 먹을 텐데. 저 싱싱한 순무를 여러 단 사서 김치를 담가 딸네들에게 부쳐주면 딸이 일손을 덜 텐데…….

볏짚을 엮어 다섯 개씩 한 묶음으로 담아놓은 오리알도 사고 싶고 신선한 젓갈들도 가지가지 다 사고 싶은데, 저 좋은 물건들을 그냥 지나치려니 너무 아깝다. 권태로운 주부노릇을 벗어나고 싶어 이렇게 여행을 하고 있으면서도 몇 십 년 심신에 밴 습관을 버리지 못해, 이 먼 섬 강화에까지 와서 또다시 무용(無用)한 갈등에 시달린다.

하지만 어쩌랴. 나는 지금, 집 떠나 떠도는 나그네 신분인 것을. 종종 집 생각이 나고 식구들에게 맛있는 것 해먹이고 싶어지는 걸 봐도 내 여행은 이제 막바지에 이른 것 같다. 운 좋게도 때맞추어 다음 세입자와 계약까지 해놓은 상태니, 이제 월말까지 열흘 남짓 차분히 마무리를 하면 되는 것이다. '식구들에겐 돌아가서 잘해주면 된다.'며 생각의 꼬리를 자르고, 싱싱하게 되살아나는 '주부 본능'을 잠재운다.

다시 의연하게(?) 여행객의 자세를 회복하고 여유롭게 장바닥을 헤매는데 한 할머니가 파르스름한 쑥개떡을 몇 봉지 함지에 놓고 팔고 있다. 집에서 손으로 만든 것 같은데 맛있어 보여 한 봉지 3천 원에 사서 옆의 의자에 앉아 먹는다. 떡집에서 만든 것과는 달리 그렇게 달지도 않고 속에도 팥소가 아닌 그냥 콩이 몇 개 들어 있다.

소박한 그 맛이 좋아 맛있게 먹고 있는데, 지나가는 사람들이 그런 나를 보고는 쑥떡에 관심을 갖고 걸음을 멈춘다. (배낭 메고 먼 하늘을 보며 무심히 떡을 먹고 있는 여행객이 장터 난전의 모델로 그럴듯했나?) 할머니는 때를 놓치지 않고 손님을 끈다.

"집에서 만든 거라 맛있어요. 이 아줌마도 맛있게 먹잖아요."

나는 그러거나 말거나 별 관심 없이 그냥 먹기만 하는데, 할머니는 사람이 지나가기만 하면 아까처럼 꼭 나를 끌어들여 선전을 한다.

그러는 사이 '아, 내가 이 할머니의 떡 먹는 모델이구나.' 하는 자각과 함께 슬며시 사명감(?) 같은 것이 생겨나 나는 그 자리에서 떡을 연달아 먹으며 충실히 모델 노릇을 한다. 나중엔, 관심을 보이던 사람이 사지 않고 그냥 가버릴 때는 서운하기까지 한다. (아, 맛있다니까요…….) 내가 떡 세 개를 먹는 동안 오며 가며 두 사람이 떡을 사는데, 먹을 수 있는 만큼 먹은 나는 자리에서 일어난다.

"많이 파세요." 인사하니, 할머니는 한 때의 동업자(?)에게 '고맙다.'며 웃는다. 걸으면서 보니 이 장터에 그런 쑥떡을 파는 데가 한두 군데가 아니다. 널려 있다.

'그래, 그 할머니도 나 같이 맛있게 잘 먹어주는 모델이 있었기에 짧은 시간에 두 봉지나 팔 수 있었지.' (괜히 뿌듯해서 살짝 보람조차 느낀다.)

장터 한쪽 건물 2층에 토속 음식을 파는 가게들이 모여 있어 밴댕이 회덮밥을 시켜 점심을 먹는다. 기본반찬으로 나온 간장게장으로 밥을 몇 순갈 먹고 나니 정작 회는 얼마 먹지도 못한다. 싱싱한 야채로 버무린 무침회가 맛이 있었지만 반도 못 먹고 나온다.(아까 세 번째 쑥떡은 안 먹는 건데 '사명감'으로 계속 먹었더니 그것만으로도 배가 웬만큼 차 있었던 모양이다. 참, 고로케도 먹었지.)

배도 든든하겠다, 심기일전 새 기분으로 강화읍 공략에 나선다. 음식을 먹은 직후엔 내 몸에서 에너지대사가 초고속으로 일어나기라도 하는지 먹고 나면 '반짝' 새 힘이 솟는 것 같은 이 느낌이 좋다. 서울에서 그랬던 것처럼 무작정 길을 따라 걷는다. 왼쪽 큰 길 건너편엔 건물들이 늘어서 있는데, 오른편으로는 넓은 들이 펼쳐져 있고 들판 저 끝엔 시골 동네가 조그맣게 보인다.

강화도는 섬이라 어디서든 바다가 보일 줄 알았는데, 사방을 봐도 바다는 보이지 않고 넓은 들과 산이 보인다. 고려 무신정권이 이 섬에 새 도읍을 건설하고 40년을 버티어낼 수 있었던 것도 강화가 그만한 삶들을 담아낼 산과 들을 품은 곳이기 때문이었으리라 생각해본다.

큰 길을 건너 읍내 쪽으로 걷다보니, 얼마 안 가 갈림길이 나온다. 한 쪽 길엔 아무것도 보이는 것이 없는데, 이쪽 길엔 아파트들이 줄지어 있다. 이 길을 따라가면 중심가가 나오겠지 생각하고 아파트가 이어진 길을 걸어가는데, 이상하게, 갈수록 점점 집들이 없어지고 저 건너에 숲이 나온다. 그제야 길을 묻지도 않고 무작정 온 것이 후회되지만 주변을 살펴보니 물을 곳도 마땅치 않다.

아파트가 늘어서 있는 걸 보고 이 길을 선택했는데 문이 닫혀 있는 아파트들은 길 찾는 사람에게 별 도움이 되지 않는다는 걸 뒤늦게 깨닫는다. 그리고 그 아파트들의 끝이 읍내가 아니라 숲과 들판으로 이어질 수도 있다는 것을. 다행히 길 가에 작은 미용실이 보여 물어보니, 읍내로 가는 길이 아니라 외곽으로 빠지는 길목이란다. 머리에 파마 보자기를 둘러쓰고 있는 한 여인이 하는 말이 '그 길로 계속 가면 서울로 가게 된다.'고.

이럴 수가! 밀려드는 낭패감을 안고 왔던 길을 되돌아 나오는데, 길에는 우중충한 분위기의 남자들만 간혹 보이고 마땅히 길을 물을 만한 사람도 없다. (나는 낯선 곳에서 길을 물을 때 웬만큼 분위기가 산뜻하고 교양 있어 보이는 남자가 아니면 나에게 길을 가르쳐줄 수 있는 '영광'을 주지 않는 편이다. 그 영광을 너무 아끼며 주다가 결과적으로 엄청난 고생을 하긴 했지만.) 별 수 없이, 처음 이 길이 시작된 곳으로 가서 다시 길을 찾아야지 마음먹는다.

한참을 걸어도 처음 왔던 곳은 아직 보이지 않는데, '읍내 방향으로 나 있는 것으로 보이는' 오른쪽 길에 집들이 몇 채 이어져 있다. 여기서부터 읍내로 들어서는가보다 생각하고 그 길로 방향을 잡는다.

그런데, 그 길도 얼마 가다보니 어느새 집은 보이지 않고 길옆엔 무성한 풀숲만 있다. 설상가상 드문드문 지나가던 행인도 이젠 없다. 기분이 찜찜했지만 돌아가기엔 너무 멀리 왔고 어쩔 수 없어 앞으로 가는데, 저 만치 앞에 남녀 두 사람이 걸어오는 게 보인다. 반가워 빨리 걸으니 잠시 뒤에 두 사람은 오른쪽 들판 길로 연결된 굴다리 속으로 들어가 버리고 안 보인다.

무슨 도깨비에 홀린 것도 아니고, 벌건 대낮에 터미널에서 강화읍 하나 찾아가지 못하고 이렇게 헤매다니 어이가 없다. 아무리 낮이라도 낯선 길에 인가도 행인도 없으니 은근히 무섭기까지 하다. 하지만 그럴수록 다른 방도가 없다. 걷는 것 외엔.

땀을 뻘뻘 흘리며 한참을 길을 따라 걷자니 저 멀리 길 끝에 상점 간판 같은 것이 보인다. '이젠 됐다. 저 집에서 길을 물으면 되겠다.' 생각하고 그 집 앞에까지 가서 주변을 돌아보는데, 세상에나! 왼편으로 큰 길이 뻗어 있고 그 길 저 쪽에 강화읍이 고스란히 눈에 들어오는 게 아닌가. 한 채도 안 보이던 인가가 도시를 이루고 눈앞에 펼쳐져 있는 것이다.

그 안도감이란, 막막한 사막에서 길을 잃고 헤매다 사람 사는 동네를 만난 것 같다. 이미 땀에 젖어버린 티셔츠는 어쩌지 못하고 손수건을 꺼내어 얼굴에 흐르는 땀을 닦는다. 시계를 보니 3시가 다 되었다. 한여름 같은 땡볕을 그대로 받으며 강화읍 외곽을 한 시간을 넘게 헤맨 것이다. 체력은 고갈되고 다리는 아픈데, 그것보다 더 걱정인 것은 이 무자비한 햇볕 아래 혹시 일사병이라도 걸리면 어쩌나 하는 것이다. 머리가 뜨거워져 있는지 모자 위를 만져보니 그렇게 뜨겁지는 않은 것 같다. 속이 미식거리고 구토가 날 기미가 있는지 가만히 몸 상태를 점검해보니 그것도 아닌 것 같다.

만약 조금이라도 그런 조짐이 보인다면 비장의 비상벨(할머니 중에서도 유행에 초연한 할머니들이나 갖고 있는 나의 초기 폴더형 휴대폰)로 지체 없이 119를 누를 것이다. '여행을 한답시고 여기저기 별나게 쏘다니더니 결국 강화도까지 가서 일사병으로 세상을 하직한 여자'라는 소리를, 세상에 남은 사람들로부터 듣고 싶지는 않은 것이다.

다행히 일사병을 걱정할 단계는 아닌 것 같지만, 그래도 몸이 너무 괴로워 한시라도 빨리 쉬고 싶다. 쉴 만한 찻집을 찾으며 빠른 걸음으로 읍내 길을 걷는데 아무리 걸어도 찻집은 보이지 않는다. 서울에선 몇 집 건너 있는 것 같던 카페나 커피전문점 같은 곳이 눈을 씻고 봐도 없다.

어렵게 찾아낸 것이 다방인데, 다방이야 그 동네 할아버지들 사랑방 같을 테니 내가 갈 수 있는 데가 아니다. 다시 걷고 걸은 끝에 마침내 롯데리아를 발견하고 들어간다. 카페보다 못하지만 그래도 다방보다야 몇 배 낫지.

아이스카페라떼를 단숨에 마시고 그것도 모자라 다시 팥빙수를 시킨다. 입속이 반쯤 얼어 발음이 잘 안될 때까지 팥빙수를 쉬지 않고 먹는다. 모자도 벗고 티셔츠 위에 입었던 조끼도 벗고 활활 부채질을 하니 그제야 정신이 돌아온다.

'가혹한 자연 속에서 길을 잃고 헤매다 문명세계로 생환한 경험을 제대로 했구나.' 생각한다.(지나치게 주관적인 느낌에 근거한 생각일 수도 있겠지만.) 두 시간 남짓 그렇게 쉬다가 5시가 넘어 밖으로 나온다.

인근에 있는 용흥궁과 고려궁지를 보고 내려와 고려궁지 아래 있는 천주교 강화성당의 미사를 창밖에서 지켜본다. 솔리스트가 부르는 성가를 들으며 사람의 목소리가 이토록 아름다울 수 있음에 감동한다. 야생에서 생환한(?) 지 얼마 되지 않아서인지 문명의 쾌적함과 아름다움이 새삼 소중하게 느껴진다. 낮에 한바탕 있었던 일들은 벌써 오래 전의 일인 듯 아득해지고, 미사를 지켜보는 마음이 깊이 가라앉는다.

성가가 끝나고 신부님의 강론이 시작되는 걸 보고는 발길을 돌려 터미널로 향한다. 이 부근엔 행인들이 많아 요소요소에서 길을 물어 헛걸음 없이 잘 찾아온다.

다시 장터에 들러 조개젓갈과 순무김치를 사고, 왕골로 만든 뚜껑 있는 예쁜 통도 사갖고 3000번 버스를 탄다. 밤 9시가 좀 못되어 집 근처의 정류장에 내리니 오늘 하루 굉장한 경험을 한 것 같다.

몽골의 말발굽에 유린당하는 국토와 백성들을 버려둔 채 왕실과 권력층이 쫓기듯 몰려왔던 강도(江都)의 한 모퉁이를, 40년 그 조정을 섬기던 섬사람들의 발길이 어지럽게 얽혔을 그 땅을, 강화도령 원범이 나뭇짐을 지고 다녔을지도 모를 들판 길을 땀 흘리며 걸었던 그 일을 나는 아마 오래 잊지 못할 것이다.

생각과 실행 사이의 골짜기를
뛰어넘은 자유로운 영혼.

5월 20일 (화요일)

마지막 강의 시간에 늦지 않으려고 어젯밤부터 신경을 쓴 때문인지 다른 날과 달리 새벽부터 잠이 깨어 일찌감치 일어난다. 이른 아침을 먹고 책 읽으며 시간을 보내다가 때 맞춰 교육원 강의실로 간다. 종강은 6월 중순이지만 다음 주 중에 이사 날짜가 잡혀 있어 교육원 출석은 오늘로 마무리하려는 것이다.

준비해간 내 책을 몇 사람에게 살짝 건네주며, 월말에는 여행을 끝내고 돌아간다고 하니 서운해 하며 주소를 묻기도 한다. 얼마 안 되는 기간이지만 그래도 이 사람들과 함께 했던 시간들이 있어 서울이 여행지만으로 기억되지는 않을 것이다.

강의 시간이 끝나면 책상을 붙여놓고 함께 점심을 먹고, 그러고는 몇몇이 연대 뒤편 찻집으로 가서 커피를 마시며 음악 듣고 이야기하다가 헤어지곤 했었는데……. 지나온 그 시간들이 벌써 추억의 장으로 넘어가고 있다.

수필교실은 여행의 한 부분으로 생각했을 뿐 큰 의미를 두고 있었던 것은 아닌데도 그래도 서운한 느낌은 어쩔 수 없다. 환갑이 된 나이에 다시 학창시절로 돌아가기라도 한 것처럼 졸면서 강의도 듣고 몰려다니며 커피도 마시고 했던 일들은 두고두고 산뜻한 추억이 될 것이다. 그리고 일기를 출력해 수필이랍시고 앞에 나가 발표했다가 교수님으로부터 '사실을 나열한 것만으로는 수필이라고 하기 어렵다.'는, 사정을 두지 않은 냉정한 평을 듣고 내심 섭섭해 했던 일도 벌써 재미있는 과거사가 되었다.

이런저런 생각을 하며 길 따라 걷노라니 연세로가 나온다. 그냥 가기가 섭섭해 홍익서점에서 다리가 아프도록 서서 책을 읽다가 고미술 관련 책을 몇 권 사가지고 집으로 온다.

이화여대 근처에 방을 얻어 그 캠퍼스를 내 집 마당처럼 밟으며 온갖 시설들을 누려보고, 부설교육원 수강생도 되어보고, 학교 앞 찻집에서 쓸데없이 커피 마시며 혼자 빈둥거려보기도 하고, 갖가지 거리 음식들을 실컷 먹어도 보고, 그러다 오늘은 마침내 교육원을 중퇴함으로써 '이화여대' 부속기관 중퇴 경력까지(?) 쌓게 되니, 이화여대를 가까이 하고 싶었던 꿈을 나름대로 이룬 셈이다.

석 달 가까운 이곳 생활을 통해, 서울의 문화를 맛보고 서울의 많은 것을 알고 싶다는 작은 소원을 어느 정도 실현한 것이다. '차도녀'처럼 오피스텔에서 '솔로'로 살아보고 싶다는 바람을, 체류여행을 해보고 싶다는 평생의 꿈을 완성해가고 있는 것이다.

나는 생각과 실행 사이의 '깊고 넓은 골짜기'를 용기내어 뛰어넘은 스스로를 칭찬하고 격려해준다. '그래, 잘 한 거야! 그렇게 하는 거야!'

나에게서 듣는 칭찬에 내 영혼은 어느 때보다 고양된다. 나의 내면에서 ―이제껏 그 존재를 잘 몰랐던―자유로운 영혼을 소유한 믿음직한 친구를 만난다.

음악회에서 졸다니.
—아름다운 성공회 성당.

5월 21일 (수요일)

성공회 '수요일 정오음악회'가 12시 20분이라 넉넉히 시간을 잡고 출발한다. 시청역에서 내려 덕수궁 대한문을 지나 몇 걸음 걷지 않았는데 바로 세실극장과 성당이 나온다.

시간이 맞으면 세실극장의 연극을 한 편 보는 것도 좋겠다 싶어 들어가 시간을 알아봤더니, 오전 공연은 방금 시작됐고 그 다음 공연은 저녁에 있다기에 그냥 성당 쪽으로 간다. 아직 12시도 안 된 시간이라 천천히 주변을 돌아본다. 한옥을 개량한 독특한 분위기의 사제관을 (점잖지 못하지만) 창문을 통해 들여다보기도 하고, 집 앞의 아름다운 정원을 조용히 거닐어보기도 한다.

정원은 아름답지만 작아서 몇 걸음 걷지 않아 이내 저쪽 끝에 다다른다. 다시 돌아서서 걸음을 아껴가며 한 걸음 한 걸음 음미하며 걷는다. 에스프레소 잔에 담긴 커피를 한 모금 한 모금 아껴가며 마시는 것처럼.

때로 좋은 글을 만나면 흥분을 이기지 못하고 커피 두세 잔을 연달아 마시는 것처럼, 나는 작은 정원에서의 산책을 거듭한다. 가장자리로 걸어보고, 가운데를 지나며 걸어보고, 가다가 방향을 바꾸어 이리저리 걸어도 보고. 그러는 동안 사람 없는 고요한 그 정원은 내 마음 속에 푸른 기운으로 스며든다. 화초가 단비를 맞고 더욱 청초해지듯 내 영혼도 신록의 푸른 비를 맞고 싱싱해지는 것 같다.

연주가 있을 성당 안으로 들어가 정수기의 물을 세 컵이나 마신다. 나도 모르는 사이 목이 말라 있었던 모양이다.

벽에 오르간 연주 음반을 홍보하는 팜플렛이 붙어 있어, 그 CD를 살 수 있는지 안내 데스크에 물어보니 데스크에 쌓아둔 음반을 내어준다. 음반을 보고 있는데, "아, 마침 연주자가 오네요." 하더니, '이 분이 CD를 구입하시려고 한다.' 며 나를 소개한다. 반갑게 서로 인사를 나누는데, CD의 연주자 소개엔 (젊고 세련된 분위기의) 그 연주자가 이화여대 출신이고 또 모교에 출강을 하고 있는 것으로 나와 있다. 나는 '나도 이화여대를 좋아해서 그 부근에 방을 얻어 여행하고 있다.' 며 이대에 대한 사랑을 표시한다.

"어머나, 제가 방금 거기서 오는 길인데요."

우리는 마치 타향에서 고향 사람을 만나기라도 한 듯 반가워한다.

"싸인해 드릴까요?" "좋지요. 부탁합니다."

그녀는 내 CD에 멋있게 싸인을 해준다.

그러고도 음악회 시작까지는 시간이 남아 찬찬히 주변을 둘러보는

데, 성당 안도 바깥에서 보는 것처럼 예술품이다. 시멘트로 마구 지어지는 요즘의 건물들과는 격이 다르다. 시멘트에 비해 돌이나 나무로 지어진 집은 재료 자체가 사람의 마음을 편안하게 해주는 것 같다. 나도 이 성당처럼 돌로 지어진 견고하고 아름다운 집에서 살아보고 싶다.

겨울이면 두꺼운 커텐을 치고 난로를 피운 서재에서 뜨거운 커피를 마시며 책을 읽고 싶다.(아, 그런데 나는 왜 이렇게 살고 싶은 곳도 많고, 하고 싶은 것도 많을까? 그리고 그 욕구는 왜 늘 그렇게 생생할까?)

이윽고 2층 발코니의 파이프 오르간이 장엄한 소리를 낸다. 프로그램을 보니 바흐 곡으로 유감스럽게도 내가 들어본 적이 없는 곡이다. 오르간 연주에 마음을 집중하려 애를 써보지만 마음이 잘 모아지지 않는데, 그러다 정신을 차려보니 어느새 내가 깜빡 졸고 있다. 아, 이 무슨 짓인가. 불면증에 시달리는 어느 귀족을 위해 작곡했다는 그의 '골드베르크 변주곡'은 잠기 하나 없는 맑은 정신으로 즐겨 듣곤 하면서, 일부러 찾아온 음악회에서 멀쩡한(?) 곡을 들으며 졸다니.

아무에게나 쉽게 곁을 내주지는 않지만 깊이 사귀고 보면 참 괜찮은 사람이 있듯이, 클래식음악도 그런 것 같다. 오늘은 별생각 없이 찾아와 이렇게 무안하게 되어버렸지만, 많이 듣고 많이 공부하고, 공을 들여야 비로소 곁을 주고 기쁨을 주는 이 예술의 도도함이 그래도 싫지 않다. 그 도도한 마음 문이 열릴 때 내가 맛보게 되는 기쁨이 얼마나 순수하고 황홀한 것인지 알기 때문이다.

연주회가 끝나고 성당을 나와 10분 남짓 걸어 남대문 시장으로 간다. 시장 안은 골목골목 재미있는 구경거리가 가득하다. 다양하고 맛있는 먹거리들도 많아 마음이 들뜬다. 이 남대문 시장을 어떻게 요리를 해 먹어야 하나. 어디부터 먼저 건드려야 하나.

우선 길모퉁이 호떡 가게 앞에 늘어서 있는 줄 끝에 슬쩍 붙어 천 원짜리 잡채호떡을 하나 산다. 천 원이란 싼값이 무색하게 맛이 있다. 오묘한 향료로 맛을 낸 속의 당면과 기름에 튀긴 바싹한 겉의 밀가루 맛이 어우러져 아주 맛이 있다. 그걸 먹으며 점포들 앞에 내어놓은 온갖 물건들을 구경하는 재미란 너무 진하고 '인간적'이다.

그러나 이 남대문 시장의 역동적인 모습은 재미만 있는 것이 아니다. 구석구석 사람 사는 냄새가 물씬 물씬 피어올라 보는 사람에게 삶의 의욕을 불끈 돋워준다. 숲속에서 피톤치드가 뿜어져 나오는 것처럼 이 남대문 시장에서는 물씬한 사람 냄새와 함께 또 다른 치유의 기운이 뿜어져 나오는 것이다.

나는 숲속에서 사냥감을 찾는 날렵한 사냥꾼처럼 수많은 점포들 사이를 돌아다니며 물건들을 배낭 속으로 챙겨 넣는다. (두 딸과 내가 패밀리 룩으로 입을) 반팔 티셔츠 석 장, 주머니가 여섯 개나 달린 내 여행용 여름조끼, 한 뼘 높이의 매화문자기 등등.

그러다 먹자골목 입구에서 갖가지 과일들을 쪼개어 팔고 있는 손수레를 보니 갑자기 목이 마르다. 수박 한 쪽을 사서 먹는데 얼마나 달고 시원한지, 들이키듯 수박을 씹어 넘기며 '사람이 이런 맛에 사는구나.' 생각을 한다.(천 원짜리 수박 한 쪽이 불러일으키는 생각치고는 뜬금없지만.) 집으로 돌아올 힘만 남기고 힘이 다할 때까지 시장 안을 쏘다니다 겨우 지하철역으로 돌아온다.

지하철역까지 왔으면 집까지 이미 반은 온 것이다.

남대문 시장에서 식구들 선물을 사다.
—미니어처 보스턴백.

5월 23일 (금요일)

식구들에게 줄 선물을 사기 위해 수요일에 이어 다시 남대문 시장으로 향한다. 멀지 않은 곳에서 무언가를 태우기라도 하는 것처럼 거리와 하늘이 온통 뿌옇다. 연기 같은 미세먼지 속을 사람들은 마스크도 하지 않은 채 무심한 모양으로 걷고 있다. 마스크를 쓰는 대처방법은 큰 의미가 없다고 생각하는 것인지, 아니면 귀찮아서 그런지, 이 '연기' 속에 마음이 개운치 않을 텐데 그냥 다닌다.

나도 '이것 한 번 마신다고 무슨 큰 일이 나진 않겠지' 생각하고 별일 없는 듯이 내 갈 길을 간다. 걱정해도 소용없는 일에 대해서는 관심을 거두는 것이 어쩌면 현명한 대처 방법일 것이다.(하지만 미세먼지를 마시고 있는 이 일이, 걱정해도 소용없는 일인지는 잘 모르겠다.)

두 번째 길이라 한결 익숙해진 발걸음으로 망설임 없이 시장을 누빈다.

아동복 매장을 돌며 세 손자 녀석들 티셔츠를 각각 두 장씩 산다. 축구를 열심히 하는 5학년짜리 큰 손자 것으로는 '브롱크스 맨하탄 83'이라고 크게 써져 있는 유니폼 같은 셔츠와 함께 세련된 줄무늬셔츠를 신경 써서 산다. 다른 두 아이야 아직 어려서 큰 신경 쓰지 않고 샀지만, 걸핏하면 옷에 대한 내 안목을 가지고 저희들끼리 웃음거리로 삼는 제 어미들 때문에 신경이 아주 쓰이지 않는 것은 아니다.

그렇거나 말거나 만족스럽게 아이들 선물을 장만했으니 이제 어른들 것은 눈에 뜨이면 사고 안 뜨여도 그만이다. 홀가분한 기분으로 다시 놀면서 여기저기 구경하는데, 인견으로 된 여름 잠옷 바지가 보인다. 몸에 붙지 않고 시원해 보여 남자용 셋 여자용 셋 여섯 장을 산다. 남편과 두 사위, 나와 두 딸 것을 남녀별로 같은 무늬로 통일한다.(앞으로 집에 와서 남녀로 나누어 잘 때 유니폼처럼 입으면 재미있겠다 싶어서.)

보스턴백을 축소해 놓은 모양의 동전지갑도 너무 예뻐서 세 개를 산다. 이렇게 예쁜 것을 볼 줄 아는 안목이 우리 집 남자노소(男子老少)들에게 있는지는 모르겠지만, 이것도 남편과 사위들에게 선물할 생각이다. 그 밖에도 몇 가지를 더 사서 흐뭇한 마음으로 집으로 돌아온다.

선물을 한 보따리 샀는데도 큰돈이 들지 않아 부담 없어 좋다.(사실 더 좋은 것을 사주고 싶지만 비싼 옷은 입어보지 않고 함부로 살 수 없어서, 실패할 확률이 낮고 설사 실패한다 해도 크게 아깝지 않은 이런 옷을 선물로 산 것이다.) 부담 없는 물건을 주고받으면서 선물을 주고받는 기쁨을 느껴보자는 것이다.

백기를 높이 들고 투항.
-60년 묵은 체증이 내려가.

5월 24일 (토요일)

대청소를 하고 냉장고 정리를 한다. J여사님의 방문날짜가 마지막 주인 다음 주 월요일로 잡혀져 '손님맞이 의식'을 치른 것이다. 며칠간이라도 내 여행에 동행하고 싶다고 진작부터 말해왔었는데, 집안일을 떨치고 떠나오기가 쉽지 않았던 모양이다. 다음 주에 약속되어 있던 대학 친구들과의 만남은 전화통화로 대신하고, 포항 내려가기 전에 송별식사를 하자고 하던 교육원 동료에게도 전화로 양해를 구한다.

그렇게 다음 주 일정을 비우는 것으로 내 나름의 손님맞이 준비를 끝낸다.

이제 정말, 남은 날이 며칠 되지 않는다.

여기 온 지 석 달이나 되는데도 막상 떠날 날이 하루하루 다가오니 아쉽고 미진한 느낌이 든다. 그렇지만 이젠 마음을 정리할 때이다. 지금까지 누린 것만으로도 분에 넘치는 호사가 아닌가. 돌아보니 내가 여기서 보낸 세월은 봄 한 철인데, 마치 한 세상을 살았던 것 같다.

인생사 희로애락 가운데 기쁨과 즐거움만으로 살아본 꿈같은 한 세상이었다. 어느 결엔가 육십 년 묵은 체증이 내려가고 가슴 속이 시원하게 뚫렸다. 부족한 것도, 걸리는 것도 없이, 온전히 나를 위해 이기적으로 살았던 이 여행의 기억은 앞으로 두고두고 내 인생에 힘이 되어줄 것이다. 이기적인 여행이 길러준 그 힘은 나를 가득 채우고, 그리고 밖으로 넘쳐날 것이다. 짜증과 권태로 이어지던 주부 노릇도 이젠 즐겁게 할 수 있을 것 같다.

지난 2월의 마지막 날 이곳으로 이삿짐을 옮겨준 남편은 "실컷 놀아라."고 덕담을 했는데, 그 말은 결혼 이후로 남편이 한 말 가운데 가장 남자답고 멋있는 말이었다. 남편의 말처럼 '실컷 놀았다.'는 느낌은 들지 않는다. 즐겁게 더 놀 수도 있고 더 놀고 싶기도 하다. 하지만 이걸로 되었다. 충분하다.

아침이면 널찍한 내 책상에 조간신문을 펴 놓고 커피를 마시는 사소한 행복에 대한 감사를, 가족을 더욱 사랑할 수 있는 힘을 회복하기엔 충분한 시간인 것이다. 남은 며칠을 마지막으로 음미한 뒤에, 오는 목요일엔 기쁜 마음으로 남편을 맞을 것이다. 지난 석 달을 참아준 그에게 나는 백기(白旗)를 높이 들고 투항할 것이다. 그 옛날 좋았던 시절처럼 다시 기꺼이 그의 포로가 되고 싶다.

조카를 거두어 품으셨던
고모님과 숙모님들.

5월 25일 (일요일)

아침 10시, 궁중음악회가 열린다는 경복궁 집옥재로 가기위해 오피스텔을 나간다. 한 시간이면 넉넉하리라 생각했는데, 집옥재는 경복궁에서도 뒤쪽인 건청궁 옆에 있어 궁 안에서 걷는 시간도 꽤 걸린다. 집옥재를 찾아가면서 보니 새삼 경복궁의 규모가 굉장하다는 느낌이 든다.

당시의 어려운 나라 형편으로 이 같은 엄청난 규모의 궁궐 중건을 강행했던 걸 보면 대원군의 정치이념이나 야망이 어떠했던가를 잘 모른다 해도 그가 참 대단한 배포를 가졌던 인물이었음은 알 수 있을 것 같다. 그리고 이면엔 그 방대한 건축공사의 노역을 감당해야 했던 백성들의 노고와 원성 또한 얼마나 컸을 것인가 짐작이 된다.

11시 시작 시간에 겨우 도착하니 집옥재 앞뜰엔 플라스틱 의자들이 줄지어 있고, 의자는 관람객들로 대부분 채워져 있다.

대취타 연주에 이어진 궁중무용.

적·청·황색이 화려하게 어우러진 의상과 무용수들의 고혹적인 모습이 어연(御宴)에 초대받아온 듯 마음을 기껍게 해, 줄을 지어 걸어 나오며 무릎을 살짝 굽혔다 드는 단순한 동작에도 마치 온 세상이 둥실 천상으로 떠오르는 듯하다. 사람의 몸동작도 갈고 닦으면 이런 미감을 줄 수도 있구나 생각하는데, 전아한 궁중음악을 타고 이어지는 무용수들의 움직임은 비천상의 선녀가 구름위에 노니는 듯 우아하다.

하지만 얼마 지나지 않아, 이 우아한 궁중예술도 뜨거운 햇볕 아래 무방비로 노출된, 차일 하나 쳐지지 않은 야외 관람석에서는 더 이상 즐거움이 되지 않는다는 사실을 깨닫는다. 이 수준 높은 공연을 준비하는 정성이 있으면서 어떻게 관람객을 위한 차일을 생각 못한 것인지 모르겠다. (행사 관계자들은 버젓이 차일 아래 앉아 있는 걸 보면 생각을 못한 것이 아니라 안한 것으로 보이지만.) 무료공연이라 이런 식으로 진행할 수밖에 없는 것이라면 무료로 해서는 안 되는 것이다. 정당한 관람료를 받고 관람객에게 합당한 대우를 해야 하는 것이다.

무용이 끝나고 다음 순서가 준비되는 것을 보고는 앉아 있는 관객들 사이에서 조용히 자리를 뜬다. 등 뒤로 들려오는 태평소가락을 들으며 건청궁으로 걸음을 옮긴다.

경복궁에 올 때면 언제나 이곳을 마음먹고 찾아오곤 하지만 명성황후가 시해된 전각인 곤녕합은, 볼 때마다 비통함과 울분을 남 몰래 삭이게 한다.

일본이 남의 나라를 침략할 힘을 기를 동안 우리는 왜 내 나라를, 내

백성의 생명을 지킬 힘조차 기르지 못했던 것인지 묻고 싶다. 나라를 세우고 임금을 세우고 조정을 세워 백성 위에 군림했던 이 나라의 위정자와 권력층은 그 세월동안 무얼 하며 살았던가 묻고 싶은 것이다.

곤녕합의 그 비극은 '나라'의 이름을 가진 공동체가 차마 당해서는 안 될 일이 아니었던가. 우리는 악을 저지른 세력을 규탄하고 분노하는 것 이상으로 우리의 무능에 분노하고 아파해야 한다. 행여 무능을 선(善)으로 위장하려해서는 안 된다. 침략하는 것이 악이라 해서 침략당하는 것이 선이 되지는 않는 것이다.

건청궁을 나오니 향원정 연못엔 대양을 누비는 상어떼인 양 등지느러미를 물 위로 내놓고 유유히 헤엄치는 잉어떼가 장관인데, 못가 늙은 소나무에 앉아 소리 높이 깍깍거리는 까치들은 기세등등한 파수꾼인 양 고궁의 여름날을 지키고 있다.

지하철로 노량진 수산시장에 가서 전복을 사 들고 중림동 고모님 댁으로 간다. 올해 백세이신 고모님은 집 근처 공원에서 날마다 산책을 하실 정도로 연세에 비해선 정정하신 편이다.

그러나 내가 (부산에 있던) 고모님 댁을 비빌 언덕으로 삼아 중고등학교를 다니던 그 시절의 왕성하시던 모습에 비하면 많이 쇠하셨다. 너무나 자연스럽고 당연한 일인데도 세월의 작용이 노쇠한 모습으로 나타나는 것은 슬픈 느낌을 준다. 하기야, 나는 어디 안 그런가?

입학식 날 아침 세일러복의 넥타이를 못 매어 쩔쩔매던 여중생이, 꿈 많던 갈래머리 여고생이, 지금은 세 손자를 둔 환갑의 할머니가 되었는데. 노쇠해가는 사람이 있으면 태어나고 성장해가는 사람이 있는, 이 공평무사한 자연의 섭리를 편안히 받아들여야지. (그렇게 되기도 하는 것이, 저마다 사회의 일원으로 자기 몫을 다하고 있는 딸 사위들, 무럭무럭 자라나는 손자들의 모습은 내 주름살과 흰 머리를 편안한 시선으로 바라볼 수 있게 해준다.)

생각해보면, 나는 고모님과 집안 어른들의 사랑과 보살핌을 어느 조카보다도 많이 받았던 것 같다. 고향을 떠나 중학교에 입학하면서 고모님 댁 식구가 되었고, 나중엔 숙모님 댁에서 한 식구로 살게 되었다.

하지만 그 땐, 그것이 얼마나 두터운 정에 의존한 일인지, 그 분들께 얼마나 힘든 일인지 철없던 나는 알지 못했었다. 또, 따로 살 땐 내 집인 양 무시로 드나들면서도 그냥 따뜻한 집밥이 좋고, 사촌들과 어울려 노는 것이 재미있고 좋다고만 생각했었다. 둥지 속에 들어온 것 같은 그 느낌을 그저 편안히 여겼을 뿐이다.

그러나 세월이 흘러 내가 결혼해서 살림을 꾸리고, 내 인생에 세월의 무게가 더해질수록 그것이 얼마나 크고 무거운 은혜였던가를 새록새록 깨닫게 된다. 여건이 그리 여유롭지 못했음에도 애써 조카를 거두어 주셨던 그 어른들의 품이 얼마나 넓고 푸근하셨던가를 절감하게 된다. 철은 늘 너무 늦게야 드는 모양이다.

한밤중의 설치미술 작업.
– 일탈의 분위기에 취한 주인과 손님.

5월 26일 (월요일)

오전 10시. 포항에서 J여사님이 서울역에 도착한다.

생각만 하다가 끝내 집을 떠나오지 못하는가 여겼는데, 그래도 마음을 내어 여기까지 올 수 있어 다행이다. 하지만 '좀 더 일찍 여유 있는 일정으로 왔으면 좋았을 텐데.' 하는 아쉬움은 어쩔 수 없다. 그랬더라면 봄마다 찾아가 즐기던 반월성 벚꽃놀이 대신 올해는 정독도서관 벚꽃 그늘을 함께 거닐었을 것을……. 어쨌거나, 포항 동네에서 보던 사람을 이곳 먼 여행지에서 만나니 느낌이 새롭고 각별하다.

그녀는 '빛과 향이 깊어진 포도주를 개봉하듯' 설레는 마음으로 초대한, 내 '별장'의 두 번째 손님이 된 것이다.

그런 만큼, 은은한 예술적 향기와 삶의 빛깔이 매력적인 동행과의 여행이 또 다른 기쁨을 선사해주리라 기대된다. 오랜 세월 식지 않는 열정으로 '화전(畵田)'을 일구고 있는 그녀의 취향이 작용해 서울 미술관과 석파정이 있는 인왕산 자락, 부암동을 첫 번째 행선지로 정한다.

서울역에서 바로 지하철을 타고 광화문으로 가 거기서 다시 마을버스로 부암동에 도착한다. 버스 정류장 가까이 있는 무계원을 거쳐, 정원이 아름다운 산동네 집들을 구경한다. 아름다운 정원이 있는 이 동네는, 그러니까 무계정사가 있었던 이 부근은 안평대군이 꿈속에서 본 무릉도원의 경치를 닮았다는 바로 그곳이 아닌가. 인왕산의 바위와 자연을 그대로 집안으로 들여 싱싱한 정원을 조성한 이 집들이 그러고 보니 더 훌륭해 보인다.

그리고 이런 집에는 어떤 사람들이 살까 궁금해지고, 그 사람들이 너무나 부러워진다. (가당찮은 가정이지만) 이런 집에 만약 민박이나 하숙을 친다면, 비용의 고하를 따지지 않고 딱 한 달만 살아보고 싶다. 저 아래 버스 정류장이 있지만 이 산속에 묻혀 한동안 세상을 잊어도 억울하지 않을 것 같다.

그림 같은 정원을 눈 깊이 담으며 천천히 길을 따라 걷는데, 정원을 떠나고 싶지 않아 머뭇거리는 내 '마음'은 마침내—주인 허락도 없이—이 집에 '하숙생'으로 입주(入住)를 할 참이다.

해가 뜨고 이슬이 마르면 나는 마당가의 바위에 앉아 대문 밖 좁은 계곡을 흐르는 물소리로 귀를 씻을 것이다. 그리고 바위 곁 우거진 나무에서 우짖는 새들의 울음소리를 구별해볼 것이다.

정원을 거닐며 색 고운 봄꽃들을 눈 가득 담고, 가만히 꽃잎을 만져 감촉을 느껴보기도 할 것이다. 그러다 쉬고 싶으면 방문을 열어두고 낮잠을 자고, 밥 때가 되면 차려주는 밥을 먹고. 그렇게, 딱 한 달만 이 별세계에서 꿈꾸듯 살아보고 싶다.

(말 타면 종 부리고 싶다더니, 서울 여행도 모자라 천하의 안평대군이 살았던 이 '무릉도원'에서 해주는 밥 먹고 살아보고 싶기까지? 내 꿈의 진화 속도가 '광속(光速)'에 가깝다.)

경사진 길을 힘겹게 올라 산 중턱의 자하미술관까지 갔지만 실망스럽게도 공사 중이다. 하지만 미술관 앞마당에서 내려다보이는 전망은 기가 막힌다. 저 아래 멀리까지 아연(俄然) 탁 터진 시야가 먹음직한 수박을 단번에 쩍 갈라놓은 듯 시원스럽고 보기 좋다.

사진을 여러 장 찍고 내려와 서울 미술관엘 갔는데 여기서도 월요일은 휴관이다. 월요일에 쉬는 시설들이 많이 있는 걸 미처 생각 못한 내 불찰 때문이지만 미술관 두 곳에서 연달아 거부를 당하니 살짝 김이 샌다. 하지만 이내 심기일전, 다음 코스 인사동으로 간다.

동행은 역시 전시회에 관심이 많아 갤러리로 가고 체력이 소진된 나는 찻집을 찾아서 쉰다. 아까 부암동 산길을 오르느라 힘을 너무 썼던 것 같다.

찻집에서 쉬는데 얼마 있지 않아 전시회를 보러 갔던 동행이 들어온다. 일부러 내 팜플렛까지 챙겨와 건네주는데, '안견의 몽유도원도(夢遊桃源圖)에 뿌리를 두고 도원(桃源)을 주제로 제작된' 회화작품들이란다. 묘한 우연이다. 낮에는 몽유도원도의 경치를 닮았다는 인왕산자락에서 노닐다가, 저녁엔 그 도원을 화두로 제작한 작품들을 만난 것이다. 그곳에 살아보고 싶다는 간절한 내 소망이 이 묘한 우연을 불러온 것인가…….

동행과 함께 밤의 인사동을 다시 보는 것도 좋겠다 싶었지만 피곤해서 그냥 집으로 돌아가기로 한다. 몸 상태가 그래서인지, 몇 번 와 본 곳이라 그런지 인사동이 처음 볼 때만큼 흥미롭지는 않다.

오늘밤엔 아무래도 코를 많이 골 것 같아 미리 양해를 구한다.(남편의 말에 의하면 피곤한 날은 내가 꽤 심하게 코를 고는 모양이다.) 코를 골 때 가만히 흔들어 깨우면 다시 얌전히 자니까 참지 말고 나를 깨워 달라 부탁한다. 코 고는 것 외에도, 이불을 차 던져 버리고 맨몸으로 추위에 떨면서 자다가 비몽사몽간에 옆 사람 이불을 마구 끌어온다든지 하는 또 다른 잠버릇이 나올지 어떨지 그건 나도 장담할 수 없다.

어쨌든 '민폐'를 끼칠 가능성이 가장 큰 코골이에 대해 그렇게 대책(?)을 세우고 나서 잠자리에 들려는데, 룸메이트가 느닷없이 노끈을 찾는다.

아니, 이 시간에 노끈은 왜? 얼른 그런 생각이 스쳤지만 군말 않고 싱크대 서랍 속에 있던 노끈 뭉치를 찾아준다. 아닌 밤중에 이 노끈으로 무얼 하려는지 궁금증이 이는 한편으론, 무슨 재미있는 일이라도 있으려나, 은근히 기대도 된다. 요즘은 취미로 마술 배우는 사람들도 더러 있다는데 이 양반이 나 모르는 사이에 노끈으로 하는 마술이라도 배웠나? 묶었다가 손 안 대고 스르륵 푸는 마술 같은 걸 보여주려는가?

그런데 그 궁금증과 기대는 이내 놀라움으로 변한다. 내게 노끈을 받아 들고 곧바로 현관으로 걸어간 그녀가 잠긴 문의 손잡이에다 노끈을 칭칭 동여매는 것이 아닌가.

"아니, 이게 무슨 일입니까?" (척 봐도 마술은 아닌 것 같고) 내가 놀라서 묻자, 그냥 자려니 심심해서 옛날식으로 문단속을 해보는 거란다.

"이 디지털 도어록에 노끈을 동여매는 게 무슨 옳은 문단속이 되겠습니까? 차라리 숟가락을 꽂는 게 낫지요." (나도 순간적으로 장난기가 발동해 이 '이성(理性)의 자장(磁場)을 벗어난' 작업에 동참할 뜻을 내보인다.) 그랬더니, 나보고 숟가락을 가져오라고 한다. (내가, 못 가져올 사람도 아니지.) 손잡이에는 끈 걸릴 자리가 마땅히 없어 노끈은 제대로 자리를 잡지 못하고 자꾸만 흘러내리는데 우리는 끙끙대며 작업을 계속한다.(무슨 영화를 보겠다고, 이 밤중에.)

마침내 칭칭 동여맨 빨건 노끈 사이에 화룡점정(畵龍點睛)으로 숟가락까지 꽂고 나서 '거창하게' 문단속을 끝낸다. 21세기 첨단장치에다 20세기의 소박한 장치까지 가세했으니 그야말로 '완벽한' 문단속을 한 셈인데, 해놓고 보니 설치미술이 따로 없다. 상식의 절벽에서 훌쩍 뛰어내린 아득한 골짜기에 피어난 '전위 예술'이다. 일탈의 분위기에 취한 두 여인이 의기투합해 부린 '황당한' 객기다. (ㅎㅎ…….)

달항아리 앞에서 걸음을 멈추고.
—서울 미술관.

5월 27일 (화요일)

아침을 먹고 어제 못 본 석파정과 서울미술관으로 간다.

해설과 함께 본 김환기의 반추상화는 지난 번 덕수궁 전시회에서 봤을 때보다 한결 친근하게 느껴지는데, 나혜석의 작은 그림과 은박지에 그려진 이중섭의 그림은 불행했던 화가의 생애가 겹쳐보여서인지 짙은 애상이 느껴진다. 전시실 동선을 따라 이동하다가 백자를 전시해놓은 한 전시관에서 달항아리를 보고는 걸음을 멈춘다. 미술관 관람을 여기서 접을 생각으로, '나는 여기 있을 테니 다른 곳을 본 뒤에 이곳에서 다시 만나자.'고 동행에게 말한다. 나는 혼자서 주변을 서성이다 항아리를 보고 또 보고 한다.

그 원만하고 순박한 곡선과 빛깔, 그 넉넉한 포용력 앞에선 나의 치졸한 마음도 보름달처럼 환해지는 것 같다. 그 항아리를 집에 모셔와 아침저녁으로 바라보면 보는 이의 심성도 날이 갈수록 그 항아리를 닮아가리라.

신문에서 오려내어 독서 노트 뒷면에 붙여놓은 달항아리 사진도 아쉬운 대로 볼만은 해, 때때로 들여다보며 실물을 상상하곤 하는데 오늘은 안복(眼福)이 터진 셈이다.

3층으로 올라와 석파정 정원으로 나간다. 계곡의 암반을 보고 동행은 감탄을 연발하는데, 그 감탄은 이곳에 별서를 지은 사람의 심미안과 현실적인 능력에 대한 찬탄과 부러움으로 이어진다. 그러나 우리는 곧, 이렇게 찾아와 즐기며 누리는 우리 같은 사람들도 생각해보면 행복한 사람이라며 비현실적인 부러움을 내려놓는다.

정원에서 계곡의 암반으로 내려가자니 미끄럼을 조심하라는 작은 팻말이 보인다. 계곡에 물이 흐를 때는 이 암반에까지 물살이 튀어 이끼조차 푸르게 끼어있었던 모양이다.

비 온 뒤에 다시 한 번 이곳에 와 물이 흐르는 계곡을 보고 싶다 생각하며 계곡을 아래위로 왔다 갔다 걷는다. 그러다 이번엔 물 없는 계곡에 가로놓인 징검다리를 건너 맞은 편 언덕으로 올라간다. 언덕의 숲속엔 뜻밖에 경주에서 수습해 왔다는 석탑이 서 있는데, 우리는 석탑에 대해서는 한 마디도 않은 채 갖고 간 방울토마토를 석탑에 기대어 앉아 맛있게 먹는다. 석탑은 딱딱한 돌이 주는 선입감과는 달리 무척 편안하게 우리 몸을 받쳐준다. 근엄한 석탑이 이런 용도로 쓰일 수 있으리란 생각을 일찍이 해본 적이 없었는데, 오늘 이 호젓한 숲속에서 좀처럼 하기 힘든 경험을 한 것이다.

"역시 먹고 나니 힘이 나네요. 그러니까 지금 우리가 서 있는 이 언덕이, 이 숲속이 대원군이 거닐던 곳이란 말이지요." 동행과 이야기하며 다시 주위를 산책하는데, 석파정(石坡亭)을 맴돌던 한 자락 상념이 나래를 편다.

문이 열려 있는 저 사랑채 누마루에서—추사의 문하에서 서화를 익혀 묵란(墨蘭)으로 명성이 높던—당대의 서화가 석파 이하응이 난을 쳤겠지. 우리가 발자국을 찍고 다니는 이 정원을 일세의 경륜가 흥선대원군이 생각에 잠겨 소요했겠지. 이 아름답고 무심한 자연 속에서, 권력의 높은 파도를 타고 부침하던 한 야심가가 야망과 고뇌의 짐을 잠시 풀어놓기도 했겠지.

……

서리서리 굽고 늘어진 가지가 일품인 사랑채 곁 노송 아래서 사진을 한 장 찍고 다음 행선지로 향한다.

동행의 주도로 리움미술관에 도착했을 때는 내 몸의 에너지가 거의 방전된 상태다. 미술관 관람이란, 피곤함을 무릅쓰고 숙제처럼 할 일은 아니라는 생각에서 나는 1층 코너에 있는 카페로 간다. 커피를 마시며 한참을 쉬니 그제야 컨디션이 좀 회복되어 카페 반대편 기념품 코너에서 작품이 프린트 되어 있는 손수건 두 장과 엽서 두 세트를 산다. 누군가에게 선물하면 좋을 것 같아서다.

혼자 전시실에 올라가 작품 감상을 하고 온 동행은 많은 걸 보고 느꼈다며 마음먹고 찾아온 보람이 있다 한다. 나와 함께 못 본 것을 많이 아쉬워하는데, 나는 '여기서도 나쁘지 않았다.'며 구입한 기념품들을 보여주며 흐뭇해한다.

편안한 의자에 앉아 맛있는 커피를 마시며 책을 읽는데 나쁠 이유가 없다. 하지만 남들은 나의 그런 기쁨을 잘 모르는 것 같다. 나는 언제 어디서든 커피와 책이 있고 편안한 의자와 좁지 않은 탁자가 있어 책상노릇을 해주면 그걸로 족하다. 아니, 그게 다 갖추어지면 더 좋지만 책만 있어도 괜찮다.

그러고 보니 나는 참 편하고 경제적인 취미를 갖고 있다. 낚시처럼 번거로운 장비를 갖추고 멀리까지 가서 온갖 궂은 일을 감수해야 하는 것도 아니고, 골프처럼 비용이 들고 같이 즐길 상대가 있어야 하는 것도 아니고, 애완동물을 기르는 것처럼 귀찮은 일도 없고. 달랑 책 한 권만 있으면 그 사람들이 맛보는 즐거움에 결코 뒤지지 않는 즐거움과 때로는 삶의 희열마저 느낄 수 있으니 이 얼마나 간편한가?

언제부턴가 '취미가 무엇이냐.'는 물음에 '독서.'라고 대답하면 웃음거리가 되는 것처럼 말들을 하는데, 나는 그 이유를 모르겠다. 아무리 생각해도 내 취미는 독서다.

닭고기 꼬치를 먹으며
이대 거리와 작별.
–안녕, 신촌.

5월 28일 (수요일)

아침 겸 점심을 먹고 나가서 6월분 집세를 송금하고 밀려있던 공과금도 납부한다. 짐을 싸기에 앞서 이사 준비를 시작한 셈인데, 하지만 도무지 실감이 나지 않는다. 이제까지 내 집인 양 살았던 이 오피스텔이 내일이면 나와 상관없는 곳이 된다는 사실이 믿기가 어렵다. 은행 볼일을 보고 이대 길로 가서 오랜만에 닭꼬치 포장마차에 가니 주인이 알아보고 인사를 한다.

"오랜만에 오셨네요."

그 마차 안주인 새댁과는 처음 얼마동안은 그냥 지나가는 이야기–몇 시까지 영업을 하느냐, 어느 나라 관광객이 많이 오느냐는 등–를 서로 나누곤 했었는데 이젠 발전해서 개인적인 이야기를 하기에 이르렀다.

"많이 안 드시나 봐요. 날씬해서 좋으시겠어요."

"먹을 만큼 먹는데도 살이 잘 안찌네요."

보기 좋을 정도의 살집이 있는 그녀는 '많이 먹어도 살이 안 찐다면 참 좋은 체질'이라며 칭찬하는데, 체중을 2, 3킬로 늘리고 싶어 단백질 보충제를 먹어볼 생각도 해봤다는 말은 구태여 하지 않고 그 칭찬을 기분 좋게 듣는다. 이렇게 길에서 오가는 사람들을 구경하며 먹는 이 꼬치고기는 자유로운 기분도 그렇지만 맛과 냄새도 그만이다.

처음 여기 왔을 땐 고기를 빼서 먹다보면 점점 길어지는 대꼬치의 빈 부분을 어찌하지 못하고 안쪽의 고기를 먹을 때는 옆으로 힘들게 빼서 먹었었는데, 알고 보니 고기가 빠져나간 빈 부분은 펜치로 잘라버리고 쉽게 먹고들 있었다. 다음부터는 나도 빈 꼬치를 펜치로 잘라가며 먹는데, 오늘도 그렇게 먹고 있는 내 모습은 너무나 익숙하고 자연스럽다.

막상 떠나려니, 이 길을 걷고 거리 음식을 사 먹고, 카페에서 커피를 마시며 신문을 보고, 이대 교보문고에서 책을 읽고 하던 그동안 예사롭게 하던 사소한 일들에 대한 기억마저 새삼스레 가슴에 잔잔한 파문을 일으킨다. 마치 '다른 생을 사는 것처럼' 신선하고 행복했던 시간들이 아직 채 과거가 되기도 전에 미리 그리워지기 시작한 것 같다. 그러면서도 오늘밤에 당장 짐을 싸야한다는 사실이 현실같이 느껴지지 않아 지금도 머뭇거리고 있는 것이다.

그래, 이제 그만 마음을 정리하고 짐을 싸자. 석 달 밖에 살지 않은 이곳을 떠나는 것이 뭐 그리 대수로운 일이라고 이렇게 아쉬워하는가? 집으로 돌아가 윤기 나고 포근한 보금자리를 만드는 거다. 식구들 불러 모아 맛있는 밥 해먹이고 어린 것들 가슴에 품고 힘주어 안아보자. 큰 녀석과 팔씨름하며 더 실감나게 져주자. 유리 장식장에다 여기서 모은 애장품들(*이름하여, '14 서울 컬렉션')을 전시해놓고 하나하나 설명해주자. 이곳에서 따 모은 행복의 열매들을 듬뿍 듬뿍 나누어주고, 삶이 아름다운 선물임을 얘기해주자.

집으로

고현혜

이제 그만 집으로 돌아가세요.
그대 집에
죽어가는 화초에 물을 주고
냉기 가득한 그대 부엌
큰솥을 꺼내 국을 끓이세요.
어디선가 지쳐 돌아올 아이들에게
언제나 꽃이 피어 있는
따뜻한 국이 끓는
그대 집 문을 열어주세요.
문득 지나다 들르는 외로운 사람들에게
당신 사랑으로 끓인 국 한 그릇 떠주세요.
그리고 지금 당신 곁에 있는 사람
목숨 바쳐 사랑하세요.

(그래요.

이제 집으로 돌아갑니다.

화초에 물주는 건

원래 내 담당이 아니지만요

큰솥을 꺼내 국을 끓이렵니다.

그리고 내 곁에 있는 사람

그냥 더 많이 사랑하려고요.)

안녕, 신촌.

안녕, 서울.

후기

나이를 먹어갈수록 과거를 회상하는 시간이 많아지고, 당시엔 별 것 아니던 일들도 그리운 정을 자아내는 애틋한 느낌으로 떠오르는 것은 비단 나만의 경우는 아닐 것이다. 그러나, 그리운 정으로 회상되기도 하는 그 지난 날로 되돌아가겠느냐고 누가 묻는다면, 나는 단연코 '노(NO)'다.

나이 일흔의 여자가 카메라 앞에서 사진사에게 부탁했다고 한다. 절대 주름을 지우거나 수정하지 말라고. 그걸 얻는 데 평생이 걸렸다고. 나도 그렇다. 힘들었던 젊은 날이 지나고, 노심초사 자식 키우던 일도 졸업하고, 남편 밥 해주는 일만 달랑 남은 지금의 이 자유를 얻는 데 내 육십 평생이 걸린 것이다. 이젠 힘들게 얻은 자유를 즐기며 때때로 여유롭게 지난날을 돌아보고 싶을 뿐이다.

사범대학을 졸업하고 경주 지역의 한 중학교로 발령을 받은 나는 같은 지역에 근무하고 있던 과 선배를 만나게 되었다. 기억 속의 그 선배는 재미있는 사람이었다. 재학 중 2, 3학년이 함께 갔던 여름방학 '임해

실습' 때의 기억이 별로 빛이 바래지 않은 채 생생하게 되살아났다.

동해안 어느 읍 소재지 고등학교 교실에 짐을 푼 실습 첫날. 밤이 되자 3학년 남학생들이 우리 2학년 여학생 교실로 밤마실을 왔다. 모두들 교실 바닥에 빙 둘러 앉았는데, 그 중 한 남학생이 슬그머니 귀신 이야기를 시작했다.

그 이야기꾼의 입담은 대단했다. 이야기를 시작한 지 얼마 되지 않아 청중을 장악해가고 있었다. 귀신이 등장할 클라이맥스가 가까워지자 침 삼키는 소리조차 증폭되어 들릴 정도로 분위기는 완벽하게 조성되었다. 그럼에도 그는 긴장의 줄을 당겼다 늦추었다 하며 분위기를 더욱 고조시킬 뿐 결정적인 순간을 유예시키고 있었다. '귀신 이야기야 다 뻔한 건데 놀랄 필요 없다. 놀라지 말아야지.' 떨리는 마음으로 스스로를 단속하며 방어하는 것도 힘이 들어 마음의 고삐가 잠시 느슨해졌다. 바로 그 순간, 팽팽했던 긴장의 끈은 툭 끊어지고 그 끈의 한쪽 끝에 매달려 있던 우리는 단체로 쓰러지고 말았다.

비명을 지르며 쓰러졌던 여학생들은 잠시 후 하나 둘 놀란 가슴을 진정시키며 일어났지만 그래도 여전히 일어나지 않고 있는 여학생 하나가 있었다.

그 여학생은 그때까지도 거의 인사불성 상태로 눈에선 눈물마저 흐르고 있었다. '정신 차려라. 진정해라.' 하며 주위 친구들이 추슬러 겨우 정상을 회복하고 있는데, '감수성 충만한' 그 여학생에게 사태의 '원인 제공자'인 남학생은 능청스럽게 씨익 웃으며 말했다.

"괜찮아요?"

그때의 인사불성 여학생과 능청스러운 남학생이 경주에서 다시 만난 것이다. 선후배는 자주 만났고, 그러다 정이 들어 연인이 되었다. 알수록 그는 참 괜찮은 남자였다. 일에는 성실하고 유능했고, 성격은 원만하고 재미있으며, 스포츠에 능하고 취미도 다양했다. 그리고 무엇보다, 그는 생각 없는 사람이 아니었지만 내 앞에선 자기 의견이 없었다. 모든 것을 내 의사에 따랐으며 친절하고 헌신적이었다. 편안하고 대범했으며 다정다감하기까지 했다. 연애에 대해선 경험이 없을 뿐만 아니라 배경이론 또한 빈약했던 나는 그게 연애하는 남자에게서 볼 수 있는 한시적인 현상이라는 걸 알지 못했다.

얼마의 기간이 지난 뒤 우리는 자연스럽게 결혼을 했다. (그렇게 착하고 장점이 많은 남자를 내가 어떻게 놓치고 싶었겠는가.) 그러나 대범하고 원만한 인간관계와 다양한 취미, 그리고 아마추어로선 선수 수준인 테니스 등 그의 여러 가지 장점들이 단점으로 바뀌는 데는 오랜 시간이 필요 없었다. 결혼 후 얼마 안 있어 그는 완전히 새로운 모습으로 달라졌다.

평일에도 이 친구 저 친구와 술을 마시며 당구나 오락을 즐기느라 새벽에 들어오기 일쑤며, 주말엔 테니스 모임이나 시합이 많았고, 그렇지 않은 주말엔 밤낚시를 하는 등 여기저기서 노느라 몸이 몇 개라도 모자랄 지경이었다. 너무 심하지 않느냐고 내가 만류를 하면 알았다는 시늉만 하고는 '대범하게' 그냥 넘겨버리는 일이 반복되었다. 절제를 모르는 지나친 취미 생활과 술과 오락을 나는 더 이상 좋게 볼 수가 없었다.

부부사움이 잦아졌지만 그래도 그는 자신의 생활을 고치지 않았다. 직장 생활 충실히 하고, 월급 또박또박 갖다 주고, 술 먹었다고 실수하는 것도 아니고, 친구들이 놀자는 것을 뿌리칠 수는 없는 것 아니냐는 것이다. 그리고 취미 생활이 왜 나쁘냐는 것이다.

다 맞는 말이다. 그러나, 아무리 좋은 것도 절제는 필요하다. 가정 가진 사람이 어떻게 하고 싶은 대로 다 하며 밖으로만 도느냐는 것이 내 말이었다. 그런데도, '남자는 그래도 된다.'는 것이다.

매번 말이 막히면 '남자'를 앞세우며 적반하장으로 도리어 화를 내는 행동은 실망을 넘어 인격을 의심하게 만들었다. 그 당시 나에겐, 그의 사고방식에 깊이 뿌리박혀 있는 왜곡된 성 관념만큼 부조리한 것은 없었다.

왜 남자는 그래도 되는가?

왜 여자는 그런 남자의 부당함을 말하면 '별난 여자'가 되고, 여자답지 못하다고 비난받아야 하는가?

왜 여자는 어떤 경우에도 참아야 하는가?

불평등과 차별을 전제로 한 그런 잘못된 성 관념은 대체 누가 만들었단 말인가?

어디에 근원을 두고 이토록 도도한 흐름으로 이 사회에 범람하고 있는 것인가?

남편에 대한 실망과 반발은 일방적이고 불합리한 특권을 남자에게 허용하는 이 사회의 통념과 관습에 대한 분개로 이어졌다. 아, 내가 총명하고 용기가 있었더라면 그때 결혼의 굴레를 벗어던지고 페미니스트의 길로 들어섰을 것을…….

행인지 불행인지, 나는 어리숙했고 통념을 거스를 용기도 없었다. 결정적으로, 이 남자와 헤어져 정서적으로 독립할 자신이 전혀 없었다. 그런 나에겐 결혼은 벗어버릴 수 없는 무거운 족쇄일 수밖에 없었던 것이다.

연애시절이었다면 백 번을 헤어지고도 남았겠지만, 나는 어쩔 수 없이 그 생활을 지탱해 나갔다. 하지만 그러고도 지금까지 결혼 생활을 지켜올 수 있었던 것은 꼭 '족쇄'를 벗지 못해서만은 아니었다. 무거운 족쇄가, 어떤 상황에선 든든한 울타리로 변하기도 한다는 것은 결혼 생활의 수수께끼인 것이다. '전사(戰士)'가 되고 싶던 여자에게, '들일하는 남편을 위해 국수 새참을 이고 가는 여자'를 꿈꾸게 만드는 것도 결혼생활인 것이다.

그의 생활은 분명 지나친 점이 있지만 그의 말대로 기본은 있었다. 그는 충실한 직장인이었고, 정서적인 면에선 가족을 배려하지 못했지만 성실하고 책임감 있는 가장이었다. 자신이 하고 싶은 일을 마음껏 하고 사는 만큼 내가 하는 일에도 관대했다. 웬만한 일엔 간섭을 하지 않았고, 내가 뒤늦게 공부를 할 때도 적극적으로 지원을 해주었다. 집을 비우는 시간이 많았지만, 그래도 집에 있는 동안엔 가정적이었고 남자 손이 필요한 집안일엔 몸을 사리지 않았다.

그런 남편이기에 고맙다고 생각될 때도 많았고, 어느 땐 '내가 결혼을 잘 했구나.' 하는 생각이 들기까지 했다. 그런데 그렇게 사는 중에도 예의 그 '남자'를 앞세우며 막무가내로 나오는 일은 결혼 생활 내내 잊을 만하면 끈질기게 이어졌다.

그의 '남자'는 매번 상식과 논리를 뛰어넘었다. 그럴 때면 고마움은 순식간에 사라지고 이 사람과 과연 끝까지 살 수 있을까, 회의가 들곤 했다. 성실한 가장으로 존경하고 남자로 의지하고 싶던 평소의 마음은 한 순간에 없어져버리고 내 마음은 얼음이 되었다. 그럴 즈음의 남편과 나는, 찬바람 부는 황야에서 각자 혼자만의 굴을 파고 외로이 살아가는 음험한 늑대와 앙칼진 여우와 다름없었다.

그런데 사람 마음이란 게 이상해서, 그렇게 얼음 같은 냉담기가 얼마간 지속되다 보면 늘 내 마음 속엔 어떤 기억들이 아지랑이처럼 피어올랐다. 화목한 기간 동안 우리가 만들었던 수많은 기억들이 떠오르고, 그가 내게 해주었던 고마운 일들이 생각나는 것이다. 그러면 당연한 수순으로, 지금의 냉담한 상황이 슬퍼지고, 슬퍼지면 애틋해져서 나는 냉전을 계속할 힘을 잃고 마는 것이다.

……세상에서 제일 가깝고 제일 먼 남자
이 무슨 원수인가 싶을 때도 있지만
지구를 다 돌아다녀도
내가 낳은 새끼들을 제일로 사랑하는 남자는
이 남자일 것 같아…….

문정희 시인의 '남편'이란 시의 일부이다. 좋은 시 같다. (사람들은 자신의 속마음 같은 시를 만나면 '좋은 시'라고 생각하는 경향이 있긴 하지만.)

그렇게 우리 결혼 생활은 화목기와 냉담기가 교대로 찾아오는 형태로 이어져오고 있다. 만약 마음의 얼음을 녹여주는 좋은 추억들이 없었더라면, 우리 생활은 삭막한 채로 불행하게 이어졌거나 아예 끝이 났을지도 모른다. 함께 만들었던 행복한 기억들만큼, 내가 받았던 사랑에 대한 감사만큼 더 굳건하게 우리를 지켜주는 것은 없었다.

서울 여행은 지금까지의 그 어떤 좋은 기억보다도, 그가 내게 준 그 어떤 감사한 선물보다도 더 효과적으로 얼어붙은 마음을 풀어주는 아름다운 추억이 되어 있다. 우리가 황야의 외로운 늑대와 여우로 변할 때마다 다시 온전한 부부로 되돌아오게 해주는 몽환의 아지랑이로 피어오르고 있다.

서울에서 보낸 2014년의 봄은 내 인생의 빛나는 봄날이다.

2015년 초겨울

浦項 梨洞에서 辛京珠

신촌일기

초판 1쇄 발행일 2016년 01월 08일

지은이 신경주
펴낸이 박영희
책임편집 노경란
디자인 박희경·박서영
마케팅 임자연
인쇄·제본 태광인쇄
펴낸곳 도서출판 어문학사
서울특별시 도봉구 쌍문동 523-21 나너울 카운티 1층
대표전화: 02-998-0094/편집부 1: 02-998-2267, 편집부 2: 02-998-2269
홈페이지: www.amhbook.com
트위터: @with_amhbook
인스타그램: amhbook
블로그: 네이버 http://blog.naver.com/amhbook
다음 http://blog.daum.net/amhbook
e-mail: am@amhbook.com
등록: 2004년 4월 6일 제7-276호

ISBN 978-89-6184-401-7 03810
정가 15,000원

이 도서의 국립중앙도서관 출판예정도서목록(CIP)은 e-CIP홈페이지(http://www.nl.go.kr/eci와 국가자료공동목록시스템(http://www.nl.go.kr/kolisnet)에서 이용하실 수 있습니다.
(CIP제어번호: CIP2015034986)